KB155635

용감한 선장들

CAPTAINS COURAGEOUS

용감한 선장들

CAPTAINS COURAGEOUS

RUDYARD KIPLING

러디어드 키플링 지음

I. W. 테이버 그림 박중서 옮김

1897

찰리북

북아메리카 북동부 지역 지도

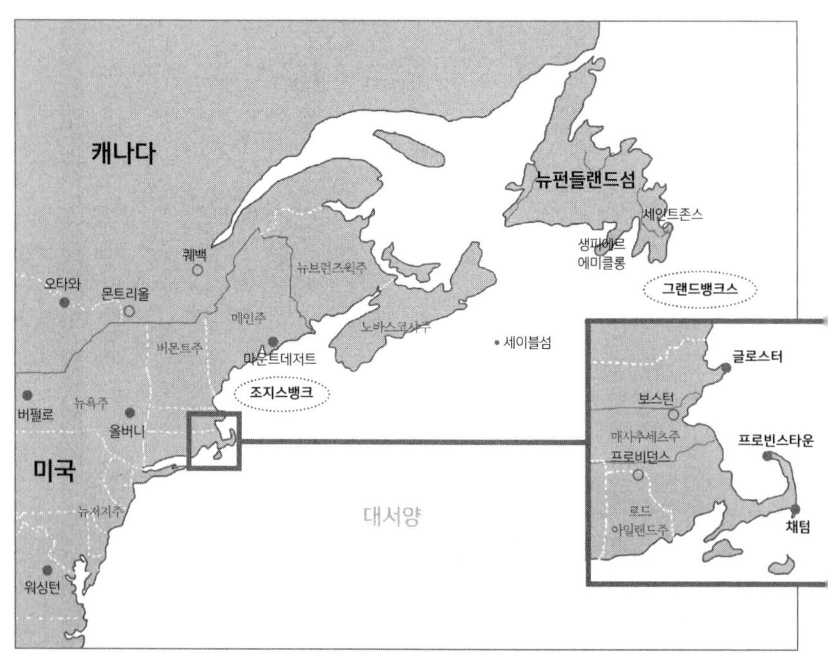

스쿠너선의 각 부분 명칭

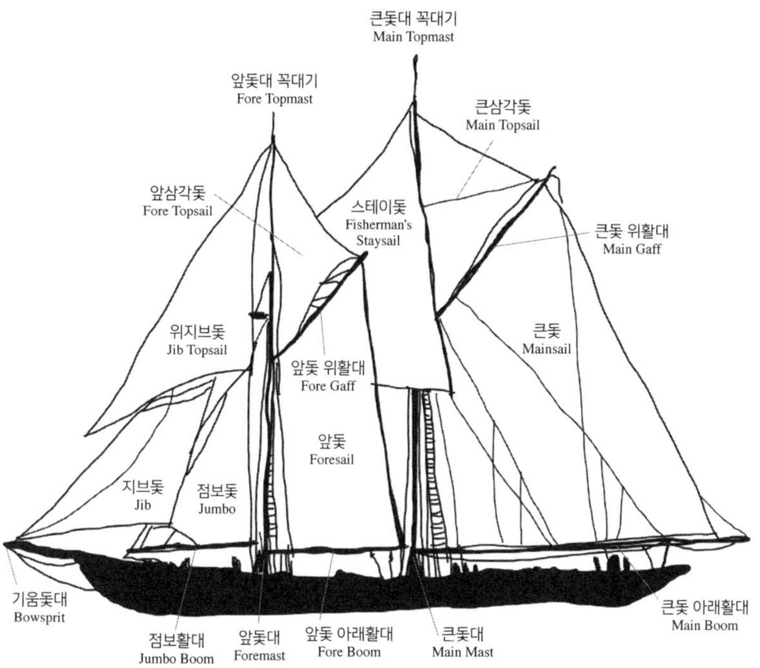

큰돛대 꼭대기
Main Topmast
앞돛대 꼭대기
Fore Topmast
큰삼각돛
Main Topsail
앞삼각돛
Fore Topsail
스테이돛
Fisherman's Staysail
큰돛 위활대
Main Gaff
위지브돛
Jib Topsail
큰돛
Mainsail
앞돛 위활대
Fore Gaff
앞돛
Foresail
지브돛
Jib
점보돛
Jumbo
기움돛대
Bowsprit
큰돛 아래활대
Main Boom
점보활대
Jumbo Boom
앞돛대
Foremast
앞돛 아래활대
Fore Boom
큰돛대
Main Mast

일러두기

1. 이 책은 *Captains Courageous* by Rudyard Kipling(1896)의 완역이다.
2. 번역 대본은 밴텀 클래식 페이퍼백 판본(Bantam Dell, 2006)을 사용했다. 아울러 옥스퍼드 월드 클래식스 판본(Oxford University Press, 1995)에 수록된 리오니 오먼드(Leonee Ormond)의 해설과 주석, 그리고 영국 키플링 협회 웹사이트(www.kiplingsociety.co.uk)에 있는 오먼드의 주석에 대한 수정 및 보충 내용을 참고했다.
3. 원문에는 뉴잉글랜드 어부들의 사투리가 많이 등장하지만, 번역 과정에서 부득이하게 모두 표준어로 바꾸었다. 일부 관용 표현 역시 내용의 이해를 위해 적절히 바꾸거나 부연했다.
4. 본문의 선박 및 어업 관련 전문용어는 국내의 현행 전문용어를 따르는 대신 번역자가 임의로 직역하거나 적절하게 풀어 썼다.

버몬트주 브래틀버러의

의학박사 제임스 콘랜드 님께

차례

말馬을 부려 땅을 갈았지만
내 마음은 편안하지 않았다네
예전 뱃일 함께 하던 사람들이
때때로 나를 보러 찾아와서는
바다 이야기를 늘어놓는 까닭에

- 롱펠로

제1장

CAPTAINS COURAGEOUS

열려 있는 흡연실의 출입문 밖에는 북대서양의 안개가 자욱했다. 커다란 정기 여객선은 이리저리 흔들리며 근처에서 고기잡이를 하는 배들을 향해 경적을 울리고 있었다.

"그 셰인네 꼬마가 이 배에서 가장 큰 골칫거리라니까. 그 녀석이 여기 안 왔으면 좋겠어. 너무 까불거든."

모직 외투를 입은 한 남자가 덧문을 쾅 닫으며 말했다.

머리가 새하얀 독일 사람도 샌드위치를 집어 들고 먹으면서 투덜거렸다.

"그런 종류의 녀석들은 내가 잘 알지. 미국에는 그런 녀석들이 잔뜩 있거든. 만약 미국이 회초리로 쓰려고 밧줄을 수입한다면 관세라도 면제해 줘야 할 판이라니까."

"무슨! 그 녀석 자체는 별로 해가 될 것도 없어. 오히려 동정을 받아야 마땅한 신세지."

뉴욕에서 온 남자가 물기 어린 채광창 아래에서 쿠션에 길게 드러누운 채 거만한 말투로 말했다.

"그 녀석은 어렸을 때부터 이 호텔에서 저 호텔로 노상 부모에게 끌려다녔단 말이야. 안 그래도 내가 오늘 아침에 그 녀석 어머니랑 직접 이야기를 해 봤지. 상당히 우아한 부인인데, 아들 문제에는 대놓고 두 손을 들었더라고. 그 녀석이 학업을 마쳐야 하기 때문에 유럽으로 가는 중이라더군."

"학업은 아직 시작도 안 했다던데요."

이번에는 한쪽 구석에 쭈그리고 앉아 있던 필라델피아 사람이 끼어들었다.

"그 꼬마는 자기가 한 달에 용돈을 200달러씩 받는다고 저한테 자랑하더라고요. 아직 열여섯 살도 안 되었는데 말이에요."

"그 애 아버지가 철도 쪽에서 일한댔지? 아닌가?"

독일 사람이 물었다.

"맞아요. 철도에 광산에 목재에 해운까지. 샌디에이고에 집이 한 채 있다더군요. 로스앤젤레스에도 집이 또 있고요. 철도 노선만 대여섯 개를 소유하고 있고, 태평양 연안의 목재 가운데 절반이 그 양반 거래요. 그러니 그 부인이 돈을 그렇게 써 댈 수 있는 거죠."

필라델피아 사람은 느긋하게 말을 이어 나갔다.

"그 부인은 서부가 마음에 안 든대요. 오로지 자기 아들과 자기 기분에 따라 움직이는 것 같더라고요. 제가 보기에는 특히 그 아들놈이 어디를 좋아하는지 알아내려고 애쓰는 것 같았어요. 플로리다, 애디론댁산맥, 레이크우드, 핫스프링스, 뉴욕, 그리고 다시 처음부터 한 바퀴 쓱 도는 거죠. 지금 그 녀석 수준은 이류 호텔 직원 정도밖에 안 돼요. 아마 유럽에서 학업을 마치면 더 지독한 말썽꾸러기가 되어 있겠죠."

"그렇다면 그 아버지란 양반은 왜 직접 아들을 따라다니지 않는 거지?"

모직 외투 차림의 남자가 물었다.

"그 아버지야 돈 긁어모으는 데 정신이 없겠죠. 제 생각에는 귀찮은 일을 멀리하려는 것일 수도 있고요. 앞으로 몇 년 안에는 그 양반도 자기 실수를 깨달을 거예요. 여하간 딱한 일이라니까요. 잘만 살펴보면 그 꼬마에게도 나름대로 장점이 없지는 않은데 말이에요."

"그냥 회초리가 약이라니까. 회초리가 약이라고!"

독일 사람이 투덜거렸다.

다시 출입문에서 쾅 소리가 나더니, 열다섯 살쯤 되어 보이는 호리호리한 소년이 반쯤 피운 담배를 입 한구석에 문 채 높은 문턱 너머로 몸을 기울이고 안을 들여다보았다. 그 나이 또래의 소년에게는 잘 찾아보기 힘든 창백하고 노란 얼굴이었다. 소년의 얼굴에는 우유부단함과 허세와 얄팍한 영리함이 뒤섞인 듯한 표정이 떠올라 있었다. 소년은 체리색 재킷에 무릎까지 내려오는 반바지, 빨간색 긴 양말과 단화 차림이었고, 머리에는 빨간색 플란넬 모자를 뒤로 비스듬히 쓰고 있었다. 소년은 이 사이로 휘파람을 불면서 흡연실 안의 사람들을 둘러보고는 크고 높은 목소리로 말했다.

"어이, 밖에 안개가 잔뜩 끼었어요. 주위에서 어선들이 시끄럽게 꽥꽥대는데, 한 대쯤 들이받아 버리면 재미있지 않을까요?"

"문이나 닫아, 하비. 문 닫고 나가 있어. 넌 여기 들어오면 안 돼."

뉴욕 사람이 말했다.

소년은 또박또박 대꾸했다.

"누구 맘대로요? 내 뱃삯이라도 대신 내 줬어요, 마틴 아저씨? 나도 다른 사람들처럼 여기 들어올 자격이 있다고요."

하비는 체커 판 위에 놓인 주사위를 집어 들더니 양손으로 번갈아 가며 던지고 놀았다.

"저기, 아저씨들, 진짜 심심하잖아요. 우리 포커라도 한 판 할까요?"

하지만 아무도 대답하지 않았다. 소년은 담배를 빨고 다리를 흔들며 지저분한 손가락으로 탁자 위를 두들겼다. 그러더니 마치 맞는지 세어 보기라도 하려는 듯 지폐를 한 다

발 꺼냈다.

"어머니는 오늘 오후에 뭐 하셨니? 점심때 안 보이시던네."

한 남자가 물었다.

"일등 선실에 있었겠죠, 뭐. 바다에 나오면 거의 항상 멀미를 하니까. 승무원한테 15달러를 주고 엄마를 좀 돌봐 달라고 하려고요. 난 웬만해서는 아래로는 안 내려가거든요. 식기실을 지나가다 보면 기분이 좀 이상해서요. 아, 나는 바다에 나와 본 게 이번이 처음이라서요."

"야, 핑계 대지 마, 하비."

"누가 핑계를 댄다고 그래요? 이봐요, 아저씨들, 내가 바다를 건너는 건 이번이 처음이라고요. 그런데 첫날 빼면 멀미도 전혀 안 했다니까. 전혀요, 아저씨들!"

소년은 의기양양한 태도로 주먹을 쥐고 탁자를 쿵 내리쳤다. 그러고는 손가락에 침을 묻혀 지폐를 세기 시작했다.

필라델피아 사람이 하품을 하더니 말했다.

"이야, 성능 한번 끝내주는 기계 같군. 작동법도 아주 쉽고 말이야. 너만 잘하면 훗날 조국의 명예에 큰 꽃을 피우겠어."

"나도 알아요. 미국인이니까. 태어날 때부터 죽을 때까지 항상. 내가 유럽에 도착하면 똑똑히 보여 줄게요! 쳇! 담배가 떨어졌네. 승무원이 파는 싸구려는 도대체가 피울 수가 없던데. 혹시 아저씨들 중에 진짜 터키산 시가 가진 사람

없어요?"

기관장이 잠시 흡연실로 들어왔다. 몸이 흠뻑 젖은 채 붉은 얼굴에 미소를 짓고 있었다.

"어이, 맥 아저씨, 일은 잘되고 있는 거지?"

하비가 쾌활하게 외쳤다.

"그야말로 평소와 아주 똑같다고 할 수 있지. 아이는 평소처럼 어른에게 공손하게 대하고, 어른들은 그걸 도리어 황공스럽게 여기고 말이야."

상대방이 빈정거리며 대답했다.

한쪽 구석에서 나지막이 킥킥대는 소리가 들렸다. 독일 사람이 자기 시가 상자를 열더니 윤기 나는 검은색 시가 한 대를 꺼내 하비에게 건네주었다.

"네가 피우기에 딱 맞는 물건이야, 젊은 친구. 한번 피워보지그래? 기분이 아주 좋아질걸."

하비는 그 멋대가리 없는 물건에 보란 듯이 불을 붙였다. 문득 자기가 어른들의 세계에 속한 것 같은 기분이 들었다.

"나를 쓰러뜨리려면 이것보다 더 강한 걸 가져와야 할걸요."

하비가 큰소리쳤다. 하지만 자기가 지금 피우고 있는 것이 독하기로 악명 높은 휠링제製 싸구려 담배라는 사실은 까맣게 모르고 있었다.

"그런지 어떤지는 두고 보면 알겠지. 그나저나 지금 어디쯤 가고 있습니까, 맥도널드 씨?"

독일 사람이 물었다.

"바로 거기, 아니면 그 근처일 겁니다. 셰퍼 씨. 오늘 밤에는 그랜드뱅크스*를 지나간다는 뜻이죠. 하지만 더 정확히 말하자면 지금은 어선들 사이를 지나가고 있다고 표현해야 할 겁니다. 정오부터 지금까지 아슬아슬하게 스쳐 지나간 작은 배들만 세 척이고, 심지어 프랑스 어선 한 척은 아래활대를 부딪쳐서 하마터면 부러질 뻔했거든요. 그야말로 아슬아슬하게 지나갔다고 해야 맞을 겁니다."

기관장이 대답했다.

"시가 맛이 마음에 드나?"

독일 사람이 물었다. 하비의 두 눈에는 이미 눈물이 그렁그렁했다.

"좋은데요. 맛이 진하네요. 그나저나 배 움직이는 속도가 더 느려진 것 같은데, 안 그래요? 나가서 속도계 좀 살펴봐야겠어요."

소년은 악다문 이 사이로 간신히 대답했다.

"그래, 나 같아도 그렇게 하겠어."

독일 사람이 웃음을 참으며 말했다.

* 캐나다 뉴펀들랜드섬 남동쪽에 자리한 해저 고지로, 수심이 낮아 물고기의 먹이가 많은 관계로 세계적인 대어장을 이루고 있다.

흡연실에서 나온 하비는 비틀거리며 물에 젖은 갑판을 지나 가장 가까운 난간으로 갔다. 속이 완전히 뒤집어지는 듯한 기분이었다. 앞을 보니 갑판 승무원이 한창 의자를 묶는 중이었다. 하비는 그 사람 앞에서 자기는 절대 멀미를 하지 않는다고 자랑했었기에, 자존심을 굽히기 싫어서 일부러 이등 객실 갑판이 있는 선미船尾 쪽으로 갔다. 선미에 있는 귀갑龜甲 갑판*은 텅 비어 있었다. 하비는 깃대가 세워져 있는 갑판 끝까지 천천히 걸어가서 고통스러워하면서 힘없이 난간에 몸을 걸치고 웅크렸다. 휠링제 독한 담배에 풍랑과 스크루의 진동까지 한데 뒤섞이면서 그의 정신은 점차 밖으로 새어 나갔다. 머리가 핑핑 돌았다. 눈앞에서는 불꽃이 춤을 추었다. 몸은 점점 무게가 줄어드는 것 같았고, 발뒤꿈치는 산들바람에도 흔들거렸다. 멀미로 휘청거리던 하비는 배의 흔들림 때문에 점차 난간 너머로 몸이 기울더니, 그만 미끄러운 귀갑 갑판 끄트머리로 아예 넘어가 버렸다. 곧이어 야트막한 회색 파도가 안개 속에서 튀어나오더니, 마치 하비를 한쪽 팔 밑에 끼듯 안고 바람 불어 가는 쪽으로 끌고 가 버렸다. 커다란 녹색 파도에 휘감긴 소년은 조용히 잠이 들었다.

하비는 무슨 소리가 들려 정신이 들었다. 애디론댁산맥

* 거북 등껍질처럼 오목한 형태의 선미 갑판을 말한다.

에서 잠깐 다녔던 여름학교에서 저녁 식사 시간을 알리는 나팔 소리와 비슷한 소리였다. 그는 자기가 하비 셰인이라는 사실을, 그리고 바다 한가운데에서 물에 빠져 죽었다는 사실을 천천히 기억해 냈다. 하지만 온몸에 힘이 없었기 때문에 차마 이 두 가지 사실을 서로 끼워 맞출 수가 없었다. 곧이어 낯선 냄새가 소년의 코를 가득 채웠다. 등을 따라 축축하고 끈끈한 냉기가 흘렀고, 몸은 소금물에 푹 젖은 상태였다. 눈을 뜨자 하비는 자기가 여전히 바다 위에 있음을 깨달았다. 주위에 온통 은색의 물결이 넘실거리고 있었기 때문이었다. 그런데 자세히 살펴보니 그는 반쯤 죽은 물고기 더미 위에 쓰러져 있었고, 저 앞에는 파란색 셔츠를 입은 덩치 큰 남자의 등짝이 보였다.

'상황이 좋지 않은데. 나는 죽었어. 그럼 저건 분명 저승사자일 거야.'

소년은 생각했다.

그가 신음을 내자 앞에 있던 남자가 뒤를 돌아보았다. 검은 곱슬머리 아래로 작은 금 귀걸이가 반쯤 드러나 보였다.

"아하! 이제 기분이 좀 나아졌나? 그래도 움직이지 말고 가만있어. 그래야 균형 잡기가 더 쉬우니까."

남자는 재빨리 노를 저어서 뱃머리를 높은 파도에 정면으로 들이밀었다. 곧 보트는 6미터 넘게 솟아올랐지만, 뒤로 약간만 미끄러졌을 뿐이었다. 산을 오르는 것과 비슷한 이런 과정을 되풀이하면서도 파란색 셔츠 차림의 남자는 계속 말을 걸었다.

“정말 다행인 건 뭐냐 하면, 내가 너를 건졌다는 거야. 어, 그렇지. 더 다행인 건 뭐냐 하면, 네가 탔던 배가 나한테 부딪치지 않았다는 거고. 그나저나 어쩌다가 배에서 떨어진 거야?”

“멀미가 나서. 멀미가 나서 어쩔 수가 없었어요.”

하비가 말했다.

“때마침 내가 나팔을 불었지. 그랬더니 네가 탔던 배가 약간 방향을 틀더라고. 그런데 갑자기 네가 떨어지는 게 보이는 거야. 어, 그렇지. 여차하면 너는 스크루에 휘감겨서 산산조각이 날 뻔했어. 하지만 다행히 물에 휩쓸려서 내가 있는 쪽으로 떠내려온 거야. 그래서 나는 큰 물고기를 잡듯 너를 낚았지. 그렇게 해서 네가 죽지 않은 거야.”

“여기가 어디예요?”

하비가 물었다. 어쩐지 지금 누워 있는 곳도 아주 안전하다는 생각은 들지 않았다.

“너는 지금 나랑 같이 보트에 타고 있지. 나는 마누엘이고, 글로스터 선적船籍 스쿠너선* ‘위아히어We're Here’호의 선원이야. 나는 글로스터에 살거든. 그나저나 조금 있으면 저

* 두 개 이상의 돛대가 있는 서양식 범선

녁 식사 시간이야. 어, 그렇지?"

남자는 손이 두 개가 아니라 네 개인 것 같았고, 머리도 쇳덩어리로 만든 것 같았다. 왜냐하면 커다란 고동 나팔을 부는 것만으로 충분하지 않자 아예 자리에서 일어나더니, 평평한 바닥에서 배의 움직임에 따라 흔들거리면서 안개 너머로 째질 듯 요란한 나팔 소리를 냈기 때문이다. 이 소동이 얼마나 오래 계속되었는지 하비는 기억할 수 없었다. 그는 내내 큰 너울을 지켜보며 겁에 질린 채 누워 있었기 때문이다. 문득 총소리와 나팔 소리와 크게 외치는 소리를 들은 것도 같았다. 그가 타고 있는 배보다 더 커다란, 그리고 그에 못지않게 떠들썩한 뭔가가 옆에 모습을 드러냈다. 몇 사람의 목소리가 한꺼번에 들려왔다. 하비는 어둡고 요동치는 곳으로 옮겨졌고, 방수복을 입은 사람들이 그에게 뜨거운 음료를 주고 옷을 벗겼다. 곧이어 하비는 잠들어 버렸다.

잠에서 깨자마자 하비가 처음으로 들은 것은 증기선의 아침 식사 종소리였다. 그는 자기가 머물던 일등 객실이 왜 갑자기 이렇게 줄어들었나 싶어 어리둥절했다. 그런데 고개를 돌리자 삼각형 모양의 좁은 선실이 보였다. 커다란 사각 들보에는 등불이 하나 걸려 있었다. 손을 뻗으면 닿을 만한 거리에는 삼각형 탁자 하나가 놓여 있어서 뱃머리와 앞돛대 사이의 공간을 차지하고 있었다. 저쪽 끝에는 매

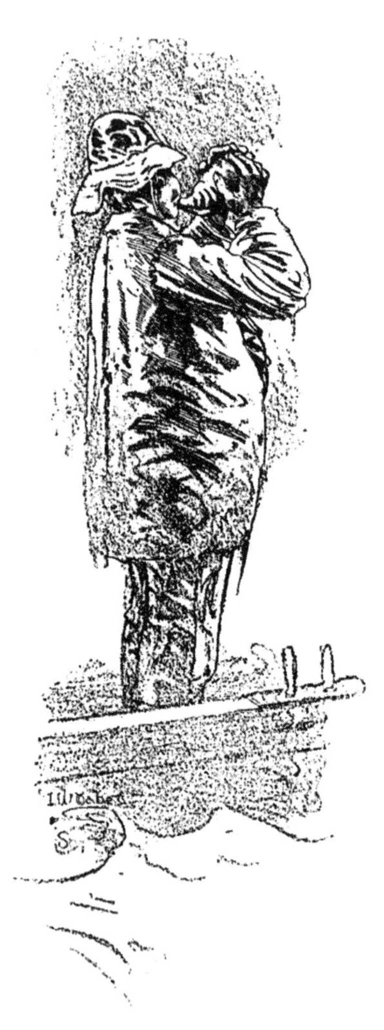

우 낡은 플리머스식 스토브가 있었는데, 그 뒤에 하비와 비슷한 또래의 소년이 하나 앉아 있었다. 평범하고 불그스레한 얼굴에 반짝이는 회색 눈동자를 가진 소년이었다. 그 소년은 파란색 셔츠를 입고 목이 긴 고무장화를 신고 있었다. 바닥에는 똑같은 종류의 신발 몇 켤레와 낡은 모자 하나, 그리고 낡아 빠진 양모 양말 몇 켤레가 놓여 있었고, 여러 개의 침상 옆에는 검은색과 노란색의 방수복이 이리저리 굴러다니고 있었다. 마치 면화 자루에 면화 냄새가 배어들듯 이곳 역시 특유의 냄새가 배어들어 있었다. 방수복에서는 특히나 강한 특유의 냄새가 풍겼고, 여기에다 튀긴 생선 냄새며 그을린 윤활유 냄새, 페인트 냄새, 후추 냄새, 묵은 담배 냄새가 뒤섞여 있었다. 그리고 배와 바닷물의 냄새가 이 모두를 감싸다시피 하면서 압도적으로 풍겨 왔다. 하비는 자기가 누운 침상에 시트 하나 깔려 있지 않다는 사실에 혐오감을 느꼈다. 그나마 깔려 있는 지저분한 누더기에는 여기저기 뭉치고 튀어나온 곳이 가득했다. 게다가 이 배의 움직임은 증기선의 움직임과는 전혀 달랐다. 이 배는 단순히 흔들리는 것이 아니라, 뭔가 우습고도 정처 없는 방식으로 꿈틀거렸다. 마치 고삐를 처음 단 망아지가 이리저리 날뛰는 것 같았다. 물이 내는 소음도 귀에 더 가까이 들렸고, 천장의 들보 역시 삐걱거리고 끽끽거리는 소리를 냈다. 이 모두를 지켜보던 하비는 암담한 기분에 불평을 내뱉었고, 문득 엄마를 떠올렸다.

"어때, 좀 나아졌어?"

낯선 소년이 씩 웃으며 말했다.

"커피 줄까?"

소년은 양철 컵에 커피를 가득 담고 당밀을 넣어 달게 만들어서 가져다주었다.

"우유는 없어?"

하비는 이렇게 물으며 어두운 2층 침상 곳곳을 둘러보았다. 마치 어딘가에 암소라도 한 마리 있지 않나 기대하는 듯한 모습이었다.

"응, 없어. 9월 중순까지는 우유를 구경도 못 할 가능성이 크지. 그래도 커피 맛이 나쁘지는 않아. 내가 직접 만들었거든."

소년이 말했다.

하비는 아무 말 없이 커피를 마셨다. 곧이어 소년이 바삭바삭하게 튀긴 돼지고기를 가득 담은 접시를 건네주자 역시나 신나게 먹어 치웠다.

"네 옷은 내가 말려 놨어. 그런데 조금 줄어든 것 같기는 해. 우리가 입는 옷하고는 전혀 달라서 말이야. 정말 하나도 비슷한 게 없더라. 그나저나 몸을 좀 움직여 봐. 혹시 어디 다친 데라도 있나 보게."

소년이 말했다.

하비는 이리저리 몸을 움직여 보았지만 특별히 다친 곳은 없는 것 같았다.

"다행이네."

소년이 진심 어린 어조로 말했다.

"이제 일어나서 갑판으로 나가자. 아빠가 너를 데려오라고 하셨거든. 나는 댄이라고 해. 이 배에서는 주방장 보조로 일하고 있고, 또 어른들이 하지 않는 지저분한 일들을 모조리 도맡아 하고 있지. 여기에는 나 말고 다른 애들이 전혀 없어. 왜냐하면 오토가 물에 빠져 죽었거든. 네덜란드 사람이고 나이는 스무 살이었어. 그나저나 너는 어쩌다가 바다에 빠진 거야?"

"바다가 잔잔하지 않았으니까. 강풍이 불었는데, 멀미가 나서 그랬어. 아마 난간 너머로 굴러떨어진 것 같아."

하비는 퉁명스레 대답했다.

"무슨! 어제는 낮이고 밤이고 보통 수준의 너울뿐이었는데. 그래도 네가 굳이 강풍이었다고 우긴다면 나도 할 말은 없지, 뭐."

댄은 말을 하다 말고 휘파람을 불었다.

"하여간 이번 조업이 끝나기 전에는 너도 뭐가 뭔지 알게 될 거야. 그나저나 서둘러! 아빠가 기다리고 계시니까!"

다른 불운한 아이들과 마찬가지로 하비 역시 평생 동안 누군가로부터 직접적인 명령을 받아 본 적이 한 번도 없었다. 그나마 몇 번 예외가 있긴 했지만, 그것은 어머니가 왜 명령에 따라야 하는지, 또는 왜 부탁을 하는지 길고도 눈물겨운 설명을 한 결과였다. 셰인 부인은 혹시나 아들의 기를 꺾을까 봐 매사에 노심초사했으며, 이것이야말로 그녀가 신경쇠약 직전까지 몰리게 된 이유이기도 했다. 하비는 왜 자기가 굳이 남 좋으라고 서둘러야 하는지 이해할 수가 없었고, 따라서 그런 심정을 솔직히 털어놓았다.

"너네 아빠가 그렇게 나를 보고 싶어 안달한다면, 차라리 이리 직접 내려오라고 해. 사실 지금 당장 나를 뉴욕까지 데려다주었으면 하거든. 돈은 얼마든지 낼 테니까."

댄은 상대방이 농담이라도 한 듯한 표정을 짓더니 앞선실 갑판으로 통하는 뚜껑문 밖을 향해 외쳤다.

"저기요, 아빠! 얘가 그러는데요, 아빠가 그렇게 얘를 보고 싶으시면 차라리 이리로 직접 내려오시라는데요. 들으셨죠, 아빠?"

그러자 하비가 이제껏 들어 본 목소리 가운데 가장 굵은 목소리가 들려왔다.

"장난치지 마라, 댄. 얼른 그 녀석 이리로 보내."

댄은 킬킬거리더니 젖었다 말라서 뒤틀린 신발을 하비에게 던져 주었다. 갑판에서 들려온 목소리의 어조에 하비는 일단 극단적인 분노는 잠시 묻어 두기로 했다. 자기와 아빠가 얼마나 부자인지는 집으로 돌아가는 동안 조금씩 드러내 주자고 생각하며 마음을 달랬다. 이렇게 극적으로 구조되었다는 이야기를 하면 평생 친구들 사이에서 영웅 대접을 받을 것이 분명했다. 하비는 수직으로 놓인 사다리를 타고 갑판으로 올라갔고, 이런저런 장애물을 피해서 비틀거리며 선미로 향했다. 그곳에는 작고 땅딸막한 남자가 후갑판으로 올라가는 계단에 앉아 있었다. 남자는 말끔히 수염을 깎은 얼굴에 회색 눈썹을 가지고 있었다. 풍랑은 밤사이에 지나가 버렸고, 이제는 길고도 매끈한 바다가 펼쳐져 있었다. 수평선 곳곳에는 돛을 펼친 어선이 열댓 척 정도 보였다. 그 사이사이마다 검은 점들이 찍혀 있었는데, 바로 낚시를 하러 나온 보트들이었다. 큰돛대에 정박돛*을 매단 스쿠너선은 닻을 내린 채 천천히 흔들리고 있었다. 흔히들 '집'이라고 부르는 뒷선실 지붕 옆에 있는 남자를 제외하면 배 위는 텅 비어 있었다.

"잘 잤나. 시간은 벌써 오후지만 말이야. 거의 하루 온종일 잠을 잤군, 젊은 친구."

인사는 그뿐이었다.

"안녕하세요."

하비가 말했다. 그는 '젊은 친구'라는 호칭을 싫어했다.

* 스쿠너선이 해상에 닻을 내릴 경우, 다른 모든 돛을 내린 상태에서 올리는 작은 삼각형 돛

게다가 그는 물에 빠져 죽을 뻔했다가 살아난 사람이었다. 그러니 당연히 상대방이 자신을 딱하게 여길 거라고 생각했었다. 엄마는 아들의 발만 물에 젖어도 무척이나 가슴 아파했었으니까. 하지만 이 뱃사람은 전혀 흥분하지 않는 것처럼 보였다.

"그나저나 자네 이야기를 들어 봐야겠는데. 모든 상황을 고려해 보면, 이거야말로 처음부터 끝까지 완전한 하늘의 섭리 같아서 말이야. 자네는 이름이 어떻게 되나? 어디서 왔고 어디로 가는 거지? 물론 우리 추측에는 뉴욕에서 와서 유럽으로 가는 것 같지만."

하비는 자기 이름과 증기선의 이름을 밝힌 다음 사고가 난 경위를 짧게 설명하고, 배를 곧장 뉴욕으로 돌리라고 명령했다. 거기로 가면 자기 아빠가 누구에게든 얼마든지 돈을 줄 거라고 했다.

수염을 깨끗이 깎은 남자는 하비의 연설을 듣고 나서도 아무런 감흥이 없는 듯했다.

"흠. 지나가던 배에서 아주 잔잔한 바다로 뚝 하고 떨어진 사람이 뭔가 특별한 사람이라고는 생각할 수가 없는걸. 제아무리 아이라도 말이야. 그것도 멀미 때문에 물에 빠졌다고 핑계를 댈 때에는 더더욱 말이지."

"핑계라니! 내가 재미 삼아 이따위 작고 더러운 배에 떨어진 것 같아요?"

하비가 소리쳤다.

"자네가 생각하는 재미의 개념이 뭔지는 나도 정확히 모르겠군, 젊은 친구. 하지만 내가 자네라면 그야말로 하늘의 섭리로 자기 목숨을 구해 준 이 배를 욕하지는 않을 거야. 그 이유는 첫째로, 그거야말로 터무니없는 신성모독이기 때문이지. 둘째로, 그러면 내 기분이 나쁘기 때문이고. 나로 말하자면 글로스터 선적 위아히어호의 선장 디스코 트루프다. 자네는 아직 잘 모르는 것 같지만 말이야."

"나야 그게 뭔지도 모르고 그따위에는 관심도 없다고요. 물론 나를 구해 준 것이며 이것저것은 충분히 고마워요! 하지만 이건 똑똑히 알아 둬요. 나를 뉴욕으로 데려다주는 게 빠르면 빠를수록 아저씨가 받는 돈도 더 많아질 거예요."

하비가 말했다.

"돈이라니, 무슨?"

트루프의 온화한 푸른 눈에 의심이 깃들면서 덥수룩한 눈썹이 올라갔다.

"당연히 현금이죠."

하비는 자기가 상대방에게 뭔가 감명을 주었다고 생각하고는 기쁘게 덧붙였다.

"순전히 현금으로만."

그러고는 한 손을 바지 주머니에 넣고 가슴팍을 약간 내밀었는데, 이것이야말로 뭔가 근사해 보이려는 자기만의

방식이었다.

"나를 건져 올린 거야말로 아저씨가 평생 한 일 중에서도 가장 훌륭한 일이라고요. 나로 말하자면 하비 셰인의 하나밖에 없는 아들이니까."

"하비 셰인이 누군지는 모르겠지만, 자네 아버지란 양반은 꽤 잘난 사람인가 보군."

디스코는 차갑게 대꾸했다.

"하비 셰인이 누구인지 잘 모른다면 별로 아는 것도 없는 사람이네. 여하간 됐어요. 이제 배를 돌리라고요, 어서!"

방금 전까지만 해도 하비는 미국 대부분의 지역에서 모든 사람들이 자기 아버지의 돈에 관해 수군대며 부러워하고 있다고 확신하고 있었다.

"그럴 수도 있고 안 할 수도 있지. 그나저나 그 가슴팍 좀 집어넣으시지, 젊은 친구. 지금 자네 배 속에 들어 있는 건 내 식탁에서 얻어먹은 음식이니까."

댄의 웃음소리가 들렸고 하비는 금세 얼굴이 붉어졌다. 선장의 아들은 짧은 앞돛대 옆에서 뭔가 바쁜 척을 하고 있었다.

하비가 큰소리를 쳤다.

"그래 뭐, 내가 먹은 음식 값도 내면 될 거 아니에요. 그러면 언제쯤 뉴욕에 도착하는 거죠?"

"뉴욕에 갈 일은 없을 거야. 보스턴에 갈 일도 없기는 마찬가지고. 잘하면 9월쯤 되어서야 이스턴 포인트*를 보게 되겠지. 그러니 자네 아버지란 양반도 그때쯤 가서 자네 말마따나 10달러쯤 주시면 충분할 것 같군. 그 양반이 누군지 내가 미처 몰라서 정말 미안하지만 말이야. 뭐, 안 주셔도 그만이고."

"겨우 10달러라니! 무슨 소리예요. 그 정도면 지금 여기에도……."

하비는 바지 주머니에 넣어 둔 지폐 뭉치를 찾으려고 손을 집어넣었다. 그런데 그 안에서 나온 것은 물에 퉁퉁 불은 담뱃갑뿐이었다.

"그건 법정 통화도 아니잖아. 폐에도 나쁜 거고. 그건 배 밖으로 던져 버리고 다시 제대로 꺼내 보라고, 젊은 친구."

선장이 빈정거렸다.

"누가 훔쳐 간 거야!"

하비는 벌컥 화를 내며 외쳤다.

"그러면 자네 아버지가 직접 돈을 내실 때까지 기다려야 하지 않을까?"

"134달러나 있었는데, 모조리 훔쳐 갔어!"

하비는 다시 허겁지겁 자기 주머니를 뒤지더니 말했다.

"당장 내놔요."

* 글로스터 항구로 들어가기 위해 우회해야 하는 대서양 쪽의 곶을 말한다.

트루프의 늙고 단단한 얼굴에 묘한 변화가 지나갔다.

"자네 정도 나이에 도대체 어떻게 134달러나 되는 돈을 갖고 있었던 거지, 젊은 친구?"

"그건 내 용돈 중 일부라고요. 한 달에 받는 용돈."

하비는 이 한마디야말로 상대방에게 결정타가 되리라 여겼다. 실제로도 그러했다. 비록 다른 방식으로기는 했지만.

"아하! 134달러가 용돈 가운데 겨우 일부에 불과하시다 이거지? 그것도 한 달에 받는 용돈의 일부라! 배에서 떨어질 때 혹시 뭐에 부딪힌 기억은 없나, 응? 기둥에 부딪혔다든지 말이야. 그러고 보니 '이스트윈드' 호의 해스킨 영감이 그랬었지."

트루프는 어쩐지 혼잣말을 하는 것처럼 보였다.

"그 양반은 뚜껑문에 발이 걸려 넘어지면서 큰돛대에 머리를 부딪혔어. 그것도 아주 세게. 그로부터 3주 동안 해스킨 영감은 '이스트윈드' 호를 상선 잡는 전함이라고 착각하고는 세이블섬에 대고 선전포고를 했지. 그 섬 모래밭이 아주 길게 뻗어 있다 보니까 거기를 영국으로 착각한 거야. 결국 선원들이 그 양반을 침낭에 집어넣고는 머리하고 발만 나오게 꽁꽁 묶어서 나머지 항해 기간 내내 그 상태로 내버려 두었지. 에식스에 있는 자기 집에 데려다주었더니, 그때부터는 헝겊 인형을 갖고 혼자서 놀더라던가."

자기를 정신이 나간 사람으로 치부하는 선장의 이야기에

하비는 화가 머리끝까지 치밀었지만, 트루프는 마치 위로하듯 이야기를 이어 나갔다.

"자네 정말 딱하구먼. 정말 딱해. 이렇게 어린 나이에 말이야. 내 생각에는 그 돈인지 뭔지에 관해서는 더 이야기하지 않는 게 낫겠어."

"당연히 이야기하고 싶지 않겠지. 당신이 내 돈을 훔쳤으니까."

"마음대로 생각하라고. 그렇게 생각하는 편이 자네에게 도움이 된다면 우리가 훔쳤다고 치자고. 그리고 우리는 당장 육지로 돌아갈 수가 없어. 설령 육지로 돌아간다 치더라도 자네 상태를 보아 하니 지금 당장 집을 찾아갈 수 있을 것 같지도 않군. 게다가 우리는 이제 막 그랜드뱅크스에 도착했다고. 여기서 밥벌이를 해야 한다니까. 우리로 말하자면 용돈은 고사하고 한 달 내내 벌어도 100달러의 절반도 구경 못 하는 신세거든. 그래도 운이 좋으면 9월 첫째 주 정도에는 다시 육지로 돌아갈 수 있겠지."

"하지만…… 하지만 지금은 5월이잖아요. 당신네가 물고기를 잡아야 한다는 이유로 내가 여기서 아무 일도 안 하고 시간만 버릴 수는 없다고요. 분명히 말해 두는데, 그건 안 돼요!"

"지당한 말이네, 지당한 말이야. 물론 어느 누구도 자네더러 아무 일도 안 하고 시간만 버리라고는 안 했어. 자네가 할 일이야 산더미처럼 쌓여 있으니까. 안타깝게도 오토가 르하브 근처에서 바다에 빠져 죽었거든. 내 생각에는 그 근처에서 강풍을 만났을 때 그만 실수로 빠지지 않았나 싶어. 물론 그 친구가 다시 살아 돌아와서 뭐가 맞는지 설명해 줄 리는 없겠지. 그런데 갑자기 자네가 툭 하고 나타난 거야. 모든 상황을 고려해 보면 이거야말로 명백하고 순전한 하늘의 섭리라고 할 수밖에. 하여간 자네도 최소한 몇 가지 일쯤은 할 수 있겠지. 안 그런가?"

"육지에 도착하기만 하면 내가 확실히 고발할 거야. 당신이고 당신네 패거리고 간에……."

하비는 잔뜩 화가 나서 고개를 주억거리며 말했다. 그러고는 "해적질로 말이야."라고 어렴풋하게 위협의 말을 중얼거렸다. 이 말을 듣고 트루프는 잘 드러나진 않았지만 슬그머니 미소를 지었다.

"물론 말로만 때우려는 건 아니야. 그 이야기를 깜박했군. 위아히어호에 타려는 마음이 들려면 단순히 말 이상의 뭔가를 더 제안해야겠지. 자네는 두 눈 똑바로 뜨고 댄을 따라다니며 저 녀석이 시키는 대로 하라고. 일손 좀 보태고, 뭐, 그렇게만 하면 돼. 그러면 내가 한 달에 10달러 50센트는 줄 테니까. 조업을 마칠 즈음에는 다 합쳐 35달러쯤 벌겠군. 물론 자네를 보아 하니 그 정도 가치까지는 없어 보이지만, 여하간 나는 그렇게 줄 용의가 있다는 거야.

일을 좀 하다 보면 자네도 정신이 맑아질 거고, 그런 다음에 자네의 아버지며 어머니에 대해서, 그리고 자네가 가졌다던 돈에 대해서 이야기해 보자고."

"우리 엄마는 증기선에 있어요. 그러니 나를 당장 뉴욕으로 데려다 달라고요!"

하비는 눈물을 글썽거리며 소리쳤다.

"어머니가 참 안되셨네! 참 안되셨어! 하지만 나중에 다시 만나면 어머니도 모든 슬픔을 잊어버리실 거야. 지금 위아히어호에는 여덟 명이나 타고 있어. 그런데 이제 와서 갑자기 육지로 돌아가 버리면 우리는 이번 조업 철을 영영 놓쳐 버린다고. 육지까지는 1,500킬로미터도 더 되니까. 설령 내가 동의한다 치더라도, 다른 선원들은 동의하지 않을 거라 이 말이지."

"하지만 우리 아빠가 모두 보상을 해 줄 수 있다니까요!"

"물론 그러려고 하시겠지. 당연히 그럴 거라는 건 나도 의심하지 않아. 하지만 이 한철 고기잡이야말로 여덟 명 모두에게는 생계가 달린 일이야. 게다가 이왕 이렇게 된 거, 자네 역시 가을쯤 되어서 더 건강한 모습으로 아버지를 만나 뵙는 게 더 낫지 않겠느냐는 거지. 그러니 어서 가서 댄을 도와주도록 해. 아까 말한 것처럼 한 달에 10달러 50센트야. 그리고 다른 선원들과 마찬가지로 숙식은 당연히 무료이고."

"그럼 나보고 여기서 냄비며 프라이팬 따위나 닦고 있으라고요?"

하비가 소리쳤다.

"물론 그것 말고 다른 일도 많아. 굳이 소리를 지를 필요는 없다고, 젊은 친구."

"안 해! 우리 아빠라면 이 작고 더러운 생선 바구니 따위는 충분히 사고도 남을 만큼 돈을 줄 수 있다니까!"

하비는 분한 나머지 갑판을 발로 쿵쿵 굴렀다.

"나를 뉴욕까지 무사히 데려다주기만 하면, 이따위 배는 열 척은 사고도 남을 만큼 돈을 줄 수 있다고요. 그리고…… 그리고 아저씨가 벌써 내 돈을 130달러 넘게 가지고 갔잖아요."

"내가 어떻게?"

트루프의 강철 같은 얼굴이 험악해졌다.

"어떻게라니? 그건 아저씨가 잘 알겠죠. 그건 그렇다 치고, 지금 나더러 가을이 될 때까지 육체노동을 하란 말이잖아요."

하비는 '육체노동'이라는 제 딴에는 어려운 단어를 써먹으며 은근히 자부심을 느꼈다.

"분명히 말하는데, 난 절대 안 할 거예요. 알아들었어요?"

하비가 펄펄 뛰며 장광설을 토해 내는 동안, 트루프는 잠자코 큰돛대 꼭대기만 유심히 바라보았다.

선장이 마침내 입을 열었다.

"후유! 내 의무를 머릿속에서 떠올려 보고 있었지. 결국 판단의 문제인데."

댄이 슬며시 다가와 하비의 팔꿈치를 잡아당기며 애원했다.

"우리 아빠한테 그렇게 대들지 마. 너는 벌써 두세 번이나 우리 아빠를 도둑놈이라고 욕했잖아. 우리 아빠는 세상 어느 누구한테도 그런 말을 듣고 참으실 분이 아니라고."

"절대 안 할 거라니까!"

댄의 조언에도 불구하고 하비는 거의 비명을 지르다시피 소리쳤다. 트루프는 여전히 뭔가를 생각하는 모습이었다.

"붙임성이 좀 없는 것 같군."

선장이 마침내 이렇게 말하며 하비의 모습을 위아래로 훑어보았다.

"나로선 자네를 비난할 수가 없군. 전혀, 젊은 친구. 자네 역시 성미를 부리면서도 차마 나를 비난할 수야 없겠지. 내가 한 말은 제대로 알아들은 건가? 우리 스쿠너선의 이등 선원으로 10달러 50센트라는 거야. 숙식은 무료이고. 이건 어디까지나 자네를 가르치기 위해서, 그리고 자네의 건강을 위해서 하는 제안이야. 그러니 할 건가, 말 건가?"

"안 한다고! 지금 당장 나를 뉴욕으로 데려가지 않으면, 내가 반드시……."

하비는 곧이어 무슨 일이 벌어졌는지 기억조차 나지 않았다. 정신을 차려 보니 갑판 배수구에 쓰러져 있었고, 한 손으로는 피가 나는 코를 붙잡고 있었다. 그리고 트루프는 굳은 표정으로 그를 내려다보고 있었다.

선장이 아들에게 말했다.

"댄, 나는 이 젊은 친구를 처음 보자마자 마음에 안 든다고 성급한 판단을 내렸어. 너는 절대로 성급하게 판단해 잘못되는 일이 없도록 해라, 댄. 이제 나는 이 친구가 딱하게 느껴지는구나. 정신이 혼란하다는 게 분명하기 때문이지. 저 친구가 나한테 한 욕설이며 지금까지 한 주장 모두 저 친구한테 책임을 물을 수는 없겠어. 저 친구가 바다로 뛰어든 것도 마찬가지고. 내가 보기엔 아무래도 이 친구가 스스로 뛰어든 것 같거든. 여하간 저 친구한테 잘 대해 주도록 해라. 코피를 흘렸으니 이제는 머리가 좀 맑아졌겠지. 좀 더 흘리게 내버려 둬!"

트루프는 굳은 표정을 지은 채 본인과 다른 고참 선원들이 숙소로 사용하는 뒷선실로 들어가 버렸다. 갑판에는 댄 혼자 남아서 무려 3,000만 달러의 상속자인 저 불운한 소년을 위로하고 있었다.

제2장

CAPTAINS COURAGEOUS

"내가 경고했었지. 우리 아빠도 성미가 느긋한 분은 아니지만, 넌 맞아도 싸. 어휴! 그런 식으로 덤비다니, 바보같이……."

댄이 말했다. 시커멓고 미끄러운 갑판 위로 진한 핏방울이 뚝뚝 떨어지고 있었다. 하비는 눈물까지는 흘리지 않았지만 거듭해서 위아래로 어깨를 들썩이며 식식거렸다.

"그 기분 나도 알아. 아빠도 처음이자 마지막으로 나한테 손대신 적이 있었거든. 그때도 내가 처음 배를 탔을 때였어. 나도 속이 울렁거리고 외로웠지. 나도 안다니까."

"그래, 저 사람은 미쳤거나 술에 취했거나 둘 중 하나일 거야. 그런데…… 그런데 난 아무것도 할 수가 없다고."

하비가 신음했다.

"우리 아빠를 그렇게 말하지 마. 우리 아빠로 말하자면

술이라면 어떤 종류든지 간에 철저히 반대하시는 분이라고. 게다가 음, 우리 아빠는 오히려 네가 미쳤다고 하던데? 그나저나 도대체 무슨 생각으로 우리 아빠를 도둑이라고 한 거야? 저분은 우리 아빠라고."

하비는 똑바로 일어나 앉아서 코를 손으로 문질러 닦더니, 지폐 뭉치를 잃어버렸다고 이야기했다. 그러고는 신경질적으로 말을 이었다.

"나는 미치지 않았어. 너네 아빠는 기껏해야 한 번에 5달러짜리 지폐 한 장밖에 못 봤겠지만, 우리 아빠는 이런 배 따위는 일주일에 한 척씩 살 수 있어. 다시 팔 필요도 없다고."

"너는 위아히어호의 가치가 얼마나 되는지 몰라서 그래. 이걸 사려면 너네 아빠는 돈이 엄청 많아야 할걸. 그런 돈을 어떻게 벌어? 뭐, 아빠 말대로 정신 나간 사람한테 거짓말 좀 그만하라고 할 순 없겠지. 그래, 계속 이야기해 봐."

"금광이며 이런저런 것들에서 벌지. 서부에서 말이야."

"그런 종류의 사업에 관해서는 나도 어디선가 읽은 적이 있어. 서부에서 한다 이거지? 그럼 너네 아빠도 권총을 차고 조랑말을 타고 다니는 거야? 그러니까 서커스에서 보듯이 말이야. 모두 서부를 무법천지라고 하던데. 거기서는 박차와 굴레가 다 순은이라며?"

"너 진짜 바보구나! 우리 아빠는 조랑말 따위는 전혀 타지 않아. 어딜 가려면 전용 열차를 타고 가지."

하비는 자기 신세에도 불구하고 웃음이 나왔다.

"어떻게? 혹시 바닷가재를 운반하는 열차 같은 걸 타시는 거야?"

"아니. 당연히 우리 아빠가 가진 전용 객차를 타지. 너도 살면서 전용 객차라는 걸 한 번쯤은 본 적 있겠지?"

댄이 조심스럽게 대답했다.

"슬래틴 비먼이라는 사람이 한 대 갖고 있어. 나도 보스턴의 유니언역에서 본 적 있어. 흑인 세 명이 그걸 문지르고 있더라고."

(댄의 말은 흑인 하인들이 전용 객차의 유리창을 닦고 있었다는 뜻이었다.)

댄이 계속해서 말을 이었다.

"하지만 슬래틴 비먼은 롱아일랜드의 철도를 모두 사 버린 사람이라고. 심지어 뉴햄프셔주도 절반이나 샀대. 그리고 거기에다 철조망을 두르고 사자며 호랑이며 곰이며 들소며 악어 같은 놈들을 가득 넣어 두었다는 거야. 슬래틴 비먼은 진짜 백만장자야. 내가 그 사람 전용 객차를 봤다니까, 응?"

"음, 사람들은 우리 아빠를 천만장자라고 부르지. 게다가 우리 아빠 전용 객차는 무려 두 대라고. 하나는 내 이름을 따서 하비호라고 부르고, 또 하나는 우리 엄마 이름을 따서 콘스턴스호야."

"잠깐만."

댄이 말을 끊더니 이야기했다.

"우리 아빠는 나더러 절대로 무슨 일에든 맹세를 하면 안 된다고 하셨어. 하지만 너라면 할 수 있겠지. 더 이야기하기 전에 한 가지 맹세해 줘. 네가 거짓말을 하는 거라면 죽어도 마땅하다고 말이야."

"당연하지."

"그것만으로는 충분하지 않아. 이렇게 말하라고. '내가 만약 진실을 말하지 않는다면 나는 죽어도 마땅하다고 맹세합니다.'"

"내가 말한 게 만약 진실이 아니라면 나는 이 자리에서 죽어도 마땅하다고 맹세합니다."

하비가 맹세하자 댄이 다시 입을 열었다.

"아까 100달러 하고도 34달러라고 했었지? 네가 우리 아빠한테 말하는 걸 듣고, 나는 네가 요나*처럼 바다에 던져져서 고래한테 삼켜질 거라고 생각했어."

하비는 얼굴이 시뻘게져서 거짓말이 아니라고 외쳤다. 댄은 선원들 중에서도 젊고 머리가 잘 돌아가는 편이었기 때문에, 10분 정도 질문을 던지자 하비가 거짓말하는 게

* 구약성서에 나오는 인물로, 하느님의 명령을 어긴 죄로 바다에 던져져 고래 배 속에서 3일을 지냈다고 한다. 여기서 비롯된 뱃사람의 미신에 관해서는 제4장을 보라.

아니라는 사실을 확신하게 되었다. 하비는 아이들이 아는 맹세 중에서도 가장 끔찍한 맹세를 했을 뿐 아니라, 갑판 배수구 위에 주저앉아 코피를 흘리는 상황에서도 경이로운 이야기를 줄줄이 늘어놓았기 때문이다.

하비가 자기 이름을 따서 지은 차량의 명단을 다 열거하고 나자, 댄은 마침내 진심으로 이렇게 말했다.

"세상에! 네 말을 믿을게, 하비. 우리 아빠가 이번에야말로 평생 단 한 번 실수를 저지르신 거야."

개구쟁이 같은 미소가 댄의 넓은 얼굴에 떠올라 있었다.

"당연히 실수하신 거지."

하비가 말했다. 그는 곧바로 복수할 생각이었다.

"그래도 아빠는 무척 화내실 거야. 아빠는 뭔가를 잘못 판단하는 걸 싫어하시거든."

댄은 뒤로 벌렁 눕더니 자기 허벅지를 손바닥으로 찰싹 때리며 말을 이었다.

"아, 하비. 그러니까 굳이 당장 진실을 밝혀서 분위기를 깨지는 마."

"당연하지. 나도 또다시 얻어맞고 싶지는 않으니까. 하지만 나중에 꼭 너네 아빠한테 똑똑히 빚을 갚아 줄 거야."

"세상 누구도 우리 아빠한테 그렇게 했다는 이야기는 못 들어 봤어. 분명 넌 또다시 얻어맞을걸. 아빠가 잘못 판단했을 가능성이 클수록 아빠가 너를 때릴 가능성도 더 커질 테니까. 하지만 그 금광이며 권총이며 하는 것들은 정말……."

"나는 권총에 대해서는 한마디도 한 적 없는데."

하비가 말을 끊었다. 거짓말을 하지 않기로 이미 맹세를 했기 때문이었다.

"그건 그래. 거기까지는 이야기하지 않았지. 일단 전용 객차가 두 대인데, 그중 한 대는 네 이름을 땄고, 또 한 대는 너네 엄마의 이름을 땄다고 했지. 그리고 한 달 용돈은 200달러인데, 여기서 한 달에 10달러 50센트씩 받고 일하지 않겠다고 대들었다가 갑판 배수구 위에 나가떨어졌고! 이거야말로 정말 이번 조업 철 최고의 대박인데."

"그러니까 내 말이 다 옳다는 거지?"

댄이 소리 죽여 킥킥거리자, 하비는 드디어 자기를 이해해 주는 사람을 찾았다고 생각했다.

"아니, 너는 틀렸어. 그것도 아주 완전히 틀렸어! 너는 기껏 똑바로 붙잡은 물건을 나한테 잘못 던진 거야. 그 말만 안 했다면 나도 기꺼이 네 이야기가 옳다고 했을 텐데. 우리 아빠는 나한테 항상 두 배로 많은 일감을 주셔. 왜냐하면 나는 당신의 아들이고, 아빠는 누군가를 차별 대우하는 걸 싫어하시니까. 내가 보니까 넌 지금 우리 아빠한테 화가 난 것 같아. 나도 가끔은 너랑 똑같은 기분이 들었지. 하지만 우리 아빠는 무척이나 공정한 분이야. 뱃사람들 모두가 그렇게 말한다고."

"네가 보기에는 이게 공정한 것 같아? 이게 그렇다는 거야?"

하비는 부어오른 자기 코를 가리켜 보였다.

"그건 아무것도 아니야. 이번 기회에 육지 사람의 피 따위는 그냥 몸 밖으로 흘려 버려. 우리 아빠는 어디까지나 네 건강을 위해 마지막 수단으로 그러신 거야. 게다가 아무리 그렇다 해도, 나로선 여기 있는 나라든지 우리 아빠라든지 또는 위아히어호에 탄 누군가를 도둑이라고 생각하는 사람과는 함께 지낼 수가 없어. 우리는 평범한 부두의 뜨내기 일꾼들이 결코 아니야. 우리는 어부들이고, 벌써 6년 넘게 함께 한배를 타 왔다고. 그런 점에 대해서는 너도 제발 착각하지 말았으면 해! 내가 말했듯이 우리 아빠는 나한테 어떤 일에도 맹세를 하지 말라고 하셔. 아빠는 그런 건 헛된 맹세라고 야단치시면서 나를 때리시지. 하지만 너네 아빠며 너네 아빠가 가진 것들에 대해서 네가 하늘에 맹세하고 말한 것처럼, 너의 돈에 대해서 나는 이렇게 말할 수 있어. 네 옷을 말릴 때 나는 그 주머니 안에 뭐가 들어 있는지 몰랐어. 굳이 뒤져 보지 않았으니까. 하지만 나라면 네가 방금 전에 맹세했던 것과 똑같이 이렇게 말할 수 있어. 나도 마찬가지고 우리 아빠도 마찬가지고 그 돈에 관해서는 전혀 모른다는 거야. 사실 너를 갑판 위로 끌어 올린 뒤에

네 몸에 손댄 사람은 우리 둘뿐이었으니까. 내가 하고 싶은 말은 이거야. 이제 됐어?"

코피를 흘리고 나자 하비의 머리도 맑아진 것이 분명했다. 어쩌면 바다에서의 외로움도 한몫한 듯했다.

"좋아."

하비는 당황스러운 듯 시선을 떨구더니 다시 말했다.

"내가 보기에도, 물에 빠져 죽을 뻔하다가 간신히 구조된 사람으로서, 내가 충분히 감사를 표시하지 못한 것 같아, 댄."

"음, 네가 너무 흥분해서 바보같이 군 거지. 어쨌거나 여기 사람 중 네 돈을 봤을 만한 사람은 아빠랑 나밖에 없으니까. 주방장도 있긴 하지만, 그 사람은 굳이 셈에 넣지 않아도 되고."

댄의 말에 하비는 반쯤 혼잣말처럼 이야기했다.

"어쩌면 내가 다른 식으로 돈을 잃어버렸을 수도 있다고 생각했어야 했어. 눈에 띄는 사람들 모두를 도둑이라고 욕하기 전에 말이야. 그나저나 너네 아빠는 지금 어디 계셔?"

"뒷선실에 계시지. 이번에는 또 무슨 말을 하려고 그래?"

"보면 알 거야."

하비는 이렇게 말하고는 작은 시계가 걸려 있는 뒷선실 계단까지 걸어갔다. 아직 머리가 띵했기 때문에 걸음이 약간 비틀거렸다. 초콜릿색과 노란색으로 칠해진 뒷선실 안에서는 트루프가 커다란 검은색 연필을 입에 넣고 세게 빨아 가면서 공책에 뭔가를 바쁘게 적고 있었다.

"방금 전에는 제가 잘못했어요."

하비가 말했다. 자신의 온순한 모습에 본인조차도 깜짝 놀랐다.

"또 뭐가 문제야? 이번에는 댄이랑 싸우기라도 한 건가. 그런 거야?"

선장이 물었다.

"아뇨. 아까 선장님과의 일 말이에요."

"어디 말해 보든가."

"음, 저는…… 저는 아까 했던 말을 취소하러 왔어요."

하비는 아주 빨리 말했다.

"사내대장부로서 물에 빠져 죽을 뻔하다가 구조되었을 때에는……."

그는 꿀꺽 침을 삼켰다.

"뭐라고? 이런 식으로 해서는 결코 사내대장부가 되지 못할 텐데."

"다짜고짜 다른 사람을 욕하는 말부터 꺼내서는 안 되니까요."

"지당한 말이지. 지당한 말."

트루프가 말했다. 그의 얼굴에 메마른 미소가 살짝 스쳐 지나가는 것 같았다.

"그래서 죄송하다고 말씀드리려고 왔습니다."

다시 한 번 하비는 크게 침을 삼켰다.

트루프는 앉아 있던 사물함에서 천천히 일어나더니 30센티미터 가까이 되어 보이는 커다란 손을 내밀었다.

"나도 따끔한 한 방이 자네 눈을 제대로 뜨게 해 줄 거라고 생각했지. 어쨌거나 내가 잘못 판단하진 않았군. 무슨 일이든 내가 잘못 판단하는 일은 거의 없으니까."

갑판에서 숨죽여 킥킥 웃는 소리가 들려왔다.

30센티미터 가까이 되는 손과 악수하자 하비는 팔꿈치까지 감각이 없어지는 것 같았다.

트루프가 다시 이야기했다.

"우리하고 헤어질 때에는 자네 손에도 힘이 더 붙어 있을 거야. 그리고 아까 일로 말하자면 난 자네를 전혀 나쁘게 생각하지는 않아. 그게 다 자네 책임은 아닐 테니까. 자네도 앞으로 맡은 일을 열심히 하면, 몸을 다치는 일은 없을 거야."

하비가 갑판으로 다시 나오자 댄이 말했다.

"새하얘졌네."

하지만 하비는 오히려 귀 끝까지 얼굴이 빨개진 상태였다.

"나는 잘 모르겠는데."

"아니. 네 얼굴 말고 네 잘못 말이야. 아빠가 하시는 말 나도 들었어. 우리 아빠가 어떤 사람을 나쁘게 생각하지 않는다고 말씀하실 때는, 그 사람을 기꺼이 신뢰한다는 뜻이거든. 그리고 아빠는 뭔가를 잘못 판단하는 걸 싫어하셔. 하하! 일단 아빠가 어떤 판단을 내린 다음에는, 그 판단을 바꾸느니 차라리 성을 가는 편이 더 빠를걸. 어쨌거나 잘 마무리되어서 나도 기뻐. 아빠가 너를 곧장 육지로 데려다 줄 수 없다고 말씀하신 건 지극히 맞는 말이야. 여기 있는 우리가 하는 일은 고기잡이니까. 앞으로 30분 뒤면 다른 사람들도 돌아올 거야. 죽은 고래에 달려드는 상어 떼처럼 말이야."

"무엇 때문에?"

하비가 물었다.

"그야 저녁을 먹으러 오는 거지. 당연한 거 아냐. 배 속에서 저녁 시간이라고 이야기해 주지 않아? 너도 참 배워야 할 게 산더미 같구나."

"내 생각에도 그런 것 같아."

하비는 서글프게 대답하고는 머리 위에서 잔뜩 뒤엉켜 있는 밧줄이며 도르래를 바라보았다.

"진짜 멋지지?"

댄은 하비의 시선을 잘못 이해하고는 신이 나서 말했다.

"나중에 큰돛을 펼칠 때까지만 기다려. 그때쯤 되면 우리도 소금을 다 써 버리고 집으로 향할 테니까. 하지만 그러려면 먼저 해야 할 일이 있지."

댄은 두 개의 돛대 사이에 열려 있는 큰 뚜껑문을 가리켰다.

"여기는 뭐에 쓰는 곳인데? 텅텅 비었잖아."

하비가 선창을 들여다보며 말했다.

"너랑 나랑 다른 사람들이 여기를 가득 채워야 해. 그러니까 물고기를 잡아다 여기 넣어 두는 거지."

"산 채로?"

"음, 아니. 그놈들이야 죽게 마련이지. 배를 가르고 소금에 절인 다음에 넣으니까. 이 선창에는 소금이 가득 든 커다란 통이 100개나 실려 있어. 그런데 이제껏 우리가 잡은 물고기는 아직 바닥의 깔개만 살짝 덮을 정도지."

"그러면 나머지 물고기는 어디 있는데?"

"물고기야 바다에 있지. 우리야 물고기가 배에 실려 있기를 바라지만."

댄은 어부들의 격언을 인용해 말했다.

"너도 어제 물고기 40마리쯤하고 같이 실려 왔었잖아."

그러더니 후갑판 바로 앞에 있는 나무로 만든 통을 가리키며 말을 이었다.

"어른들이 일을 마치면 너랑 나랑 둘이서 저걸 끌어내는 거야. 오늘 밤에 우리는 저 생선 통을 가득 채울 거야! 한번은 손질할 물고기가 어찌나 많은지 저 통이 몇 센티미터나 주저앉은 적도 있어. 그때 어찌나 힘들고 졸렸던지, 탁자를 놓고 일하다가 물고기 대신에 자기 배를 가를 뻔했지 뭐야. 아, 지금 어른들이 돌아오네."

댄은 야트막한 난간 너머를 바라보았다. 비단처럼 반짝이는 바다 위에서 보트 다섯 척이 이쪽으로 노를 저어 오고 있었다.

"나는 이제껏 한 번도 이렇게 낮은 곳에서 바다를 본 적이 없어. 좋은데."

하비가 말했다.

낮게 드리운 해가 바닷물을 온통 자주색과 분홍색으로 물들였고, 길게 솟아오른 너울의 마루에서는 금빛이, 움푹 꺼진 파도 사이에서는 파란색과 초록색이 뒤섞여 어우러졌다. 눈에 보이는 스쿠너선들이 저마다 눈에 보이지 않는 끈을 잡아당겨 보트를 불러 모으는 듯했고, 작은 보트에 올라탄 작고 검은 형체들은 마치 태엽 달린 장난감처럼 꾸준히 노를 저었다.

"많이 잡은 모양인데."

댄은 눈을 반쯤 감고 지켜보다 말했다.

"마누엘은 이제 고기를 놓을 자리도 없네. 마치 잔잔한 물의 수련 꽃잎처럼 낮게 떠 있잖아, 안 그래?"

"어느 쪽이 마누엘인데? 그리고 저렇게 멀리 떨어져 있는데, 너는 도대체 어떻게 그걸 다 아는 거야?"

"남쪽에서 맨 마지막 보트야. 저 사람이 어제 너를 발견한 거야."

댄은 이렇게 말하며 손으로 가리켜 보였다.

"마누엘은 딱 포르투갈 사람처럼 노를 저어. 그러니 잘못 볼 수가 없지. 거기서 동쪽에 있는 사람이 펜실베이니아야. 배에 베이킹소다*가 있잖아. 노를 젓는 모습만 보면 저 사람이 훨씬 낫지. 거기서 동쪽을 봐 봐. 저 사람들 대열을 엄청 잘 유지하고 있지? 저기 구부정한 어깨가 보이는데, 바로 롱 잭이야. 골웨이 출신이고 보스턴 남부에 살지. 골웨이 출신들은 대부분 거기 사는데, 거기 사람들은 대체로 다 배 타는 솜씨가 뛰어나다니까. 북쪽, 그러니까 저 너머를 봐 봐. 저기 있는 사람은 톰 플랫이야. 예전에 전함 오하이오호에도 승선했었지. 자기 말로는 우리 해군 중에서도 최초로 혼곶을 돌았던 배래. 그것 말고 다른 이야기는 잘 안 해. 노래 부를 때만 빼고. 아마 조금 뒤면 노랫소리가 들릴 거야. 하지만 고기 잡는 운은 상당히 좋지. 저것 봐! 내 말이 맞지?"

북쪽 보트에서 노래하는 굵은 목소리가 바다를 가로질러 들려왔다. 하비가 듣기로는 누군가의 손발이 식어 가네 어쩌네 하는 내용이었는데, 곧이어 다음과 같은 가사가 들려왔다.

* 빵을 만들 때 쓰는 재료로, 소화불량 치료제로도 쓰였다.

가져와라 지도를, 슬픈 지도를
이 산이 어디서 만나는지 보자!
그들 머리 위 구름 짙게 끼고
그들 발치에는 안개가 끼었네

"만선이네. 저 양반이 '오, 선장님'을 부를 때면, 결국 자기 자랑하는 거라니까."

댄이 킥킥대며 말했다.

굵은 목소리는 계속되었다.

이제 당신께, 오, 선장님
정말 간절히 요청합니다
잿빛의 교회나 수도원에는
저를 묻지 못하게 하세요*

"톰 플랫이 두 배는 더 많이 잡았네. 저 양반이 내일쯤 너한테 예전에 오하이오호를 탔던 이야기를 모조리 해 줄 거야. 저 양반 뒤에 있는 파란색 보트 보이지? 저분은 우리 삼촌이야. 우리 아빠의 동생이지. 그랜드뱅크스의 악운이

* 아일랜드 시인 윌리엄 알링엄(1824~1889)의 시 「뱃사람」 가운데 일부로, 선장이 지켜보는 가운데 죽어 가는 젊은 뱃사람의 서글픈 신세를 표현했다.

란 악운은 솔터스 삼촌에게 다 달라붙는 것 같아. 저 양반이 얼마나 자연스럽게 노를 젓는지 봐. 그런데 내 봉급과 내 지분을 걸고 말하는데, 저 양반이야말로 요즘에도 쏘이고 다니는 유일한 선원일 거야. 그것도 아주 제대로 쏘이지."

"뭐에 쏘인다는 거야?"

하비는 호기심이 생겨서 물었다.

"대개는 딸기한테지. 가끔은 호박한테도 쏘이고, 때로는 레몬이나 오이한테도 쏘이고.* 그래, 팔꿈치 아래쪽을 쏘이는 거지. 그러면 그 사람의 운도 완전히 끝나는 거야. 이제 우리는 갈고리를 이용해서 보트를 여기로 끌어 올려야 해. 그나저나 아까 네가 한 말은 사실이야? 그러니까 네가 태어나서 한 번도 직접 일해 본 적이 없다는 거 말이야. 그렇다면 뭔가 기분이 좀 끔찍하겠다, 안 그래?"

"어쨌거나 지금은 일을 해 보려고 노력할 거야. 물론 하나같이 처음 해 보는 것뿐이지만."

하비는 단호하게 말했다.

"그러면 일단 저 갈고리를 가져와. 네 뒤에 있는 거!"

하비는 큰돛대의 버팀줄 가운데 하나에서 아래로 늘어진 밧줄과 긴 쇠갈고리를 붙잡았고, 댄은 '높은 도르래'라고

* 이 대목에 등장하는 과일과 야채의 이름은 바다에 서식하는 불가사리, 성게, 말미잘, 해파리처럼 독특한 외관과 독성을 가진 생물을 가리키는 것으로 추정되지만, 정확히 무엇을 의미하는지는 알 수 없다.

부르는 뭔가에서 늘어진 또 다른 밧줄과 쇠갈고리를 붙잡았다. 그사이에 마누엘이 물고기를 실은 보트를 배 옆으로 끌고 왔다. 포르투갈인은 훗날 하비가 무척이나 잘 알게 될 밝은 미소를 지었다. 마누엘은 자루가 짧은 쇠스랑으로 물고기를 찍어서 갑판 위의 나무통 속으로 던져 넣었다.

"이백 하고 서른한 마리."

그가 외쳤다.

"갈고리를 저쪽에 건네줘."

댄의 말을 들은 하비가 마누엘에게 갈고리를 건네주었다. 마누엘은 보트 앞쪽에 있는 밧줄 고리에 갈고리를 걸고, 댄이 건넨 갈고리는 뒤의 밧줄 고리에 걸더니, 혼자 힘으로 보트에서 나와 스쿠너선 안으로 기어 올라왔다.

"당겨!"

댄의 지시에 하비는 밧줄을 당겼다. 생각보다 쉽게 보트를 끌어 올릴 수 있어서 깜짝 놀랐다.

"그만 당겨. 보트를 저 위의 가로대 위에다 올려놓을 건 아니니까!"

댄이 웃음을 터뜨리자 하비는 동작을 멈추었다. 이미 보트는 그의 머리 위 공중에 매달려 있었다.

"이제 풀어."

댄이 외쳤다. 하비가 밧줄을 조금씩 풀자, 댄은 가벼워진 보트를 한 손으로 밀어서 큰돛대 바로 뒤에 사뿐히 내려앉게 했다.

"이 배는 텅 빈 거나 마찬가지로 가벼워. 한 명이 타기에 딱 좋지. 물론 물결이 거칠 때는 더 힘들겠지만 말이야."

마누엘이 하비에게 갈색 손을 내밀며 말했다.

"아하! 이제는 많이 괜찮아진 거냐? 어젯밤 고기잡이는 결국 너를 낚은 고기잡이였지. 그런데 이제는 네가 물고기를 낚는구나. 어, 그렇지?"

"저, 정말 감사드려요."

하비가 말을 더듬었다. 그리고 자기도 모르게 한 손을 주머니에 집어넣었지만, 이제는 상대방에게 건네줄 돈이 하나도 없다는 사실을 뒤늦게 떠올렸다. 시간이 흐르며 마누엘이 어떤 사람인지를 더 잘 알게 되자, 하비는 이때 자기가 저질렀을 뻔한 실수를 생각하며 자리에 누울 때마다 화끈거리고 불편한 낯 뜨거움을 느낄 수밖에 없었다.

"나한테 감사할 건 전혀 없어! 어떻게 내가 너를 그냥 물에 떠내려가게 내버려 둘 수 있었겠어? 그랜드뱅크스까지 떠내려가게 말이야. 그나저나 이제는 너도 낚시꾼이 됐구나. 어, 그렇지? 으윽! 어우!"

마누엘은 앞뒤로 몸을 굽히며 뻣뻣해진 몸을 풀었다.

"오늘은 보트 청소를 못 했어. 너무 바빠서 말이야. 입질이 워낙 빨리 오더라니까. 어이, 대니, 나 대신 청소 좀 해 주라."

하비는 곧바로 자기가 하겠다고 나섰다. 자기 목숨을 구해 준 사람에게 해 줄 수 있는 뭔가가 생겼기 때문이다.

댄이 자루걸레를 건네주자 하비는 보트 옆에서 몸을 굽히고 그 안의 물고기 점액을 문질러 닦았다. 어설픈 움직임이었지만 선의만큼은 대단했다.

댄이 말했다.

"발판도 빼놔. 홈에 맞춰서 끼워 넣는 방식이야. 최대한 잘 닦아서 바닥에 내려놔. 발판에는 미끄러운 이물질이 없어야만 해. 안 그랬다가는 언젠가 크게 후회할 수 있으니까. 아, 롱 잭이 왔다."

배 옆에 다가온 보트에서 반짝이는 물고기들이 줄줄이 날아와 나무통 안으로 들어갔다.

"마누엘, 도르래를 맡아 줘요. 저는 작업대를 준비할게요. 하비, 마누엘의 보트에서 나와. 롱 잭의 보트를 그 위에 겹쳐 놓을 거니까."

걸레질을 하던 하비가 위를 올려다보니 또 다른 보트 한 척이 이미 머리 위에 대롱대롱 매달려 있었다.

"블록 맞추기랑 똑같지, 안 그래?"

한 척의 보트 위로 또 한 척의 보트를 겹쳐 놓으면서 댄이 말했다.

"물 만난 오리처럼 수월하게 들어간다고 해야지."

롱 잭의 말이었다. 긴 입술에 회색 턱수염이 난 골웨이 사람도 앞서 마누엘이 했던 것처럼 뻐근해진 몸을 앞뒤로 숙이며 풀었다. 뒷선실에 있던 디스코가 뭐라고 투덜거리는 소리가 뚜껑문 너머에서 들려왔고, 곧이어 연필을 쪽쪽 빠는 소리도 들려왔다.

"일백 하고도 마흔아홉 마리 반이오. 선장님에게는 안 좋은 소식이네요, 디스코 선장님. 선장님 주머니를 채워 주기 위해서 저도 죽어라 고생했다고요. 못 잡았다고 야단치셔도 할 말 없습니다. 제가 포르투갈 녀석한테 졌으니까요."

롱 잭이 말했다.

또 한 척의 보트가 배 옆에 붙었고, 더 많은 물고기가 나무통 안으로 날아왔다.

"이백 하고도 세 마리. 어디 손님 구경 좀 해 볼까!"

이렇게 말한 사람은 골웨이 사람보다 덩치가 더 컸고, 얼굴에는 왼쪽 눈부터 오른쪽 입가까지 자주색 칼자국이 길게 대각선으로 나서 호기심을 자극했다.

하비는 달리 어떻게 해야 할지 몰라서, 보트가 한 척 내려올 때마다 일일이 바닥을 닦고 발판을 빼내서 아래 놓아 두었다.

톰 플랫이라는 상처 난 남자가 그 모습을 유심히 지켜보다가 말했다.

"그래도 일을 곧잘 따라 하는군. 이 세상의 무슨 일이든지 그걸 하는 방식에는 두 가지가 있지. 하나는 어부들의 방식인데, 그야말로 제멋대로이고 변변찮은 방식이야. 그리고 또 하나는……."

"옛날 오하이오호에서 했던 방식이죠!"

댄이 끼어들며 말했다. 그는 마침 다리 달린 긴 판자를 가지고 사람들 사이로 밀치고 들어오는 중이었다.

"비켜요, 톰 플랫. 여기 작업대를 놔야 한단 말이에요."

댄은 판자의 한쪽 끝을 난간의 홈 두 개에 걸친 다음, 접힌 다리를 발로 툭 걷어차서 폈다. 그러고는 전직 전함 승무원이 휘두른 주먹을 피해서 재빨리 몸을 숙였다.

"옛날 오하이오호에서도 이렇게 했지, 대니. 안 그래?"

톰 플랫이 웃으면서 말했다.

"그렇다면 그 사람들은 눈이 안 좋은 모양이네요. 제대로 맞히지도 못했잖아요. 미리 경고하는데, 나를 괴롭히는 사람은 장화를 돛대 꼭대기에서 발견할 줄 알아요. 비켜요! 난 바쁘다고요. 보면 몰라요?"

"대니, 너는 온종일 밧줄 사리에 누워서 잠만 잤을 거 아냐. 뻔뻔하기 짝이 없는 녀석이라니까. 내가 장담하건대 너는 일주일 안에 이 추가 화물 녀석까지도 영 못쓰게 만들어 버릴 거야."

롱 잭이 말했다.

"얘 이름은 하비예요. 그리고 얘의 몸값으로 말하자면 머지않아 보스턴 남부의 대합잡이 다섯 명보다도 더 비싸질

걸요."

특이하게 생긴 칼 두 자루를 들고 흔들면서 댄이 말했다. 그러고는 작업대 위에 우아하게 칼을 내려놓고, 고개를 한 쪽으로 기울인 채 자기가 한 말이 사람들에게 불러올 효과를 기다렸다.

"전 마흔둘인데요."

난간 너머에서 작은 목소리가 들려왔다. 곧이어 큰 웃음소리와 함께 또 다른 목소리가 대답했다.

"그렇다면 전세가 기울었군. 나는 마흔다섯이니까. 비록 온통 쏘이기는 했지만 말이야."

"마흔둘인가, 마흔다섯인가. 세다가 까먹었어요."

작은 목소리가 말했다.

"펜이랑 솔터스 삼촌이 물고기를 세는 거야. 매일 저 난리라니까. 저 꼴 좀 보라지."

댄이 설명했다.

"얼른 올라와, 얼른 올라오라고! 바깥에 물이 흥건하잖아, 어린이 여러분."

롱 잭이 소리쳤다.

"마흔둘이라고 자네가 그랬잖아."

솔터스 삼촌이 말했다.

"그러면 제가 다시 세어 보죠."

작은 목소리가 힘없이 대답했다.

보트 두 척은 스쿠너선의 옆구리에서 쿵쿵 부딪쳤다.

"이런 세상에!"

솔터스 삼촌이 성을 내더니 물을 첨벙이며 보트를 뒤로 뺐다.

"도대체 어떻게 해서 자네 같은 농사꾼이 나를 꺾겠답시고 배를 타는지 알 수가 없군. 자칫하면 나를 이길 뻔했잖아."

"죄송합니다, 솔터스 씨. 그런데 제가 바다에 오게 된 것은 신경성 소화불량 때문이었죠. 당신이 제게 조언해 주셨잖아요."

"자네도 그렇고 자네의 신경성 소화불량도 고래 구멍*에 모조리 빠져 죽으라고. 자네 다시 나랑 해보자는 모양인데, 마흔둘이야, 마흔다섯이야?"

덩치가 작고 뚱뚱하고 땅딸막한 몸집의 솔터스 삼촌이 소리쳤다.

"잊어버렸습니다, 솔터스 씨. 다시 세어 보죠."

"마흔다섯처럼 보이지는 않는데. 오히려 내 쪽이 마흔다섯이지. 잘 세어 보라고, 펜."

솔터스 삼촌이 말했다.

그때 디스코 트루프가 뒷선실에서 나왔다.

"솔터스, 잡은 물고기를 당장 던져 올리도록 해."

* 비교적 수심이 얕은 그랜드뱅크스에서 간혹 나타나는 깊은 해저 구멍을 말한다.

그의 말투에는 권위가 깃들어 있었다.

"좋은 구경 방해하지 마세요, 아빠. 저 두 사람 이제 겨우 시작했다고요."

댄이 중얼거렸다.

"이런 세상에! 저 친구 지금 하나하나 세어 보고 있잖아."

롱 잭이 말했다. 그의 말대로, 솔터스 삼촌은 열심히 일을 시작했지만, 또 다른 보트에 탄 덩치 작은 남자는 뱃전에 새겨 놓은 선을 하나하나 세어 보고 있었다.

"이건 지난주에 잡은 숫자인데."

그는 자기가 새겨 놓은 선을 집게손가락으로 더듬으며 애처로운 표정으로 위를 바라보았다.

마누엘이 옆구리를 쿡 찌르자 댄이 재빨리 뒤쪽 갈고리로 달려가더니 난간 너머로 몸을 기울여서 펜의 보트 선미 밧줄 고리에 갈고리를 걸었고, 마누엘도 선수에서 똑같이 했다. 다른 사람들까지 달려들어 기세 좋게 펜의 보트를 번쩍 들어 올려 스쿠너선 안으로 데려왔다. 사람과 물고기까지 모두.

"하나, 둘, 넷…… 아홉."

톰 플랫이 노련한 눈길로 숫자를 세었다.

"마흔일곱 마리. 펜, 자네가 이겼어!"

곧이어 댄이 뒤쪽 도르래를 풀자, 보트의 선미가 아래로 내려오면서 펜은 자기가 잡은 물고기와 함께 갑판 위로 주르르 미끄러져 내려왔다.

"잠깐만, 잠깐만! 내가 지금 숫자를 세다가 헛갈려서 그래."

난간 밖에서 허리 위만 보이며 위아래로 흔들흔들 움직이던 솔터스 삼촌이 외쳤다. 하지만 항변할 시간도 없이 사람들은 그를 스쿠너선 안으로 들어 올려 '펜실베이니아'와 똑같이 대우해 주었다.

"마흔한 마리. 농사꾼한테 졌구먼, 솔터스. 참으로 대단한 뱃사람이야, 진짜!"

톰 플랫이 말했다.

"숫자를 제대로 안 세서 그래. 게다가 나는 엄청나게 쏘였단 말이야."

솔터스 삼촌이 비틀거리며 나무통 밖으로 걸어 나오면서 말했다. 그의 두꺼운 손 곳곳은 부풀어 올라 있었고, 자주색과 하얀색으로 얼룩덜룩했다.

"어떤 사람들은 딸기밭을 잘도 찾아내더라고요. 마치 일부러 찾아가기라도 한 것처럼요."

댄이 막 떠오른 달을 보면서 말했다.

"또 어떤 사람들은 게으름을 피우면서도 뻔뻔하게 살아가고, 심지어 자기 혈육을 조롱하기까지 하지."

솔터스 삼촌이 대꾸했다.

"모두 자리에 앉으세요! 앉으시라고요!"

하비로선 처음 듣는 목소리가 앞선실에서 들려왔다. 이 말을 듣자 디스코 트루프, 톰 플랫, 롱 잭, 솔터스가 앞선실로 들어갔다. 리틀 펜은 네모난 얼레와 잔뜩 뒤엉킨 대구잡이 낚싯줄 위로 몸을 굽혔다. 마누엘은 갑판 위에 길게 몸을 뻗고 누웠다. 그리고 댄은 선창으로 들어갔는데, 곧이어 망치로 통을 두들기는 소리가 하비의 귀에 들려왔다.

곧이어 나온 댄이 말했다.

"소금이야. 조금 있다 저녁을 먹고 나면 생선 손질을 해야 하거든. 너는 손질한 물고기를 아빠한테 던져 주면 돼. 톰 플랫이랑 아빠가 같이 선창에 들어가서 물고기를 쌓을 건데, 아마 둘이 말다툼하는 소리가 들릴 거야. 우리는 이등 선원이야. 너랑 나랑 마누엘하고 펜 말이야. 우리야말로 이 배의 젊은이이자 미남이지."

"그게 무슨 소용이야? 나는 배가 고프다고."

하비가 투덜거렸다.

"잠시 후면 어른들이 식사를 끝낼 거야. 흠흠! 오늘 저녁은 음식 냄새가 좋은데. 아빠는 삼촌 때문에 어차피 고생해야 한다면, 대신 주방장이라도 좋은 사람을 싣자고 하셨거든. 어쨌거나 오늘은 만선이네, 안 그래?"

댄은 대구가 높이 쌓인 나무통을 가리켜 보였다. 그리고는 마누엘 쪽으로 고개를 돌리며 물었다.

"오늘은 얼마나 깊은 물에 있었어요, 마누엘?"

"25패덤*이었어. 고기가 빨리 잘 물더라고. 나중에 너한테도 어딘지 보여 줄게, 하비."

포르투갈인이 졸린 목소리로 대답했다.

고참 선원들은 달이 잔잔한 바다 위를 걷기 시작한 다음에야 식사를 마치고 선미로 나왔다. 주방장이 굳이 이등 선원을 부를 필요까지도 없었다. 댄과 마누엘은 이미 뚜껑문 아래로 내려가, 고참들 중에서 가장 꼼꼼한 편인 톰 플랫이 마지막으로 남아 손등으로 입을 문질러 닦기도 전에 식탁에 앉아 있었다. 하비도 펜을 따라 내려가서 식탁에 앉았다. 그의 앞에 놓인 양철 프라이팬에는 대구 혀와 부레를 돼지고기 조각과 감자튀김과 섞은 요리가 들어 있었고, 따뜻한 빵과 검고 진한 커피도 있었다. 무척 배가 고프기는 했지만 이들은 '펜실베이니아'가 엄숙하게 식사 기도를 하는 동안 기다려 주었다. 그런 뒤에는 모두 말없이 음식을 먹어 치웠다. 나중에야 댄이 양철 컵 위로 숨을 내쉬면서 하비에게 기분이 어떠냐고 물어보았다.

"배가 거의 꽉 찼어. 하지만 한 조각은 더 먹을 수 있을 것 같아."

주방장은 덩치가 크고 시커먼 흑인이었는데, 하비가 이제껏 본 다른 흑인들과는 달리 전혀 말을 하지 않았다. 미

* 바다의 깊이를 재는 단위. 1패덤은 약 1.8미터에 해당한다.

소만 지으면서 더 먹으라고 손짓할 뿐이었다.

댄이 포크로 식탁을 톡톡 두들기며 말했다.

"봐 봐, 하비. 내가 말한 그대로지. 젊고 잘생긴 사람들, 그러니까 나랑 펜이랑 너랑 마누엘, 이렇게 우리는 이등 선원이고, 따라서 일등 선원이 다 먹고 난 다음에야 먹을 수 있어. 저 양반들은 늙은 물고기야. 워낙 치사하고 성질도 못돼서 배 속도 먼저 채워야만 하지. 그래서 먼저 먹는 건데, 사실 저 양반들이 그럴 만한 가치까지는 없다고. 안 그래요, 주방장?"

주방장이 고개를 끄덕였다.

"저 사람은 말을 못 해?"

하비가 귓속말로 물었다.

"의사소통할 만큼은 하지. 저 사람에 대해서는 우리도 별로 아는 게 없어. 저 사람 모국어는 뭔가 좀 기묘하더라고. 케이프브레턴섬의 내륙에서 왔다는데, 거기서는 농사꾼들이 자기네들만의 스코틀랜드어를 쓴다더라고. 케이프브레턴섬에는 흑인이 많은데, 전쟁 동안에 많이 옮겨 와서 그렇대. 모두 농사꾼처럼 말한다나. 촌스럽게 씩씩대면서 말이야."

"그건 스코틀랜드어가 아니야. 게일어라고 하는 거지. 내가 읽은 책에 그렇게 나왔어."

'펜실베이니아'로 통하는 남자가 말했다.

"펜은 책을 엄청나게 많이 읽어. 저 양반이 말하는 거는 대부분 책에 나온 이야기야. 그런데 물고기 숫자를 세는 것이라면 이야기가 다르지. 안 그래?"

"그나저나 너네 아빠는 자기가 직접 확인하지도 않고 선원들이 알아서 마릿수를 말하도록 내버려 두는 거야?"

하비가 물었다.

"응, 그래. 기껏해야 대구 몇 마리를 놓고 거짓말을 해 봤자 무슨 이득이 있겠어?"

"어떤 사람이 자기 어획물로 한번 거짓말을 하기 시작하면 매일 거짓말을 하게 되지. 실제로 잡은 것보다 다섯 마리, 열 마리, 스물다섯 마리를 더 잡았다고 하는 거야."

마누엘이 끼어들며 말했다.

"그런 사람이 어디 있어요? 우리 선원들 중에는 아무도 없다고요."

댄이 소리쳤다.

"케이프앙기유의 프랑스인들은 그렇게 하지."

마누엘의 대답에, 댄은 놀라우리만치 뚜렷한 경멸을 드러내며 하비에게 설명했다.

"아! 그 섬 서쪽 해안의 프랑스인들은 아예 숫자를 세지도 않아. 그 사람들이 숫자를 못 세는 것도 당연하지. 그놈들의 물렁한 낚싯바늘을 하나라도 보면, 너도 왜 그런지 알게 될 거야."

항상 많이, 결코 적지 않게
손질을 할 때에는 언제나

노랫소리가 들리더니 롱 잭이 뚜껑문 입구에 나타나 얼른 나오라고 소리쳤다. 이등 선원들은 곧바로 자리에서 일어났다.

돛대와 삭구의 그림자며 계속 내려져 있는 정박돛의 그림자가 달빛을 받아 위아래로 흔들리는 갑판 위를 이리저리 오갔다. 선미에 쌓여 있는 물고기 더미는 마치 수은 덩어리처럼 번들거렸다. 선창 안에서는 발소리와 덜커덩 소리가 연신 났는데, 디스코 트루프와 톰 플랫이 소금 통 사이를 오가며 내는 소리였다. 댄은 하비에게 쇠스랑을 건네주었고, 그를 배 안쪽으로 나 있는 작업대 끝으로 데려갔다. 거기서는 솔터스 삼촌이 조바심을 내면서 칼자루로 작업대를 두들기고 있었다. 그의 발치에는 소금물이 담긴 통이 놓여 있었다.

"너는 손질이 끝난 물고기를 받아서 뚜껑문 아래 있는 아빠랑 톰 플랫한테 던져 주면 돼. 솔터스 삼촌이 네 눈에 칼질을 하지 않게끔 조심하도록 해. 나는 소금을 아래로 건네줄 거야."

댄은 이렇게 말하면서 선창 쪽으로 돌아섰다.

펜과 마누엘은 나무통 안에 들어가 대구 더미에 무릎까

지 푹 잠긴 채로 서서 칼을 꺼내 들고 있었다. 롱 잭은 발치에 바구니를 놓고 손에는 장갑을 낀 채, 작업대에서 솔터스 삼촌과 마주 보고 앉아 있었다. 하비는 쇠스랑과 소금물이 담긴 통을 멀뚱히 바라보기만 했다.

"하이!"

마누엘이 이렇게 외치며 물고기 쪽으로 몸을 숙였다. 한 손가락은 아가미에 찌르고 또 한 손가락은 눈에 찔러서 한 마리를 들어 올리더니 나무통 난간에 그놈을 올려놓았다. 뭔가를 가르는 소리와 함께 칼날이 번뜩이자, 물고기는 아가리에서 항문까지 배가 갈라지고 목 양옆으로도 칼집이 난 상태로 롱 잭 앞에 떨어졌다.

"하이!"

롱 잭이 장갑 낀 손을 갈라진 물고기 배 속에 집어넣어 뭔가를 움켜쥐며 외쳤다. 곧이어 대구의 간이 바구니에 떨어졌다. 또 한 번 손을 움켜쥐고 비틀자 물고기의 머리와 내장이 날아가 버렸다. 속이 빈 물고기가 작업대를 미끄러져 전달되자 솔터스 삼촌이 큰 소리로 콧방귀를 뀌었다. 또 한 번 뭔가를 가르는 소리가 들리더니 물고기의 등뼈가 난간 너머로 날아가 버렸다. 배가 갈라지고 머리와 내장이 제거된 물고기가 철퍼덕 소리를 내며 통에 떨어졌다. 그 모습을 놀라 바라보던 하비의 입 안으로 소금물이 튀었다. 대구는 이 과정 내내 마치 살아 있는 듯 꿈틀거렸으며, 이 기적

처럼 빠른 솜씨를 보며 하비가 감탄하는 사이에 통 안에는 물고기가 가득 쌓였다.

"뭐 하고 있어? 꺼내서 던지라니까!"

솔터스 삼촌이 고개도 돌리지 않은 채 투덜거리자, 하비는 물고기를 두세 마리씩 쇠스랑으로 찍어서 뚜껑문 안으로 던졌다.

댄이 외쳤다.

"하이! 더 많이 던져야 해. 흩어 놓으면 안 돼! 솔터스 삼촌이야말로 어선단 중에서도 가장 뛰어난 칼잡이란 말이야. 삼촌이 솜씨 발휘하는 걸 잘 보라고!"

실제로 그 모습은 뚱뚱한 삼촌이 조바심을 내면서 잡지의 서로 붙은 페이지를 종이칼로 잘라 내는 모습과도 약간 비슷해 보였다. 마누엘의 몸은 엉덩이 위로는 굳어 버리다시피 한 조각상처럼 보였다. 하지만 그의 긴 양팔은 멈추지 않고 물고기를 집어 들었다. 리틀 펜은 영웅적으로 고통을 감내했지만, 그의 체력이 약하다는 것은 누구나 쉽게 알 수 있었다. 한두 번쯤 마누엘이 작업의 박자를 깨뜨리지 않고 용케 펜을 도와주었다. 한번은 마누엘이 프랑스인의 낚싯바늘에 손가락을 찔려 비명을 지르기도 했다. 이 낚싯바늘은 물렁한 금속으로 만들어서 한 번 사용하고 다시 구부려 쓸 수 있었다. 하지만 재질이 무르다 보니 그 낚싯바늘을 물고 도망친 대구가 다른 데서 또다시 낚시에 걸리는 경우가 종종 있었다. 멋모르고 손질을 하다 보면 숨어 있던 또 다른 낚싯바늘에 손을 찔리기 일쑤였다. 이것이야말로 글로스터의 어선들이 프랑스인들을 싫어하는 여러 가지 이유 가운데 하나였다.

아래에서는 거친 소금을 거친 살에 비벼 대는 서걱거리는 소리가 마치 맷돌 돌아가는 소리와 비슷하게 들렸다. 이 소리를 꾸준한 배경음악 삼아서 나무통에서는 칼들이 싹싹거리는 소리가 들렸다. 작업대에서는 물고기 머리를 돌려서 떼어 내는 소리며, 물고기 간이 바구니에 떨어지는 소리, 물고기 내장이 바깥으로 날아가는 소리가 들렸다. 솔터스 삼촌의 칼이 등뼈에 부딪치며 나는 드르륵 소리도 들렸다. 그리고 물기를 머금은 갈라진 살덩어리가 펄럭이며 통에 떨어지는 소리도 들렸다.

그렇게 한 시간이 지나자, 하비는 잠깐 쉴 수만 있다면 온 세상을 기꺼이 내줄 수 있을 것 같았다. 싱싱하고 물 머금은 대구는 생각보다 더 무거웠고, 계속해서 물고기를 던지다 보니 등이 다 아파 왔다. 하지만 하비는 평생 처음으로 자기가 일하는 사람들 중 하나가 되었다는 느낌을 받았다. 이 생각에 자부심을 느낀 나머지 부루퉁한 상태에서도 계속 일했다.

"칼이오!"

마침내 솔터스 삼촌이 휴식 시간을 알리며 칼을 내려놓

았다. 펜은 몸을 반으로 접고 물고기 한가운데에서 가쁜 숨을 몰아쉬었고, 마누엘도 앞뒤로 상체를 젖히며 뻐근한 몸을 풀었다. 롱 잭은 자리에서 일어나 난간에 기대어 쉬었다. 마치 검은 그림자처럼 아무 소리도 없이 주방장이 나타나더니 대구 등뼈와 머리를 한 무더기 챙겨서 사라졌다.

"내일 아침에는 대구 살점하고 대구머리탕을 먹게 되겠군."

롱 잭이 입맛을 다시며 말했다.

"칼이오!"

솔터스 삼촌이 또다시 외쳤다. 그런데 이번에는 납작하고 휘어진 칼잡이의 무기를 치켜들고 하비를 향해 흔들었다.

"발 있는 데를 봐, 하비."

아래에서 댄이 외쳤다.

하비가 아래를 내려다보니 뚜껑문 가장자리의 밧줄 걸이에 칼 여섯 자루가 줄줄이 꽂혀 있었다. 그는 칼을 하나 뽑아서 솔터스 삼촌에게 가져다주고 오래 사용해서 무뎌진 칼을 치웠다.

"물!"

디스코 트루프가 말했다.

"식수통은 앞쪽에 있고, 그 옆에 바가지가 있어. 서둘러, 하비."

댄이 말했다.

하비는 곧바로 물을 한 바가지 떠서 돌아왔다. 깨끗하지 않은 갈색 물이었지만 그 맛은 마치 감로수 같았고, 덕분에 디스코와 톰 플랫도 말문이 트였다.

"이건 대구라고. 다마스쿠스산 무화과가 아니라니까, 톰 플랫. 아직까지는 은괴도 아니야. 우리가 함께 배를 타기 시작한 이래로 누누이 이야기했잖아."

선장이 말했다.

"무려 일곱 해나 계속 말이죠. 그래도 좋은 짐 쌓기란 매번 똑같은 법이죠. 바닥짐을 가지런하게 쌓는 데에는 올바른 방법과 잘못된 방법이 있고요. 선장님이 옛날 오하이오호에 무게 400톤의 쇳덩어리가 쌓여 있는 걸 보셨더라면……."

톰 플랫이 태연하게 대꾸했다.

"하이!"

마누엘의 고함과 함께 다시 작업이 시작되었고, 이번에는 나무통이 텅 비고 나서야 비로소 멈췄다. 마지막 물고기를 내려놓자마자 디스코 트루프는 동생과 함께 선미를 지나 뒷선실로 들어갔다. 마누엘과 롱 잭은 앞선실로 들어갔다. 톰 플랫은 잠시 남아 선창의 뚜껑문을 제대로 닫더니 곧바로 어디론가 사라져 버렸다. 그리고 불과 30초 뒤에 뒷선실에서 요란하게 코 고는 소리가 들려왔다. 하비는 멍한 표정으로 댄과 펜을 바라보았다.

졸린 듯 게슴츠레한 눈으로 펜이 말했다.

"이번에는 나도 지난번보다는 좀 더 잘했어, 대니. 하지만 내 생각에는 청소를 돕는 게 내 임무인 듯해."

"아저씨 양심은 천금을 줘도 못 사겠네요. 들어가요, 펜. 애들이 하는 일까지 굳이 하실 필요는 없어요. 물이나 길어 와, 하비. 아, 펜, 주무시러 가기 전에 이 생선 내장 담은 통이나 버려 주시든가요. 최소한 그걸 할 때까지는 깨어 있을 수 있죠?"

댄이 말했다.

펜은 생선 내장이 담긴 무거운 바구니를 들어 올리더니, 앞선실 옆에 묶여 있는 경첩 뚜껑 달린 통 안에 털어 넣었다. 곧이어 그 역시 뒷선실 안으로 사라져 버렸다.

"위아히어호에서는 생선 손질이 끝나면 아이들이 청소를 해. 잔잔한 날씨에는 불침번도 아이들이 첫 번째로 서지."

댄은 끙끙거리면서 나무통을 끌어다 놓고 작업대를 치운 다음 물기가 마르도록 달빛 아래 세웠다. 그러고는 피로 붉게 물든 칼날을 낡은 밧줄 뭉치에 문질러 닦고 나서 작은 숫돌에 갈았다. 그사이에 하비는 댄의 지시대로 생선 내장과 등뼈를 난간 너머로 내버렸다.

쓰레기가 떨어지며 바닷물이 첨벙 튀자마자, 번들거리는 수면 위로 은빛의 새하얀 유령이 수직으로 솟아올라 기묘한 휘파람 같은 한숨을 쉬었다. 하비는 깜짝 놀라 비명을 지르며 뒤로 물러섰지만, 댄은 그저 웃을 뿐이었다.

"범고래야. 생선 대가리를 좀 달라는 거야. 배가 고플 때면 어선 옆에 붙어 있다가 그런 식으로 사람을 깜짝 놀라게 하지. 마치 쓸쓸한 무덤처럼 사람한테 숨을 뿜어내는 거야. 너한테도 그랬지?"

새하얀 기둥이 도로 가라앉으면서 썩은 물고기의 끔찍한 냄새가 공중에 감돌았고, 바닷물이 번들거리며 부글부글 거품을 일으켰다.

댄이 다시 말했다.

"범고래가 사람을 깜짝 놀라게 하는 걸 한 번도 본 적 없구나? 이번 항해가 끝나기 전까지 수백 번은 보게 될 거야. 그나저나 우리 배에 내 또래가 있어서 좋은걸. 오토는 너무 나이가 많았고, 게다가 네덜란드 녀석이었거든. 그 녀석이랑 나랑은 상당히 많이 싸웠어. 물론 그 녀석이 기독교인다운 말투로만 말했어도 전혀 문제가 안 되었겠지만 말이야. 졸려?"

"엄청나게 졸려."

하비는 꾸벅꾸벅 졸면서 말했다.

"불침번 서면서 잠자면 안 돼. 정신 차리고 우리 정박등이 제대로 밝게 빛나는지 확인해야 해. 너는 지금 불침번 서는 중이라고, 하비."

"쳇! 도대체 뭐가 우리랑 부딪친다고 그래? 정박등은 아주 밝아. 아함!"

"이럴 때야말로 사고가 생기기 십상이라는 게 우리 아빠 말씀이라니까. 날씨 좋을 때 세상모르고 자면, 도대체 어떻게 된 건지 깨닫기도 전에 여객선에 부딪쳐 두 동강이 나 버리는 거야. 네가 탄 배의 불은 꺼져 있고 마침 안개도 짙게 꼈는데, 여객선에 탄 열일곱 명의 융통성 없는 선원과 신사 손님들은 손 하나 까딱하지 않는 거지. 하비, 나는 너를 꽤 마음에 들어 하지만, 네가 또 한 번 꾸벅대고 졸면 이 밧줄 회초리로 때려 줄 거야."

이미 그랜드뱅크스에서 여러 가지 이상한 일들을 봐 온 달이 오늘도 아래를 내려다보았더니, 짧은 바지에 붉은 셔츠를 입은 날씬한 소년이 70톤짜리 스쿠너선의 어질러진 갑판 주위를 비틀거리며 돌아다니고 있었다. 그 뒤에는 또 다른 소년이 매듭지은 밧줄을 휘두르며 마치 사형집행인처럼 따라다니면서 앞선 소년에게 일격을 가해 댔다. 그러는 사이사이 자기도 하품하고 꾸벅거렸다.

붙들어 맨 타륜이 나지막이 신음하며 발버둥 치고, 미풍의 변화에 정박돛이 약간 펄럭이고 닻감개마저 삐걱거리는 와중에도 이 비참한 행진은 계속되었다. 하비는 애원하고 으르고 칭얼거리다가, 나중에는 아예 울어 버렸다. 댄은 자기도 말이 혀끝에 엉겨 붙는 상태에서도 경계의 미덕을 설파하며 밧줄 회초리를 휘둘렀는데, 실제로는 겨냥이 빗나가 하비를 때린 횟수만큼 보트를 때린 횟수도 많았다. 마침내 뒷선실의 시계가 10시를 알렸고, 열 번째 종소리가 들리자마자 리틀 펜이 갑판으로 올라왔다. 이미 두 소년은 큰 뚜껑문 바로 옆에 나란히 쓰러져 있었다. 워낙 깊이 잠들어 있다 보니 펜이 각자의 침상까지 질질 끌고 갈 수밖에 없었다.

제3장

CAPTAINS COURAGEOUS

깊은 잠은 사람의 영혼과 눈과 마음을 깨끗하게 하고, 아침밥도 게걸스레 먹게 만든다. 두 소년은 커다란 양철 접시를 깨끗이 비웠다. 바로 어젯밤에 주방장이 모아 간 대구 살점 중에서도 가장 맛있는 부분만 골라 요리한 것이었다.

두 소년은 이미 낚시하러 나간 어른들이 사용한 접시며 프라이팬을 설거지하고, 점심 식사에 먹을 돼지고기를 썰고, 앞선실에 걸레질을 하고, 램프에 기름을 채우고, 주방장에게 석탄과 물을 가져다주고, 어선의 비품이 보관된 앞 선창을 살펴보았다. 오늘도 역시나 완벽한 날씨였다. 온화하고, 선선하고, 맑았다. 하비는 폐 밑바닥까지 깊이 숨을 들이마셨다.

밤사이에 더 많은 스쿠너선들이 이쪽으로 모여들었고, 길고 푸른 바다에는 돛배와 보트가 가득했다. 멀리 수평선에는 비록 선체는 보이지 않았지만 여객선 한 척이 지나가면서 그 연기로 푸른 하늘을 더럽혔고, 동쪽으로는 커다란 배 꼭대기에 돛이 막 올라가서 그 연기에 네모난 여백을 만들어 냈다. 디스코 트루프는 뒷선실 지붕 옆에서 담배를 피우며, 한쪽 눈으로는 주위의 다른 배들을, 다른 한쪽 눈으로는 돛대 꼭대기에 있는 작은 깃발을 주시하며 바람을 확인하고 있었다.

댄이 귓속말로 말했다.

"아빠가 저런 식으로 상황 파악을 하고 계실 때는 말이야, 모든 가능성을 놓고 뭔가 수준 높은 생각을 하시는 거야. 내 봉급과 내 지분을 걸고 말하는데, 우리는 머지않아 어딘가에 닻을 내릴 거야. 아빠는 대구를 잘 알고, 어선단은 아빠가 대구를 잘 안다는 걸 알거든. 배들이 이쪽으로 하나씩 하나씩 다가오는 거 보이지? 특별히 뭘 찾아서 오는 게 아니라, 그저 계속 우리 옆으로 끼어들잖아? 저기 '프린스 레부'호가 있네. 저 배는 채텀 배야. 어젯밤부터 슬금슬금 다가오고 있다니까. 그리고 저기 앞돛에 기운 자국이 있고 지브돛을 새로 단 커다란 배 보이지? 저 배는 웨스트 채텀에서 온 '캐리 피트먼'호야. 지난번 조업 철 이후로 운이 바뀌지 않았다면, 저 돛도 아주 오래가지는 못할걸. 저 배는 툭하면 물살에 떠내려가곤 해. 배를 붙잡아 주는 닻 자체가 아예 없거든……. 그나저나 우리 아빠의 담배 연기가 저렇게 작은 고리를 이루고 있으면, 지금은 물고기를 연구하고 있다는 뜻이야. 만약 지금 우리가 가서 말을 걸면 아빠는 엄청나게 화를 낼걸. 내가 지난번에 그랬을 때에는 곧바로 발길질이 날아왔거든."

디스코 트루프는 입에 파이프를 문 채 앞쪽을 응시하고 있었는데, 실제로 두 눈으로는 아무것도 보고 있지 않았다. 아들의 말마따나 그는 물고기를 연구하는 중이었다. 즉 그랜드뱅크스에서 체득한 지식과 경험을 바탕으로, 저 바다에서 이동하는 대구 떼와 자기 나름의 경쟁을 벌이는 것이었다. 그는 뭔가 물어보려는 듯 수평선을 서성이는 다른 스쿠너선들이야말로 자기 능력을 칭찬하는 것이나 다름없다고 여겼다. 하지만 이제는 찬사도 충분히 받았으니 여기를 빠져나가서 한동안 조용한 곳에 정박하다가, 때가 되면 버진 암초*로 가서 바다 한가운데 조성된 그 시끌벅적한 마을 한복판에서 물고기를 낚고 싶었다. 그리하여 트루프는 최근의 날씨, 강풍, 해류, 먹이, 그리고 그 밖의 조건들을 무게 9킬로그램짜리 대구의 관점에서 생각해 보았다. 실제로 그는 한 시간 동안 한 마리의 대구가 되었고, 놀랍게도 모습도 마치 대구처럼 보였다. 그러다가 선장은 마침내 입에서 파이프를 떼었다.

* 그랜드뱅크스에 있는 여러 개의 암초들로 이루어진 암초군을 말한다.

"아빠, 저희 허드렛일은 다 해치웠어요. 잠깐 물에 나갔다 오면 안 돼요? 낚시하기 딱 좋은 날씨잖아요."

댄이 말했다.

"저 체리 색깔 옷이며 덜 구운 것 같은 갈색 구두 차림으로는 안 되지. 저 녀석한테 뭔가 입을 옷을 좀 줘라."

"지금 아빠 기분이 좋으신가 봐. 그럼 된 거야."

댄은 기쁜 듯이 말하면서 하비를 끌고 뒷선실로 들어갔다. 곧이어 트루프가 열쇠 하나를 계단 밑으로 던져 주었다.

"아빠는 내 옷들을 꼭 직접 감시할 수 있는 곳에 넣어 두셔. 우리 엄마는 항상 나더러 덜렁댄다고 뭐라 하시거든."

댄은 사물함을 뒤졌고, 불과 3분도 지나지 않아서 하비는 허벅지 절반까지 올라오는 어부의 고무장화에, 팔꿈치를 잘 기운 묵직한 파란색 셔츠를 걸치고, 양손에는 양모 장갑을 끼고, 방수 모자를 쓰게 되었다.

"이젠 너도 제법 그럴싸해 보인다. 빨리 가자!"

댄이 말했다.

"멀리 가지 말고 가까운 데 있어라. 어선단 근처에는 가지 말고. 혹시 누가 와서 너네 아버지는 어쩌실 작정이냐고 물어보면, 그냥 사실대로 말해 버려. '저는 몰라요.'라고 말이야."

트루프가 소리쳤다.

스쿠너선 뒤쪽에는 '해티 S.'호라는 이름표가 붙은 작은 붉은색 보트가 물에 떠 있었다. 댄은 매어 놓은 밧줄을 풀더니 보트 바닥으로 가볍게 뛰어내렸지만, 하비는 비틀거리면서 어색하게 따라 내려섰다.

"그렇게 보트를 타면 안 돼. 물살이 세면 그대로 바다에 빠지고 만다니까, 진짜로. 앞으로는 너도 보트를 제대로 타는 방법을 배워야 해."

댄은 노를 잘 고정한 다음, 앞자리에 가만히 앉아서 하비가 노 젓는 모습을 지켜보았다. 하비도 애디론댁산맥의 호수에서 노를 저어 본 적이 있었다. 비록 아가씨처럼 얌전하게 젓긴 했지만 말이다. 하지만 바다 한가운데서 삐걱거리는 노 고정쇠와, 잔잔한 호수의 부드러운 노걸이 사이에는 큰 차이가 있었고, 가벼운 스포츠용 노와 길이 2.5미터의 단단한 바다용 노 사이에도 역시나 큰 차이가 있었다. 보트가 가벼운 너울에 갇혀 버리자, 하비는 당황한 나머지 끙 소리를 냈다.

댄이 소리쳤다.

"짧게 저어! 노를 짧게 잡으라고! 바다의 상태에 따라 노를 제대로 젓지 않으면 보트가 뒤집어진단 말이야. 그나저나 이 보트 멋지지 않아? 이것도 내 보트야."

이 작은 보트는 흠집 하나 없이 깨끗했다. 선수에는 작은 닻이 하나, 물병이 두 개, 약 130미터짜리 가느다란 보트용 갈색 밧줄이 있었다. 하비의 오른손 바로 아래 있는 밧줄

걸이에는 양철로 된 신호나팔이 하나 있었고, 그 옆에는 투박한 나무망치 하나, 짧은 작살 하나, 더 짧은 나무 막대기 하나가 있었다. 아주 무거운 납추와 대구잡이용 이중 낚싯바늘이 달린 낚싯줄 꾸러미 두 개도 네모난 얼레에 깔끔하게 감긴 채 난간 옆의 제자리에 놓여 있었다.

"그나저나 이 배에는 왜 돛이랑 돛대가 없는 거야?"

하비가 투덜거리며 말했다. 벌써부터 손에 물집이 잡히기 시작했기 때문이었다.

댄이 킥킥 웃었다.

"너는 고기잡이배를 많이 안 타 본 모양이구나. 이건 노를 저어야 해. 하지만 아주 열심히 저을 것까지는 없어. 그나저나 너도 이런 거 하나 갖고 싶지 않아?"

"음, 내 생각에는 우리 아빠한테 말만 하면 한두 척은 사주시지 않을까 싶어."

하비가 대답했다. 이때까지만 해도 그는 너무 바쁜 나머지 가족 생각은 거의 하지도 못하고 있었다.

"그렇겠지. 너네 아빠가 엄청난 부자라는 걸 까먹었네. 지금 너야 전혀 부자처럼 보이지 않으니까. 그래도 이런 보트에다가 장비까지 다 갖추면 가격이 상당히 비싸다고."

댄은 이 작은 보트가 마치 고래잡이 어선이라도 되는 것처럼 과장하며 말했다.

"그런데도 네 생각에는 너네 아빠가 이런 걸 선뜻 사 주실 것 같다는 거야? 무슨 애완동물 한 마리 사 주듯 말이야?"

"놀랄 것 없다니까. 보트야말로 아직 내가 우리 아빠한테 사 달라고 졸라 대지 않았던 거의 유일한 물건이니까."

"너 정말 집에서는 귀한 놈이었던 모양이구나. 그런데 하비, 노를 그렇게 멋대로 저으면 안 된다니까. 짧게 젓는 게 비결이라고. 이 세상에 완전히 잔잔한 바다는 없게 마련이고, 자칫 너울이 일면……."

퍽! 하비는 갑자기 혼자서 멋대로 움직이는 노 자루에 턱 밑을 얻어맞고 뒤로 벌렁 자빠졌다.

"내가 하려던 말이 바로 그거였어. 나 역시 똑같은 일을 겪고서 노 젓는 방법을 배웠거든. 문제는 그때 내 나이가 기껏해야 여덟 살밖에 안 되었다는 거야."

하비는 턱이 얼얼한 상태로 인상을 찡그리면서 다시 자리에 앉았다.

"물건한테 화를 내 봤자 아무 소용 없다는 게 우리 아빠 말씀이셔. 우리가 어떤 물건을 제대로 다룰 수 없다면, 그건 어디까지나 우리 자신의 잘못일 뿐이라고. 여하간 지금 여기서 낚아 보자. 마누엘이 우리한테 자리를 양보해 줄 거야."

포르투갈인은 거기서 1.5킬로미터 정도 떨어진 곳에서 흔들거리고 있다가, 댄이 노 하나를 세워 보이자 왼팔을 세 번 흔들어 응답했다.

"물 깊이가 30패덤이란 뜻이야."

댄은 이렇게 말하더니 소금에 절인 대합을 낚싯바늘에 끼웠다.

"낚시추랑 같이 배 밖으로 던져. 내가 하는 거랑 똑같이 미끼를 끼우면 돼, 하비. 얼레가 엉키지 않게 조심하고."

하비가 미끼를 끼우고 낚시추를 던지는 방법을 채 깨닫기도 전에 댄의 낚싯줄은 길게 풀려 나갔다. 보트는 조용히 바다 위를 떠다녔다. 일단 낚싯줄을 던져 보고 여기가 좋은 자리라는 사실을 확인하기 전까지는 굳이 닻을 내릴 필요가 없었다.

"걸렸어!"

댄이 소리를 질렀고, 곧이어 커다란 대구 한 마리가 배 옆에서 펄떡이며 몸부림을 쳤다. 그 바람에 하비의 어깨 위로 물보라가 소나기처럼 떨어져 내렸다.

"머클 좀 줘, 하비. 머클! 네 손 밑에 있어! 빨리!"

지금 이 상황에서 머클이라는 물건이 신호나팔일 가능성은 없어 보였으므로, 하비는 잠시 망설이다가 나무망치를 집어 건네주었다. 댄은 물고기를 교묘하게 때려서 기절시킨 다음, 보트 안으로 끌어 올려서 '바늘빼기'라고 부르는 짧은 나무 막대기로 낚싯바늘을 비틀어 떼어 냈다. 곧이어 하비도 뭔가 걸린 느낌을 받고 열심히 낚싯줄을 끌어 올렸다.

"뭐야, 이건 딸기잖아! 이것 좀 봐!"

낚싯바늘은 딸기 뭉치 사이에 걸려 있었다. 한쪽이 붉은색이고 다른 한쪽이 흰색이다 보니 육지의 과일을 완벽하게 복제한 듯한 모양새였다. 차이라고는 잎사귀가 없고 줄기도 온통 관管 모양에 미끈거린다는 점뿐이었다.

"그거 손으로 만지지 마. 그냥 옆에다 툭 쳐서 떼어 내 버려. 잘못하면……."

하지만 댄의 경고는 너무 늦었다. 하비는 이미 딸기를 낚싯바늘에서 떼어 내 맨손으로 들고 자세히 살펴보고 있었기 때문이다.

"아야!"

하비가 외쳤다. 마치 쐐기풀 더미를 움켜쥐기라도 한 것처럼 손가락이 따끔거렸다.

댄이 그거 보라는 듯 말했다.

"이제는 너도 딸기밭이란 게 무슨 뜻인지 알겠지? 우리 아빠가 물고기 말고는 아무것도 맨손으로 만져서는 안 된다고 했어. 다음에 그런 게 나오면 뱃전에 툭 쳐서 떼어 버려, 하비. 그런 건 구경해 봤자 아무 도움도 안 돼. 자, 봉급 받는 만큼은 일해야지."

하비는 자기가 받는 10달러 50센트의 월급을 생각하고는 미소를 지었다. 자기가 이렇게 바다 한가운데서 낚싯배 난간에 매달려 있는 모습을 본다면, 과연 엄마가 뭐라고 말씀하실지 궁금하기도 했다. 엄마는 아들이 애디론댁산맥의 새러낵 호수에서 보트를 저을 때조차도 번번이 불안해했다. 하비는 그때마다 엄마의 걱정을 웃어넘기곤 했다. 갑자기 낚싯줄이 풀리면서 손이 쓸렸다. 일명 '철장갑'이라 불리는 양모 장갑을 끼고 있었는데도 따가웠다.

"대구란 녀석은 제법 무거워. 그러니 그놈의 힘에 맞춰서 여유를 줘. 내가 도와줄게."

댄이 외쳤다.

"아니, 그러지 마."

하비는 이렇게 잘라 말하며 낚싯줄을 꽉 붙들었다.

"나한텐 이놈이 첫 번째 물고기란 말이야. 근데 이거…… 고래라도 되는 거야?"

"아마 넙치일 거야."

댄은 배 옆의 물속을 들여다보더니 커다란 '머클'을 치켜들고 일어날 수 있는 모든 일에 대비했다. 그때 초록색 물 사이로 하얗고 길쭉하게 둥근 물체가 꿈틀거리고 몸부림치며 나타났다.

"내 봉급과 내 지분을 걸고 말하는데, 저놈은 45킬로그램이 넘을 거야. 그나저나 저놈을 혼자 힘으로 끌어 올리겠다는 네 마음에는 전혀 변화 없는 거야?"

하비의 손은 계속해서 보트 난간에 부딪치는 바람에 주먹 관절이 벗어지고 피까지 흐르고 있었다. 얼굴은 흥분과 피로 때문에 자주색과 푸른색으로 울긋불긋했다. 땀이 줄줄 흘렀고, 빠르게 움직이는 낚싯줄 주위에서 빙빙 돌며 햇

빛을 반사하는 잔물결을 계속 바라보다 보니 이제는 앞도 잘 보이지 않았다. 만약 넙치가 인간과 보트를 상대로 싸움을 계속하며 20분만 더 버텼더라면 두 소년도 지쳐 버리고 말았을 것이다. 하지만 그 크고 납작한 물고기는 마침내 작살에 찍혀 배 위로 끌려 올라왔다.

"초짜의 행운이네. 진짜 45킬로그램은 되겠어."

댄이 이마의 땀을 닦으며 말했다.

하비는 이 크고 얼룩덜룩한 회색 생물을 바라보며 차마 말로 할 수 없는 자부심을 느꼈다. 물론 바닷가의 대리석 석판 위에 놓인 넙치를 본 적은 여러 번 있었지만, 그놈들이 어떻게 해서 육지까지 오게 되었는지 물어보려는 생각은 한 번도 하지 않았다. 이제 비로소 그 과정을 알게 되었고, 그 결과 온몸 구석구석이 피로로 욱신거렸다.

댄이 물고기를 끌어 올리면서 말했다.

"만약 아빠가 같이 오셨다면 이 신호를 정확히 읽어 내셨을 거야. 물고기의 크기는 점점 더 작아지고 있고, 너는 우리가 이번 항해에서 잡은 넙치 가운데 가장 무거운 녀석을 낚은 거니까. 너도 혹시 눈치챘어? 어제 잡은 어획물을 보면 모두 커다란 물고기들뿐이고 넙치는 전혀 없었어. 아빠는 그 신호를 곧바로 읽어 내셨지. 그랜드뱅크스에서는 모든 것에 신호가 있는데, 그 신호는 잘못 읽을 수도 있고 제대로 읽을 수도 있다는 게 우리 아빠 말씀이셔. 아빠는 그랜드뱅크스의 고래 구멍보다 생각이 깊으신 분이라고."

댄이 이렇게 말하는 사이 위아히어호에서 누군가가 권총을 쏘았다. 배를 보니 감자 담는 바구니가 앞쪽 삭구 위에 매달려 있었다.

"그것 봐, 내가 뭐라고 했어? 저건 선원들 전부를 불러 모으는 신호야. 아빠가 뭔가 하시려는 거야. 그렇지 않으면 하루 중 지금 이 시간에 굳이 낚시를 중단시킬 이유가 없지. 낚싯줄 감아, 하비. 우리는 돌아가야 하니까."

두 소년은 스쿠너선에서 바람 불어오는 쪽에 있었다. 이들이 잔잔한 바다에서 노를 저어 가려고 하는 순간, 수백 미터 떨어진 곳에서 고통스럽게 외치는 소리가 들려왔다. 펜이 낸 소리였다. 펜은 마치 거대한 수생곤충처럼 한곳을 중심으로 뱅뱅 돌고 있었다. 이 덩치 작은 남자는 어마어마한 힘을 써 가면서 앞뒤로 노를 저었지만, 그런 노력에도 불구하고 그의 보트는 여전히 빙빙 돌면서 닻줄에 매달려 있을 뿐이었다.

"우리가 가서 도와줘야 해. 안 그러면 줄곧 저러고 있을 거야."

댄이 말했다.

"무슨 문제가 있는 거야?"

하비가 물었다. 이곳은 그에게 새로운 세상이었다. 그러니 기존의 규칙을 무시할 수 없었고, 그저 겸손하게 질문할 수밖에 없었다. 게다가 바다는 무시무시하게 크고 온갖 상상하지 못한 일이 일어나는 곳이었으니까.

"닻이 뭔가에 걸린 거야. 펜은 항상 저런 식으로 닻을 잃어버려. 벌써 이번 항해에서만 두 개를 잃어버렸어. 심지어 모래 바닥인 곳에서조차도 말이야. 그래서 아빠는 다음번에 또다시 닻을 잃어버리면 그때는 돌닻을 줘 버리겠다고 하셨어. 그렇게 되면 펜은 정말 마음이 아프겠지."

"그런데 돌닻이 뭐야?"

하비가 물었다. 언젠가 책에서 선원을 밧줄로 묶어 배 밑을 지나가게 하는 벌을 준다고 읽은 적이 있는데, 이것도 바다에서 선원들을 벌줄 때 쓰는 방법 같은 것이 아닐까 하고 어렴풋이 추측하고 있었다.

"진짜 쇠닻 대신에 커다란 돌멩이를 닻으로 쓰게 한다는 뜻이야. 어떤 보트의 선수에 돌닻이 놓여 있는 게 눈에 딱 띄면, 그게 무슨 뜻인지는 어선단 전체가 다 알지. 다시 말해 그 사람은 솜씨가 형편없다는 뜻이거든. 개 꼬리에 국자를 매달아 놓으면 개가 가만히 있지 않는 것처럼, 펜도 그 상황을 결코 견디지 못할 거야. 저 양반은 세상이 끝나는 날까지 예민할 테니까. 저기요, 펜! 또 걸렸어요? 괜히 애쓰지 마세요. 이쪽으로 와 봐요. 그러면서 밧줄을 위아래로 똑바로 움직여 보라고요."

"움직이지가 않아. 꼼짝도 하지 않는다고. 내가 모든 수단을 다 써 봤어."

덩치 작은 남자가 숨을 헐떡이며 말했다.

"그런데 저 잡동사니들은 뭐예요?"

댄이 물었다. 그가 손으로 가리킨 곳에는 여벌의 노와 밧줄이 한데 뒤엉켜 있었는데, 하나같이 숙련되지 못한 손길로 만져서 헝클어 놓은 모양새였다.

펜이 자랑스러운 듯 말했다.

"아, 저거. 저건 스페인식 닻감개야. 솔터스 씨가 사용 방법을 나한테 직접 알려 줬지. 하지만 저걸 썼는데도 움직이지 않더라고."

댄은 웃음을 감추기 위해서 난간 너머로 상체를 숙이고는 밧줄을 한두 번 잡아당겼다. 그랬더니 놀랍게도 닻은 곧바로 빠져나왔다.

"잡아당겨요, 펜. 안 그러면 다시 어딘가에 끼어 버릴지도 몰라요."

댄이 웃으며 말했다.

덩치 작은 남자는 크고도 애처로운 푸른 눈으로 작은 닻의 미늘에 붙은 해초를 유심히 바라보더니, 그곳을 떠나는 두 소년에게 큰 감사를 표했다.

상대방의 귀에는 목소리가 들리지 않을 만한 곳까지 가자 댄이 입을 열었다.

"아, 저기, 내가 생각해 봤는데, 하비. 펜은 솜씨가 무르

익지는 못했어. 게다가 제정신도 아냐. 위험한 정도까지는 아니지만 말이야. 너도 봤지?"

"진짜로 미친 거야? 아니면 그것도 너네 아빠의 잘못된 판단 가운데 하나인 거야?"

하비는 노 쪽으로 몸을 굽히면서 물었다. 이제 노를 좀 더 손쉽게 다루는 법을 터득한 것 같았다.

"당연히 아빠가 잘못 판단하신 건 아니야. 펜은 실제로 미쳤으니까. 아니, 사실 그 정도까지는 아닐 수도 있겠지. 최소한 남에게는 아무런 해도 끼치지 않잖아. 사연을 말하자면 긴데……. 그나저나 너 지금 상당히 노를 잘 젓고 있어, 하비. 그런데 내가 너한테 굳이 이야기해 주는 까닭은 너도 이제는 당연히 알 자격이 있기 때문이야. 저 양반은 원래 모라비아파 전도사였어. 내가 아빠한테 듣기로는 이름이 제이컵 볼러이고, 부인과 자녀 네 명하고 펜실베이니아주 어딘가에 살았던 모양이야. 음, 어느 날 펜은 자기 식구를 데리고 모라비아파 모임에 갔어. 십중팔구 야외 수련회였겠지. 그러다 어느 날 밤에 존스타운에 묵게 된 거야. 존스타운 이야기는 너도 들어 봤지?"

하비는 곰곰이 생각해 보았다.

"그래, 들어는 봤어. 하지만 정확히 뭔지는 모르겠어. 애슈터뷸라처럼 무슨 일이 있었던 것 같긴 한데."

"양쪽 모두 큰 사고였으니까. 음, 어쨌거나 펜과 그 식구들이 호텔에 머물렀던 바로 그날에 존스타운이 홍수로 초토화된 거야. 댐이 터지면서 물난리가 일어났고, 주택이 물에 둥둥 떠다니다가 서로 부딪쳐서 도로 가라앉곤 했지. 나도 사진을 본 적이 있는데, 정말 끔찍하더라니까. 펜은 무슨 일이 벌어졌는지 제대로 깨닫기도 전에, 자기 식구들이 모조리 물에 빠져 죽는 모습을 봤어. 바로 그때부터 정신이 나가 버린 거지. 존스타운에서 있었던 일은 전혀 믿지 않고, 자신의 딱한 인생에 대해서는 기억도 하지 못한 채, 실실 웃기만 하고 어리벙벙한 상태로 여기저기 떠돌아다닌 거야. 자기가 누구인지, 예전에는 어떤 사람이었는지도 모르는 채로 말이야. 그러다 우연히 앨러게니시티에 와 있던 솔터스 삼촌과 딱 마주친 거지. 우리 엄마네 친척들 중 절반 이상이 펜실베이니아주 여기저기에 흩어져 살고 있는데, 솔터스 삼촌은 겨울 동안 곳곳을 방문하던 중이었거든. 솔터스 삼촌은 마치 펜을 입양하다시피 돌봐 주었어. 펜의 문제가 무엇인지 잘 알았으니까. 결국 삼촌은 펜을 동부로 데려와서 자신의 농장에서 일하게 해 주었지."

"아, 그러고 보니 어제 보트가 부딪쳤을 때, 너네 삼촌이 펜한테 농사꾼이라고 하는 걸 들었어. 그러면 솔터스 삼촌도 농사꾼인 거야?"

"당연히 농사꾼이지!"

댄이 소리쳤다.

"여기서부터 해터러스곶 사이에 있는 바닷물을 다 끼얹어도 그 양반 장화에 묻은 흙먼지를 모두 씻어 내지는 못할 걸. 한마디로 삼촌은 어쩔 수 없는 농사꾼이라고. 있잖아, 하비, 나는 그 양반이 해 질 녘에 들통을 하나 들고서 식수통으로 가서는 그 수도꼭지를 마치 젖소의 젖꼭지라도 되는 양 주물럭거리는 걸 본 적도 있다니까. 삼촌은 그 정도로 농사꾼이라고. 음, 펜하고 삼촌은 실제로 농장을 운영했어. 엑서터 위쪽에서였지. 솔터스 삼촌은 그해 봄에 농장을 팔았어. 보스턴에서 왔다는 한 얼간이가 거기다가 여름 별장을 짓고 싶어 했다나 봐. 덕분에 삼촌은 한재산 마련했지. 이후 두 양반은 한동안 그럭저럭 지냈는데, 어느 날인가 펜이 속했던 교회, 그러니까 모라비아파에서 그의 행방을 알아내고 솔터스 삼촌에게 편지를 쓴 거야. 정확히 무슨 내용인지는 나도 듣지 못했지만, 솔터스 삼촌은 펄펄 뛰었어. 삼촌은 평소에 성공회 신자였는데, 그때는 마치 침례교인이라도 된 것처럼 모라비아파를 욕하며 노발대발했어. 그러면서 펜실베이니아주건 다른 데 있건 망할 놈의 모라비아파 단체에는 펜을 순순히 넘겨주지 않을 거라고 맹세했지. 급기야 삼촌은 펜을 데리고 우리 아빠한테 왔어. 그게 지금으로부터 두 번의 항해 전의 일이야. 삼촌은 펜의 건강을 위해서 같이 고기를 잡으러 가야만 한다고 말했어. 모라비아파에서도 제이컵 볼러를 찾으러 그랜드뱅크스까지 찾아오지는 못하리라는 게 삼촌의 생각이었던 거지. 아빠도 반대하진 않았어. 왜냐하면 솔터스 삼촌은 자신의 야심작인 특허 퇴비를 발명하기 전까지만 해도 무려 30년 동안 드문드문 고기잡이를 해 왔고, 심지어 위아히어호의 지분도 4분의 1이나 갖고 있었거든. 게다가 항해는 펜에게도 무척이나 좋은 영향을 끼쳤어. 그래서 아빠도 이후 계속해서 저 양반을 굳이 데리고 다니게 된 거야. 언젠가 저 양반도 자기 부인과 아이들과 존스타운을 다시 기억해 내겠지만, 그러면 십중팔구는 가슴이 미어져 죽고 말 거라는 게 우리 아빠 말씀이셔. 그러니 너도 존스타운이니 뭐니 하는 이야기를 펜한테는 절대 하지 마. 혹시 솔터스 삼촌이 들으면 너를 번쩍 들어서 배 밖으로 던져 버릴 테니까."

"불쌍한 펜! 두 분이 같이 있는 것만 봐서는 솔터스 삼촌이 펜을 그렇게 챙겨 준다고는 전혀 생각 못 했는데."

하비가 중얼거렸다.

"그래도 나는 펜이 좋아. 우리 모두 마찬가지고. 물론 아까는 우리가 그 양반 배를 끌고 데려왔어야 맞았겠지. 그래도 나는 우선 그 양반에 관한 사실을 너한테 이야기해 주고 싶어서 이렇게 먼저 온 거야."

댄이 말했다.

두 소년은 이제 스쿠너선에 가까이 와 있었고, 다른 보트들은 이들보다 약간 뒤에 처져 있었다.

트루프가 갑판에서 소리쳤다.

"저녁 식사 끝날 때까지 보트 안에서 흔들흔들 앉아 있을 거냐. 지금 당장 생선 손질 시작한다. 작업대 준비해라, 애들아!"

"내가 뭐랬어. 고래 구멍보다 속이 더 깊으시다니까."

생선 손질 장비를 준비하면서 댄이 한쪽 눈을 찡긋하며 말했다.

"오늘 아침부터 슬금슬금 다가오고 있는 저 배들 좀 봐. 모두 우리 아빠를 기다리고 있는 거야. 너도 보이지, 하비?"

"내가 보기에는 모두 똑같아 보이는데."

실제로 육지 사람이 보기에는 주위에서 끄덕거리는 스쿠너선들이 하나같이 똑같은 거푸집에서 찍어 낸 것처럼 보였다.

"하지만 그렇지 않아. 저 지저분한 노란색 배 보이지? 선수에 있는 기움돛대가 한쪽으로 기울어져 있는 배 말이야. 저건 '호프 오브 프라하'호야. 닉 브래디가 선장인데, 그랜드뱅크스에서 가장 야비한 인간이지. 우리가 메인 암붕岩棚에 도착하면 그놈한테도 그렇게 말해 줄 거야. 저쪽에 있는 건 '데이즈 아이'호야. 제럴드 가족 두 사람이 저 배를 소유하고 있지. 저 배는 하리치에서 왔어. 꽤 빠른 편이고 운도 좋은 편이야. 하지만 우리 아빠로 말하자면 심지어 무덤에서도 물고기를 찾아낼 수 있는 분이지. 그 옆에 있는 세 척은 '마지 스미스'호, '로즈'호, '이디스 S. 웨일런'호인데, 모두 우리 고향에서 온 거야. 내일쯤이면 '애비 디어링'호도 보이지 않을까 싶은데. 아빠, 안 그래요? 그 배는 퀴로 여울 지난 다음부터 줄곧 따라오고 있었잖아요."

"내일은 배를 많이 보지 못할 거다, 대니."

트루프가 자기 아들을 '대니'라고 부를 때는 기분이 좋다는 의미였다.

그는 배로 돌아온 선원들을 향해 말했다.

"어이, 여기는 너무 붐빈단 말이야. 저 친구들일랑 큰 미끼로 작은 물고기나 낚게 내버려 두자고."

그러고는 나무통 안에 들어 있는 어획물을 바라보았는데, 물고기 양도 적고 어찌나 빈약한지 놀랄 지경이었다. 하비가 낚은 넙치를 제외하면 갑판 위에 무게 7킬로그램이 넘는 물고기는 하나도 없었다.

"지금 날씨를 기다리고 있어."

트루프가 덧붙였다.

"그건 직접 알아서 판단하셔야 할 거예요, 선장님. 제 눈에는 아무런 징조도 보이지 않으니까요."

롱 잭이 이렇게 말하며 맑은 수평선을 훑어보았다.

하지만 그로부터 반 시간 뒤, 이들이 생선을 손질하는 와중에 그랜드뱅크스 특유의 안개가 주위를 뒤덮었다. 어부들의 말마따나 물고기와 물고기 사이에까지 안개가 스며든

형국이었다. 안개는 꾸준히 생겨나서 소용돌이쳤고, 색깔조차 없는 바닷물을 따라 휘감기고 피어났다. 선원들은 아무 말 없이 생선 손질을 멈추었다. 롱 잭과 솔터스 삼촌은 닻감개 손잡이를 걸쇠에 끼워 넣고 닻을 올리기 시작했다. 물에 젖은 삼밧줄이 통에서 팽팽해지며 닻감개가 삐걱거렸다. 막판에 가서는 마누엘과 톰 플랫이 힘을 보탰다. 닻이 물을 뚝뚝 흘리며 올라오자, 트루프가 타륜을 돌려 배의 중심을 잡고는 정박돛을 부풀렸다.

"지브돛하고 앞돛 올려."

트루프가 소리쳤다.

"저 녀석들은 안개 속에서 헤매게 놔두자고."

롱 잭이 이렇게 외치면서 지브돛을 조종하는 밧줄을 꽉 붙들어 맸다. 그사이에 다른 선원들은 철컥대는 앞돛의 고리를 덜그럭거리며 올렸다. 앞돛 아래활대가 삐걱대는 소리를 내더니, 위아히어호는 바람을 받아 소용돌이치는 텅 빈 흰 안개 속으로 뛰어들었다.

"안개 뒤로 바람이 몰려오는군."

트루프가 말했다.

하비는 차마 말로 할 수 없을 만큼 놀랐다. 그중에서도 가장 놀라운 부분은 가끔 한 번씩 트루프가 투덜거리는 것 말고는 아무런 명령도 듣지 못했다는 점이었다. 그나마 명령 같은 말이라고는 다음과 같은 한마디로 끝났다.

"잘했다, 아들아!"

축축한 앞돛을 바라보며 입을 쩍 벌리고 있는 하비를 보고 톰 플랫이 물었다.

"너는 닻 올리는 걸 난생처음 보는 거냐?"

"네. 그런데 지금 우리 어디로 가는 거예요?"

"물고기를 낚고 배를 정박하러 가는 거지. 너도 일주일만 배를 타면 훤히 꿰뚫게 될 거다. 이 모든 일이 너한테는 완전히 새롭겠지. 하지만 사실 앞으로 무슨 일이 벌어질지는 우리도 전혀 몰라. 그래도 나 톰 플랫이 장담하는데, 내 생각에는 아무리 봐도……."

"한 달에 14달러 받고 배에 총알이 박히는 것보다는 낫겠지. 점보돛이나 약간 풀라고."

트루프가 타륜을 잡은 채로 말했다.

"훨씬 낫고말고요."

전직 전함 승무원이 받아치더니 커다란 점보돛이 매달려 있는 점보활대에 뭔가 조치를 가했다.

"하지만 예전에 우리는 그런 생각을 안 했어요. 그러니까 '미스 짐 벅'호*의 닻감개를 돌리고 있을 때에는 말이에요. 그때 우리는 보퍼트 항구 바깥에 있었는데, 마침 메이컨 요

* 정확한 명칭은 '겜스복'호이다. 1861년에 건조된 미국 해군 소속 범선으로 남북전쟁 당시 남군의 메이컨 요새 공격 작전에도 참전했다.

새에서는 우리 선미를 향해 공격을 퍼부어 대고, 우리 위로는 강풍이 몰아치고 있었죠. 그나저나 선장님은 그때 어디 계셨어요?"

"여기 아니면 이 근처 어딘가에 있었겠지. 깊은 물에서 밥벌이를 하고, 남부의 반란군 사략선을 피해 가면서 말이야. 자네의 흥미진진한 무용담에 맞장구쳐 줄 여유가 없어서 미안하군, 톰 플랫. 하지만 내 생각에는 우리가 이스턴 포인트를 다시 보기 전까지는 딱 좋은 바람을 계속 만날 것 같아."

디스코가 대답했다.

이제 뱃머리에서는 뭔가가 때리고 부딪치는 소리가 시시때때로 들려왔는데, 단단한 것이 부딪치는 쿵 소리에서부터 앞선실 안쪽까지 흩뿌려지는 작은 물보라까지 다양했다. 삭구에서는 축축한 물방울이 뚝뚝 떨어졌고, 선원들은 뒷선실 옆에서도 바람 불어 가는 쪽에 모여 물보라를 피했다. 솔터스 삼촌만 예외여서, 큰 뚜껑문 위에 뻣뻣이 앉아서 또다시 딸기에 쏘인 양손을 어루만지고 있었다.

"스테이돛을 달았으면 좋겠는데."

디스코가 자기 동생을 흘끗 바라보며 말했다.

"내 생각에는 그래 봤자 별 소용 없을 것 같은데요. 뭐 하러 돛을 굳이 낭비해요?"

농사꾼 겸 뱃사람이 대꾸했다.

순간 디스코가 양손으로 붙잡고 있던 타륜이 거의 알아채지 못할 만큼 움직거렸다. 몇 초 뒤에 커다란 파도가 대각선 방향에서 밀려와 배에 부딪치면서, 솔터스 삼촌은 양쪽 어깨 모두에 바닷물을 된통 얻어맞고 머리부터 발끝까지 홀딱 젖고 말았다. 그는 고함을 치면서 벌떡 일어나 앞으로 갔지만, 거기서도 또다시 파도를 얻어맞고 말았다.

댄이 하비에게 속삭였다.

"우리 아빠가 갑판 여기저기로 삼촌을 쫓아다니며 골탕 먹이는 걸 잘 봐. 솔터스 삼촌은 배에 대한 권리만큼 자기가 돛에도 4분의 1의 지분을 갖고 있다고 생각하거든. 그래서 아빠는 앞서 두 번의 항해에서도 이런 물먹이기를 했었지. 하! 어디로 피해도 마찬가지라니까."

솔터스 삼촌은 앞돛대 옆에서 피난처를 찾았지만, 이번에도 파도를 맞아 무릎 위가 몽땅 젖었다. 하지만 디스코의 얼굴은 둥그런 타륜만큼이나 아무 표정이 없었다.

"스테이돛을 달면 배가 좀 안정을 찾을 것 같다니까, 솔터스."

디스코는 마치 아무것도 못 봤다는 투로 말했다.

"그러면 차라리 형님의 낡아 빠진 연을 갖다 매다시든가요."

희생자가 물보라 사이로 고함을 지르며 말을 이었다.

"무슨 일이 일어나도 내 탓이라고는 하지 마세요. 펜, 자

네는 얼른 내려가서 자네 몫의 커피나 마셔. 이런 날씨에는 갑판에 나와 돌아다니지 않을 만큼의 분별력은 있어야 할 것 아냐."

"이제 저 두 사람은 앞으로 영원히 커피를 마시고 체커를 둘 거야."

댄이 이렇게 말하는 사이, 실제로 솔터스 삼촌은 펜을 데리고 서둘러 앞선실로 들어가 버렸다.

댄이 제안했다.

"내 생각에는 우리 모두 잠깐은 저렇게 했으면 어떨까 싶은데요. 낚시를 하지 않을 때의 그랜드뱅크스 어부보다 더 게을러빠진 피조물은 또 없으니까요."

"말 한번 잘했다, 대니."

마침 재미있는 게 없나 주위를 두리번거리던 롱 잭이 외쳤다.

"그러고 보니 방수 모자를 쓰고 있는 승객이 한 분 계셨다는 건 까맣게 잊어버리고 있었네. 이런 친구가 밧줄을 모른다는 것은 게으르기 짝이 없는 일이지. 그 친구 이리 보내 봐, 톰 플랫. 우리가 이 친구 좀 가르쳐 주자고."

"이번에는 내가 장난친 게 아니야. 이젠 너 혼자 가 봐. 나는 예전에 아빠한테 회초리로 맞으면서 배웠거든."

댄이 씩 웃으며 말했다.

한 시간 동안이나 롱 잭은 자기 먹잇감을 데리고 이리저리 오가며, 본인의 말마따나 "모든 사람이, 하다못해 장님이건 술 취한 사람이건 잠든 사람이건 간에 누구나 반드시 배워야 하는 바다와 관련된 사항들"을 가르쳐 주었다. 앞돛대가 짧은 70톤짜리 스쿠너선에는 사실 장비가 그리 많지 않았지만, 롱 잭은 가르치는 데 대단한 재능을 갖고 있었다. 예를 들어 하비의 시선을 꼭대기 마룻줄 쪽으로 끌고 싶을 경우, 그는 주먹 관절을 이 소년의 목 뒤에 쿡 찔러 넣어서 30초 동안 그걸 유심히 바라보게 했다. 그는 하비의 코를 아래활대를 따라 몇 미터쯤 문지르다시피 하면서 각각의 돛의 특징을 설명했고, 밧줄 회초리로 때려 가면서 각각의 밧줄의 방향을 하비에 머릿속에 단단히 심어 주었다.

만약 갑판이 어느 정도 비어 있었더라면 좀 더 쉽게 배울 수 있었을 것이다. 하지만 갑판 위에는 온갖 물건들이 다 놓여 있었기 때문에 사람이 있을 자리는 전혀 없어 보였다. 앞쪽에는 닻감개와 도르래, 쇠사슬과 삼밧줄이 놓여 있어서 여간해서는 그 위로 넘어 다니기가 쉽지 않았다. 앞선실 스토브 연통도 나와 있었고, 앞선실 뚜껑문 옆에는 생선 내장 담는 통이 놓여 있었다. 이 뒤로는 펌프와 생선 손질용 나무통이 있었고, 나머지 공간은 앞돛 아래활대와 뚜껑문 보호벽*이 모조리 차지하고 있었다. 후갑판에는 보트 더미

* 바닷물이 들이치지 않도록 뚜껑문 주위에 만들어 놓은 보호벽을 말한다.

가 고리볼트에 묶여 있었다. 선실 주위에도 갖가지 통이며 잡동사니가 묶여 있었다. 마지막으로 X자 모양 버팀대에 놓인 길이 18미터의 큰돛 아래활대가 앞뒤로 뻗어 있어서, 좌우로 오갈 때면 매번 큰돛 아래활대를 피해서 몸을 숙여 지나가야만 했다.

물론 톰 플랫도 가만히 있을 사람이 아니었다. 옛날 오하이오호에 있었던 돛과 돛대에 관해서 잔뜩 떠들면서 굳이 필요 없는 설명을 보탰다.

"저 친구 하는 말은 신경 쓰지 마. 내 말에만 집중하라고, 꼬마. 어이, 톰 플랫, 이 쓸모없는 배는 오하이오호가 아니라고. 지금 자네가 이 꼬마를 괜히 헷갈리게 만들고 있어."

보다 못해 롱 잭이 말을 막자 톰 플랫이 받아쳤다.

"이런 식으로 종범선에서 시작해 버리면 저 녀석 버릇을 잘못 들이는 거야. 그렇게 평생 가겠지. 저 녀석한테 몇 가지 핵심 원리를 알 기회를 주라고. 항해술은 예술이란 말이야, 하비. 나라면 그렇다는 걸 똑똑히 보여 주겠어. 내가 만약 너를 데리고 앞돛대 단이 있는 배에, 그러니까……."

"그럴 줄 알았어. 자네 때문에 애가 잔뜩 얼어 버렸잖아. 그러니 조용히 좀 하라고, 톰 플랫!"

롱 잭이 소리치더니 다시 하비에게 말했다.

"자, 이제 지금까지 내가 설명한 걸 떠올려 보면서 대답해 봐. 너라면 앞돛의 면적을 어떻게 줄이겠냐, 하비? 차분히 생각해서 대답해 봐."

"저걸 잡아당겨야죠."

하비는 바람이 불어 가는 쪽을 손으로 가리켰다.

"뭐라고? 북대서양을 잡아당겨?"

"아뇨, 아래활대를 잡아당긴다고요. 그런 다음에 아까 저 뒤에서 보여 주신 그 밧줄을……."

"말도 안 되는 소리."

톰 플랫이 끼어들었다.

"조용히 해! 얘는 지금 배우는 중이잖아. 아직은 각각의 명칭에 익숙하지가 않아서 그래. 계속 이야기해 봐, 하비."

"어, 그러니까 돛줄임 밧줄 말이에요. 저라면 갈고리를 돛줄임 밧줄에 걸어서, 그걸 아래로 내려가게……."

"돛을 내려야지, 꼬마야! 돛을 내려야 한다고!"

톰 플랫이 소리쳤다. 전문가로서 아마추어를 그냥 지켜만 보기가 괴로운 듯했다.

"숨통 마룻줄하고 꼭대기 마룻줄을 내려가게 한다고요."*

하비가 다시 대답했다. 이제야 그 명칭들이 머릿속에 제대로 들어박힌 것 같았다.

"그게 어디 있는지 손으로 한번 가리켜 봐."

* 큰돛이나 앞돛의 위활대에서 안쪽 끝과 돛대를 연결하는 밧줄이 숨통 마룻줄이고, 바깥쪽 끝과 돛대를 연결하는 밧줄이 꼭대기 마룻줄이다.

롱 잭이 말하자 하비는 시키는 대로 했다.

"그러니까 저 밧줄 고리가…… 그러니까 돛 뒤쪽에 있는 그거, 아니, 밧줄 구멍 말이에요. 그러니까 밧줄 구멍을 아래활대에 닿을 때까지 내리는 거예요. 그런 다음에 아까 말씀하신 대로 그걸 묶고, 숨통 마룻줄하고 꼭대기 마룻줄을 다시 올리는 거예요."

"돛대 묶는 밧줄에 관한 대목은 까먹은 모양인데. 뭐, 시간이 지나고 누가 좀 도와주면 너도 결국 배우게 될 거다. 배에 있는 밧줄은 모두 다 있어야만 하는 이유가 있어. 그렇지 않았다면 배 밖으로 던져 버렸겠지. 내 말 알아듣겠어? 지금 나는 너한테 돈을 벌어 주는 셈이라고, 이 비쩍 마르고 쪼그만 짐짝 녀석아. 그걸 터득해야만 너도 보스턴에서 쿠바까지 배를 타고 가서 거기 있는 놈들한테 '나는 롱 잭한테 배웠소이다.'라고 말해 줄 수 있을 테니까. 이제 나랑 같이 한 바퀴 돌자. 내가 밧줄 이름을 말하면, 너는 내가 말한 밧줄이 뭔지 손으로 가리켜 보이는 거야."

롱 잭이 밧줄 이름을 부르자, 하비는 약간 지친 기분으로 롱 잭이 말한 밧줄 쪽으로 천천히 걸어갔다. 그러자 어디선가 밧줄 회초리가 휙 날아와 하비의 갈비뼈 주위를 훑고 지나갔다. 순간 하비는 거의 숨이 훅 하고 빠져나갈 뻔했다.

"네가 배를 한 척 가진 사람이라면 그렇게 걸어 다녀도 돼. 하지만 그 전까지지는 일단 명령이 떨어지면 곧바로 뛰는 거다. 다시 해 봐, 확실하게!"

톰 플랫이 무서운 눈으로 노려보며 소리쳤다.

하비는 연습에 열을 올렸다. 이 마지막 질책은 하비를 완전히 달아오르게 했다. 사실 그는 매우 영리한 소년이었으며, 매우 똑똑한 남자와 매우 예민한 여자 사이에서 태어났다. 다만 태어날 때부터 응석받이로 자라 고집불통이 됐을 뿐이지, 사실은 훌륭한 결단력을 지니고 있었다. 하비는 다른 사람들을 바라보았고, 심지어 댄조차도 웃고 있지 않다는 것을 깨달았다. 비록 지독하게 아프기는 했지만, 이런 일은 일상적으로 벌어지는 일임이 분명했다. 그래서 하비는 꾹 참고 숨을 들이마시고 미소를 지으면서 모든 것을 넘겨 버렸다. 예전에는 엄마의 기분을 맞추는 데 한몫했던 그 영리함 덕분에, 그는 이 배 안의 어느 누구도, 심지어 펜조차도 그의 허튼 수작을 가만히 참고 넘어가지 않으리라는 사실을 확신할 수 있었다. 사람은 분위기만 보고서도 상당히 많은 것을 배울 수 있는 법이다. 롱 잭은 대여섯 가지의 밧줄 이름을 불렀고, 하비는 마치 썰물 때의 뱀장어처럼 갑판 위를 이리저리 춤추듯 돌아다녔다. 그러는 내내 한쪽 눈으로는 톰 플랫을 주의 깊게 살폈다.

"잘했어, 아주 잘했어. 저녁 먹고 나면 지금 내가 만드는 모형 스쿠너선이랑 거기 달린 밧줄을 모두 보여 줄게. 그러면 더 잘 배울 수 있을 거야."

마누엘이 말했다.

댄도 맞장구쳤다.

"승객치고는 최고 수준인데. 우리 아빠가 보시기에도, 네가 물에 빠져 죽기 전까지는 충분히 한 사람 몫을 할 것 같으신가 봐. 우리 아빠로서는 높게 평가해 준 거야. 다음에 나랑 같이 불침번 설 때 내가 더 많이 가르쳐 줄게."

"수심!"

뱃머리를 넘어 밀려드는 안개 속을 살펴보던 디스코가 투덜거리면서 지시했다. 부풀어 오른 지브돛 활대에서 3미터 앞으로는 아무것도 보이지 않았다. 옆에서는 새하얀 파도가 끝도 없이 계속해서 밀려와서 속삭이듯 철썩철썩 부딪쳤다.

"이제 롱 잭도 못 가르쳐 주는 걸 내가 가르쳐 주마."

톰 플랫이 이렇게 말하더니, 선미의 사물함에서 낡아 빠지고 끝이 움푹 들어간 심해용 납추를 꺼냈다. 그는 움푹한 부분을 양고기 기름이 가득한 그릇에 넣은 다음, 기름 묻은 납추를 들고 앞쪽으로 갔다.

"'파란 비둘기'를 날려 수심을 측정하는 방법을 내가 가르쳐 주겠다 이거야. 으라차차!"

디스코는 스쿠너선의 방향을 잡아 주던 타륜에 뭔가 조작을 가했고, 그사이에 마누엘은 하비의 도움을 받아서 지브돛을 내려 활대에 묶었다(마침 하비는 무척이나 자부심에 가득 차 있었다). 톰 플랫이 납추를 계속해서 돌리자 웅웅 소리가 낮게 울렸다.

롱 잭이 조바심을 내며 재촉했다.

"어서 해, 이 친구야. 지금은 파이어섬의 안개 속에서 수심 7미터 바다를 재려는 게 아니잖아. 괜히 그런 재주 부릴 필요 없다고."

"질투하지 말라고, 골웨이."

마침내 톰 플랫은 납추를 놓아 버렸다. 납추는 스쿠너선 저 앞의 바다에 풍덩 하고 빠지더니 천천히 앞쪽으로 가라앉았다.

댄이 끼어들며 말했다.

"하지만 여기서 소리가 나야지만 진짜 재주죠. 일주일 동안 우리가 가진 유일무이한 눈은 심해용 납추뿐이잖아요. 어떨 거 같아요, 아빠?"

디스코의 표정이 누그러졌다. 나머지 어선들을 따돌린 이 행군에는 그의 실력과 명예가 달려 있었다. 게다가 그는 그랜드뱅크스를 눈 감고도 다 아는 최고 실력자라는 평판을 가지고 있었다.

"아마도 18미터. 나보고 예상해 보라면 말이다."

디스코는 뒷선실 창문에 달린 작은 나침반을 흘끗 바라보면서 대답했다.

"18미터!"

톰 플랫이 이렇게 외치면서 흠뻑 젖은 밧줄을 끌어 올렸다.

스쿠너선은 다시 한 번 속력을 냈다.

"수심!"

그로부터 25분 뒤에 디스코가 다시 외쳤다.

"이번에는 어떻게 생각하세요?"

댄은 나지막하게 물으며 자랑스러운 듯 하비를 바라보았다. 하지만 하비는 좀 전 밧줄 이름을 알아맞힌 자신을 너무나 자랑스러워하던 참이라, 그때만큼은 감명을 받지 못했다.

"15미터쯤. 내 생각에는 수심 15미터 내지 20미터의 그린뱅크 바로 위에 있는 것 같은데."

디스코가 말했다.

"15미터!"

톰 플랫이 외쳤다. 이제는 그의 모습조차 안개에 파묻혀 거의 보이지 않았다. 그가 중얼거리는 소리가 들렸다.

"1미터도 안 되는 곳에서 고기들이 날뛰는데. 메이컨 요새에 떨어진 포탄처럼 말이야."

"미끼를 끼어, 하비."

댄은 이렇게 말하면서 낚싯줄을 집어 들었다.

스쿠너선은 안개 속에서 제멋대로 떠다니는 것 같았고, 지브돛은 심하게 부딪치며 소리를 냈다. 사람들은 두 소년이 낚시를 시작하는 모습을 가만히 지켜보며 기다렸다.

"어이쿠!"

댄의 낚싯줄이 잔뜩 긁히고 상처 난 난간 위에서 꿈틀거렸다.

"도대체 아빠는 이걸 무슨 수로 아셨을까? 여기 좀 도와줘, 하비. 상당히 큰 놈이야. 낚싯바늘을 삼켜 버렸다고."

두 사람이 함께 낚싯줄을 잡아당긴 끝에 퉁방울눈의 9킬로그램짜리 대구 한 마리가 올라왔다. 그놈은 미끼를 배 속에 넣어 버린 상태였다.

"우와, 작은 게들이 이놈을 완전히 뒤덮고 있잖아."

하비가 물고기를 뒤집으며 외쳤다.

"내가 단언하는데, 여기 먹잇감이 득실거리는군. 선장님, 남는 눈으로 용골 아래를 계속 주시하시라고요."

롱 잭이 말했다.

스쿠너선이 풍덩 하고 닻을 내리자 이번에는 모두 낚싯줄을 집어 들고 저마다 난간에 자리를 잡았다.

"이게 좋은 먹이라서 그러는 거야?"

하비는 게로 뒤덮인 대구를 또 한 마리 끌어 올리면서 숨을 헐떡거리며 물었다.

"그럼. 이렇게 먹잇감이 득실거릴 때는 이놈들이 수천 마리씩 떼 지어 다닌다는 이야기이고, 그럴 때 이놈들은 배고플 때 하듯이 미끼를 집어삼키거든. 미끼를 어떻게 끼우는

지도 상관없어. 심지어 맨 낚싯바늘도 집어삼키니까."

"와, 이거 진짜 대단하다!"

물고기가 퍼덕퍼덕 몸부림치며 올라오자 하비가 외쳤다. 댄의 말마따나 거의 모든 물고기가 낚싯바늘을 삼킨 상태였다.

"그러면 보트에서 잡지 말고 항상 이렇게 큰 배에서 잡으면 안 돼?"

하비가 다시 댄에게 물었다.

"언제든 그럴 수야 있지. 적어도 생선 손질을 시작하기 전까지는 말이야. 왜냐하면 손질을 하고 나면 배 밖에 버린 대가리랑 부스러기 때문에 물고기가 놀라서 펀디만까지 도망쳐 버리거든. 하지만 큰 배에서 하는 낚시가 혁신적이라고는 생각하지 않아. 적어도 우리 아빠만큼 고기잡이를 잘 알지 못한다면 말이야. 내 생각에 오늘 밤에는 주낙*을 내릴 것 같아. 그나저나 이 낚시가 보트에서 하는 낚시보다 등이 더 아프지 않아, 안 그래?"

정말이지 등골이 부서지는 것 같았다. 보트에서도 대구의 무게에다가 물의 무게까지 모두 끌어 올려야 했지만, 그래도 낚는 사람은 비교적 물고기와 가까이 있었다. 반면 스쿠너선에서는 수면에서 난간까지의 거리가 있어서 더 높이

* 긴 낚싯줄에 여러 개의 낚싯바늘을 달아 고기를 잡는 도구

힘들게 끌어 올려야 했으며, 몸을 굽히고 난간에 매달려 있다 보면 가슴이 짓눌려서 괴로웠다. 하지만 물고기를 낚는 동안에는 격렬하고 신나는 스포츠가 아닐 수 없었다. 그리하여 물고기의 입질이 뜸해졌을 즈음에는 갑판 위에 커다란 물고기 더미가 놓여 있었다.

"펜이랑 솔터스 삼촌은 어디 계셔?"

하비가 자기 방수복에 묻은 물고기 점액을 털어 내며 물었다. 그러고는 다른 사람들이 하는 모습을 따라서 조심스럽게 낚싯줄을 도로 감았다.

"가서 커피 좀 가져오면서 직접 확인해 봐."

앞선실에는 멈춤쇠 고정대에 달린 램프의 노란 불빛 아래에 탁자가 펼쳐져 있었고, 거기에는 체커 판을 사이에 두고 두 사람이 앉아 있었다. 둘 다 바깥의 날씨나 물고기는 전혀 신경조차 안 쓰는 것 같았다. 솔터스 삼촌은 펜이 한 수를 놓을 때마다 뭐라고 투덜거렸다.

"이번엔 또 뭐가 문제냐?"

솔터스가 물었다. 하비가 사다리의 꼭대기에 달린 가죽 손잡이를 잡은 채 주방장에게 뭐라고 고함치는 소리를 들었기 때문이었다.

"큰 물고기랑 먹잇감이 득실거려요. 아주 산더미처럼요."

하비는 롱 잭의 말을 따라 하며 대답했다.

"승부는 어떻게 되고 있어요?"

하비가 묻자 리틀 펜이 입을 헤 벌렸다.

"이 친구 잘못은 아니야. 펜은 귀가 잘 안 들리니까."

솔터스 삼촌이 잘라 말했다.

하비가 양철 들통에다 김이 모락모락 나는 커피를 담아 들고 비틀거리며 선미로 오는 모습을 보고 댄이 말했다.

"체커 두고 있지, 안 그래? 그렇다면 오늘 밤에는 우리가 청소를 안 해도 될 거야. 우리 아빠는 공정한 분이시거든. 그 두 사람이 청소를 해야지."

"그럼 내가 아는 두 젊은이는 주낙에다 미끼를 매달면 되겠군. 다른 두 사람이 청소를 하는 동안에 말이야."

디스코가 자기 입맛에 맞게끔 타륜을 움직이며 말했다.

"어! 다시 생각해 보니까 차라리 청소를 하는 게 낫겠는데요, 아빠."

"그럴 리가. 너는 청소를 안 해도 돼. 자, 손질 시작! 손질 시작! 너희 둘이 미끼를 달고, 물고기를 던지는 일은 펜이 할 거다."

그때 솔터스 삼촌이 나와 작업대의 자기 자리로 어슬렁어슬렁 걸어가며 구시렁댔다.

"도대체 어떻게 된 게, 저 망할 꼬마 녀석들은 입질이 온다는 걸 우리한테 안 말해 준 거야?"

그러더니 댄을 돌아보며 다시 투덜거렸다.

"이 칼은 너무 무뎌서 못 쓰겠잖아, 댄."

"닻줄이 팽팽해졌는데도 일어나지 않을 거면, 차라리 꼬마 녀석을 하나쯤 직접 고용하시는 편이 나을걸요."

댄이 맞받아쳤다. 그는 어스름 속에서도 뒷선실의 바람 불어오는 쪽에 묶여 있는 주낙 통들 사이를 이리저리 오가고 있었다.

"아, 하비. 밑에 내려가서 미끼통 좀 갖고 올래?"

"미끼는 지금 있는 걸 그냥 써라. 미끼 없는 낚시가 결과는 더 낫다고 하지만, 난 아무래도 의심스러우니까 말이야."

디스코가 아들을 말리며 말했다.

다시 말해 두 소년은 지금 손질 중인 대구에서 나오는 부스러기를 미끼로 써야 한다는 뜻이었다. 배 아래 보관된 작은 미끼통 안에 손을 집어넣어야 하는 상황에 비하자면 훨씬 나은 셈이었다. 주낙 통에는 깔끔하게 감긴 낚싯줄이 가득 담겨 있었고, 낚싯줄에는 몇 미터 간격으로 커다란 낚싯바늘이 달려 있었다. 모든 낚싯바늘을 일일이 살피고 미끼를 끼운 다음, 주낙을 던졌을 때 깔끔하게 풀려 나가도록 잘 정리해 두어야 했다. 이 작업이야말로 정말 과학적인 일이었다. 댄은 어둠 속에서 제대로 쳐다보지도 않고 그 일을 척척 해내는 반면, 하비는 미늘에 손가락이 걸릴 때마다 자기 운명을 구슬프게 한탄해야만 했다. 하지만 그런 낚싯바늘도 댄의 손가락 사이에서는 노처녀 무릎 위에 놓인 뜨개질거리처럼 이리저리 날아다녔다.

"나는 제대로 걷기도 전부터 육지에서 주낙에 미끼 끼우는 일을 도왔어. 하지만 아무리 해도 지루한 일이기는 마찬가지야. 아, 아빠! 우리 이번에는 몇 개나 깔아야 할 것 같아요?"

댄은 선창 뚜껑문을 향해 소리쳤다. 그 안에서는 디스코와 톰 플랫이 물고기를 소금에 절이는 작업을 하고 있었다.

"세 개쯤이면 되겠지. 서둘러라!"

"이 통 하나당 주낙 길이가 550미터씩이야. 오늘 밤에 깔아 놓기에는 충분하고도 남지. 아야! 손이 미끄러졌네."

댄은 손가락을 입에 집어넣고는 말을 이었다.

"내가 장담하는데, 하비, 글로스터에서 누가 아무리 많은 돈을 준다고 해도 나는 정식 주낙 어선에는 타지 않을 거야. 그게 발전한 방식인지는 몰라도, 그렇다는 사실만 빼면 세상에서 가장 지루하고도 하찮은 일이니까."

"나야 이게 정확히 뭔지도 모르지만 굳이 정식 주낙 어선까지 갈 것도 없을 것 같아. 지금도 내 손은 온통 베여서 너덜거리고 있거든."

하비가 부루퉁하게 대꾸했다.

"쳇! 이건 사실 우리 아빠의 망할 실험 가운데 하나에 불과해. 아빠는 꼭 해야 할 이유가 없다면 주낙을 잘 하지 않거든. 아빠는 아는 거야. 지금 있는 걸 미끼로 쓰라고 한 것도 그래서야. 주낙을 다시 끌어 올렸을 때 축 늘어질 정도로 물고기가 잔뜩 걸렸거나, 아니면 지느러미 하나 못 보거나 둘 중 하나지."

디스코의 지시대로 펜과 솔터스 삼촌이 청소를 도맡았지만, 두 소년은 사실 아무 이득도 얻지 못한 셈이었다. 주낙통들이 준비가 되자 아까부터 랜턴을 들고서 보트 안을 살펴보던 톰 플랫과 롱 잭이 그걸 들고 갔다. 이들은 주낙 통들과 페인트가 칠해진 작은 주낙용 부표를 보트에 실은 다음, 하비가 보기에는 엄청나게 거친 바다로 보트를 들어서 던졌다.

"저러다가 빠져 죽으면 어떡해. 지금 저 보트는 화물차처럼 짐을 잔뜩 실었잖아."

하비가 걱정스레 소리쳤다.

"멀쩡히 돌아올 테니 걱정하지 마라. 우리를 찾을 필요도 없어. 혹시 주낙이 엉켰거나 하면 너희 두 녀석 모두 여기 매달아서 물속에 깔아 버릴 테니까."

롱 잭이 을러댔다.

보트는 파도의 꼭대기까지 치솟아 오르더니, 스쿠너선의 옆구리에 쿵 하고 도로 떨어질 것처럼 보였다. 하지만 그러기 전에 어느새 물마루를 넘어가 축축한 어스름 속에 잠겨 버렸다.

"이거 들고서 계속 치고 있어."

댄이 이렇게 말하며 닻감개 뒤에 걸려 있던 종의 끈 손잡이를 건네주었다.

하비는 열심히 종을 쳤다. 저 두 사람의 생명이 자기에게 달려 있다고 느꼈기 때문이다. 하지만 뒷선실 안에서 항해일지에 뭔가를 끄적이는 디스코의 모습은 살인자처럼 보이지는 않았다. 심지어 디스코는 저녁을 먹으러 가면서 불안해하는 하비의 모습을 보고 건조한 미소를 보이기까지 했다.

"솔직히 이건 험한 날씨도 아니야. 아무렴, 너랑 나랑 둘이 나가서도 주낙을 칠 수 있을 정도라니까! 저 양반들도 우리 닻줄에 얽히지 않을 정도까지만 나갔다 들어올 거야. 사실은 지금처럼 종을 칠 것까지도 없다고."

댄이 말했다.

"땡그랑! 땡그랑! 땡그랑!"

그래도 하비는 무려 30분 동안이나 계속 종을 쳤다. 가끔 힘이 빠져 "뎅그렁" 소리를 내기도 했지만 말이다. 곧이어 크게 외치는 소리와 함께 뭔가가 배 옆에 쿵 하고 부딪치는 소리가 들렸다. 마누엘과 댄이 보트 도르래의 갈고리 쪽으로 달려갔다. 롱 잭과 톰 플랫은 나란히 갑판 위로 올라왔는데, 마치 북대서양 물의 절반이 이들의 등짝에 묻은 것처럼 흠뻑 젖은 행색이었다. 곧이어 보트도 공중으로 번쩍 들리더니, 덜그럭 소리와 함께 갑판에 내려앉았다.

"엉키진 않았더군. 대니, 아직 솜씨가 살아 있던데."

톰 플랫이 물을 뚝뚝 흘리면서 말했다.

"네 친구와도 함께 기쁨을 나누라고. 우리가 살아 돌아왔으니 여기 이등 선원들께 영광을 돌려야겠구먼."

롱 잭은 이렇게 말하며, 장화에서 물을 철벅철벅 흘리며 코끼리처럼 쿵쿵대고 다가와 방수복 입은 한 팔을 하비의 얼굴에 문질러 댔다.

그리고 네 사람은 함께 식사를 하러 갔다. 하비는 대구머리탕과 파이를 배불리 먹어 치웠다. 마누엘이 약속대로 밧줄에 대해 가르쳐 주겠다며 자기가 처음 탔던 '루시 홈스' 호의 60센티미터짜리 멋진 모형을 사물함에서 꺼냈다. 하지만 그때 이미 하비는 잠들어 버린 뒤였다. 펜이 그를 끌고 가서 침상에 밀어 넣을 때까지도 하비는 손가락 하나 까딱하지 않았다.

펜이 소년의 얼굴을 바라보며 말했다.

"확실히 안타까워. 정말 안타까운 일이라고. 이 친구의 어머니와 아버지는 아들이 죽었다고 생각하실 테니까. 아이를 잃었다고 생각하겠지. 아들을 잃었다고!"

"그만 가 보세요, 펜. 선미로 가서 솔터스 삼촌과 승부를 마무리 지으셔야죠. 혹시 괜찮으시다면 우리 아빠한테는 제가 하비 몫까지 불침번을 서겠다고 말씀해 주세요. 이 녀석은 뻗어 버렸으니까요."

댄이 말했다.

"아주 괜찮은 녀석이야. 저 녀석은 훌륭한 남자가 될 거다, 대니. 내가 보기에는 너네 아빠가 말씀하신 것처럼 완전히 미친 것 같지는 않은데. 어, 그렇지?"

마누엘은 이렇게 말하더니, 장화를 벗어 놓고 아래쪽 침상의 검은 그림자 속으로 사라져 버렸다. 댄은 킥킥 웃었지만, 그 웃음은 곧 코 고는 소리로 이어졌다.

바깥에는 안개가 짙고 바람이 거세어진 관계로 고참들이 불침번을 서고 있었다. 뒷선실 안에서는 시계 소리가 또렷하게 들려왔다. 위아래로 넘실거리는 뱃머리에 바닷물이 철썩이며 닿았다. 물보라가 닿을 때마다 앞선실의 스토브 연통에서 쉭쉭 푹푹 소리가 났다. 소년들이 잠자는 동안 디스코와 롱 잭과 톰 플랫, 솔터스 삼촌은 번갈아 가면서 쿵쿵거리며 선미로 가서 타륜을 살펴보고, 선수로 가서 닻이 제대로 되어 있는지 살펴보았다. 가끔은 닻줄이 쓸려 벗겨지지 않도록 조금 더 풀어 주기도 했으며, 그럴 때마다 잊지 않고 희미한 정박등을 흘끗 쳐다보았다.

제4장

CAPTAINS COURAGEOUS

하비가 잠에서 깨어나 보니 '일등 선원'들은 벌써 식사 중이었다. 앞선실의 문이 삐걱거렸고, 스쿠너선 구석구석이 저마다 노래를 불러 댔다. 주방장의 시커멓고 커다란 형체가 작은 주방의 불길 앞에서도 어찌어찌 균형을 잡고 서 있었고, 그 앞 구멍 뚫린 나무판자에 걸려 있는 냄비와 프라이팬은 배가 요동칠 때마다 절그럭 덜그럭 소리를 냈다. 앞선실은 위로 솟구쳐 오르며 흔들리고 들썩이고 떨렸으며, 그러다가 낫질이라도 당한 듯 뭔가가 싹둑 잘리는 느낌과 함께 다시 바다로 뚝 떨어졌다. 요동치는 뱃머리가 물을 가르고 스치는 소리가 들리다가, 갑자기 소리가 뚝 그치더니 곧이어 갈라진 바닷물이 머리 위 갑판을 산탄처럼 우르르 쓸고 지나가기도 했다. 닻줄 구멍에 밧줄이 스치는 둔탁한 소리, 닻감개가 삐걱대고 끽끽거리는 소리가 들리더니,

흔들리고 떨어지고 얻어맞는 듯한 느낌이 이어졌다. 그런 다음에야 위아히어호는 비로소 몸을 추스르고 지금까지 했던 움직임을 반복했다.

"육지에 있었다면 오늘 같은 날에도 할 일이 태산이었겠지. 이런 날씨에도 꼼짝없이 일을 해야 하니까. 하지만 여기 우리는 어선단을 멀찌감치 따돌렸고, 게다가 할 일도 없다고. 이거야말로 축복이 따로 없다니까. 모두 잘 자라고."

롱 잭이 말을 마치더니 커다란 뱀처럼 식탁을 떠나 자기 침상으로 들어가 담배를 피웠다. 톰 플랫도 똑같이 했다. 솔터스 삼촌은 불침번 차례가 되어 펜과 함께 사다리를 타고 올라갔다. 그리고 주방장은 드디어 '이등 선원'을 위한 식탁을 차렸다.

고참 선원들이 각자의 침상으로 들어가자마자 이등 선원들이 각자의 침상에서 나오며 기지개를 켜고 하품을 했다. 그들은 배불리 식사를 했다. 그런 뒤에 마누엘은 자기 파이프에다가 독한 담배를 채워서 피웠고, 멈춤쇠 고정대와 앞쪽 침상 사이에 앉아서 두 발을 식탁 위에 올려놓은 채 담배 연기를 바라보며 부드럽고 게으른 미소를 지었다. 댄은 자기 침상에 누워서 번지르르하게 도금한 낡은 아코디언과 씨름하고 있었는데, 위아히어호의 흔들림에 맞춰서 곡조도 오르락내리락했다. 주방장은 (댄이 너무나 좋아하는) 파이를 넣어 두는 사물함에 양 어깨를 기대고 감자 껍질을 까면서,

혹시 너무 많은 물이 파이프를 타고 내려오지는 않나 확인하느라 스토브 쪽을 계속 곁눈질했다. 이곳의 전체적인 냄새며 공기는 정말 말로 설명할 수 없을 지경이었다.

하비는 상황을 살펴본 다음, 자기가 이제는 멀미를 심하게 겪지도 않는다는 사실에 놀라워하면서, 지금으로선 가장 포근하고 가장 안전한 장소인 자기 침상으로 다시 들어갔다. 곧이어 댄이 「당신의 정원에서는 놀고 싶지 않아」라는 곡을 배의 거친 흔들림이 허락하는 한 최대한 정확하게 연주하기 시작했다.

"얼마나 오랫동안 이러고 있어야 해요?"

하비가 마누엘에게 물었다.

"물결이 조금 잔잔해져서 우리가 보트를 타고 주낙을 설치하러 갈 수 있을 때까지. 어쩌면 오늘 밤까지 있어야 할 수도 있어. 어쩌면 이틀 더 걸릴 수도 있고. 속이 안 좋은 모양이구나? 어, 그렇지?"

"일주일 전까지만 해도 뱃멀미 때문에 미칠 것 같았는데, 이제는 별로 힘들지 않은 것 같아요. 아주 못 견딜 정도는 아니에요."

"그건 요 며칠 사이에 우리가 너를 진짜 어부로 만들었기 때문이지. 내가 너라면 나중에 글로스터에 도착해서 행운을 비는 의미에서 커다란 촛불을 두세 개쯤 바칠 거야."

"누구한테 바쳐요?"

"그야 당연히 언덕 위 우리 성당의 성모님께 바치는 거지. 그분은 언제나 어부들에게는 아주 잘해 주시거든. 우리 포르투갈 사람들 중 물에 빠져 죽은 사람이 무척 적은 이유도 바로 그래서야."

"그러면 마누엘은 로마가톨릭교예요?"

"나는 마데이라 사람이라고. 푸에르토리코 녀석이 아니란 말이야. 그러니 내가 설마 침례교도라도 되겠어? 어, 그렇지? 나는 글로스터에 돌아가면 항상 촛불을 두세 개씩 더 바쳐. 좋으신 성모님께서는 나, 이 마누엘을 결코 잊지 않으시니까."

"나는 그렇게 생각 안 해."

자기 침상에 누워 있던 톰 플랫이 끼어들었다. 그는 상처 난 얼굴을 성냥 불빛에 환하게 드러내면서 파이프를 빨더니 말을 이었다.

"바다는 어디까지나 바다로 봐야 해. 그게 섭리지. 그러니 자네한테도 올 것은 오게 마련이야. 촛불을 바치건 등유를 바치건 간에 말이야."

롱 잭도 말을 보탰다.

"그래도 심판 때 아는 사람이 하나쯤 있으면 무지하게 좋겠지. 그래서 나는 마누엘하고 생각이 똑같아. 지금으로부터 10년 전에 나는 보스턴 남부의 어류 수송선에서 선원으로 일했어. 우리는 마이너츠 레지 근해에서 북동풍을 정면으로 만났는데, 아주 지독한 놈이었지. 설상가상으로 선장은 술에 취해 타륜 앞에서 꾸벅꾸벅 졸고 있었다니까. 그래서 나는 마음속으로 이렇게 빌었어. '제가 다시 한 번 부두에 우리 배를 갖다 댈 수만 있다면, 성인들께서 저를 구해 주신 바로 그 배가 어떤 모습이었는지 당신들께 보여 드리겠습니다.' 그래서 나는 지금 보다시피 멀쩡히 살아서 여기 있는 거야. 그러고서 저 망할 놈의 캐슬린호 모형을 한 달 꼬박 걸려 만들어서 사제한테 건네주었지. 그랬더니 그 양반이 그걸 제단 맨 앞에 갖다 걸어 놓더라고. 배 모형은 사실상 예술 작품이잖아. 촛불을 바치는 것보다는 더 일리가 있지. 양초야 상점에서 살 수도 있지만, 배 모형은 그걸 바치는 사람이 제법 고생했고 또 무척 고마워한다는 사실을 성인들께 보여 드리는 거니까."

"자네는 정말 그렇게 믿는 거야, 아일랜드인?"

톰 플랫이 팔꿈치를 짚은 채로 몸을 돌려 물었다.

"그럼 내가 믿지도 않으면서 그런 일을 했을 것 같아, 오하이오?"

"글쎄. 이넉 풀러라는 친구가 옛날 오하이오호의 모형을 하나 만들었어. 지금은 캘럼 박물관에 전시되어 있다더군. 아주 멋진 모형이었지. 하지만 내 생각에 이넉이란 친구는 그걸 제물로 생각하고 만든 건 아닌 것 같아. 그러니까 내가 보기에는 말이야……."

이런 식으로 어부들이 딱 좋아하는 토론이 한 시간이나 계속되었고, 서로 언성이 높아지기는 했지만 결국 누구 하나 뭔가를 입증하지는 못했다. 바로 그때 댄이 쾌활한 노래를 부르기 시작했다.

등짝에 줄무늬 새겨진 고등어가 위로 펄쩍 뛰었네
큰돛을 줄이고 맞바람을 맞고 가네
바람이 강한 날씨이니까

이어서 롱 잭이 끼어들었다.

바람이 센 날씨이니까
바람 불기 시작하면, 모두 갑판에 집합이다!

댄은 노래를 계속하면서 톰 플랫을 흘끔거렸고, 아코디언을 침상 아래로 더 낮게 들었다.

바보 멍청이 대구가 위로 펄쩍 뛰었네
납추에 매달린 쇠사슬에 닿았네
바람이 강한 날씨이니까

톰 플랫은 주위를 더듬거리며 뭔가를 찾는 듯했다. 댄은 몸을 더 낮게 웅크렸지만, 노래는 더 크게 불렀다.

바닥에서 헤엄치던 넙치가 위로 펄쩍 뛰었네
바보 멍청이! 바보 멍청이! 어디를 재고 자빠졌냐!

톰 플랫의 커다란 고무장화가 앞선실을 가로질러 날아오더니 댄이 치켜든 한쪽 팔에 맞았다. 이 배에서 납추 던지는 일을 담당하는 톰 앞에서는 이 노래를 휘파람으로만 불어도 난리가 났다. 이 사실을 댄이 알아낸 이후로 두 사람은 항상 이런 식으로 싸우곤 했다.

댄이 자기가 받은 선물을 정확하게 돌려주면서 말했다.

"아저씨는 나한테 낚인 거예요. 내 음악이 마음에 안 든다면 아저씨 바이올린을 꺼내 봐요. 나는 아저씨랑 롱 잭이 촛불에 대해 입씨름하는 것만 들으며 온종일 여기 누워 있고 싶지는 않다고요. 바이올린을 연주해요, 톰 플랫. 아니면 내가 하비한테도 이 노래를 가르쳐 줄 테니까!"

톰 플랫은 사물함 쪽으로 몸을 굽히더니 낡은 흰색 바이올린을 꺼냈다. 그러자 마누엘도 눈을 빛내며 멈춤쇠 고정대 뒤의 어딘가에서 작은 기타 비슷한 현악기를 꺼냈다. 그의 말로는 '마체테'라는 것이었다.

"음악회가 따로 없군. 보스턴에서 때마다 열리는 음악회 같아."

롱 잭이 연기 사이로 활짝 웃으며 말했다.

그때 뚜껑문이 열리면서 물보라가 잔뜩 날아 들어오더니, 노란색 방수복을 입은 디스코가 아래로 내려왔다.

"딱 맞춰 오셨네요, 선장님. 그나저나 바깥 상황은 어때요?"

"보는 대로지!"

그는 위아히어호의 흔들림에 맞춰서 사물함 위에 털썩 주저앉았다.

"아침 먹은 걸 소화시키려고 노래를 하던 참인데, 당연히 먼저 부르셔야죠, 선장님."

롱 잭이 말했다.

"내가 아는 노래라고는 구닥다리 두 개밖에 없어. 그건 자네들도 이미 들어 봤을 텐데."

하지만 톰 플랫이 연주를 시작하자 선장의 변명은 중도에 끊겨 버리고 말았다. 바람의 신음이며 삐걱대는 돛대 소리와 마찬가지로 무척이나 서글픈 선율이었다. 그러자 디스코가 연주에 맞춰 오래되고도 오래된 민요를 부르기 시작했다. 톰 플랫이 선장의 노래에 화려한 연주를 덧붙이니 곡조와 가사가 제법 잘 어우러졌다.

빠른 정기선이 있었지, 빠르기로 유명한 정기선
뉴욕에서 온 배, 그 이름은 '드레드노트'였다네
흔히 쾌속정이라고 하지, '스왈로테일'과 '블랙볼' 같은

하지만 드레드노트는 이 모두를 능가하는 정기선이었다네

드레드노트는 머지강에 머물고 있다네
예인선에 이끌려 바다로 가야 하기 때문이지
하지만 이 배가 깊은 바다에 있으면, 누구나 금방 알게 되지

(후렴)
그 배는 리버풀 정기선이라네. 오, 주여, 가게 하소서!

드레드노트는 뉴펀들랜드뱅크를 달리네
물이 얕고 바닥은 온통 모래인 곳
작은 물고기들이 이리저리 헤엄치는 곳

(후렴)
그 배는 리버풀 정기선이라네. 오, 주여, 가게 하소서!

이런 가사가 수십 절이나 계속되었다. 왜냐하면 디스코는 리버풀과 뉴욕 사이를 오가는 이 배의 항적을 1킬로미터에 한 번 꼴로 설명했고, 그것도 마치 자기가 이 배의 갑판에 서 있는 양 열심히 설명했기 때문이다. 그 와중에 옆에서는 아코디언이 풍풍대고 바이올린이 끽끽댔다. 곧이어 톰 플랫이 「거칠고 강인한 맥긴이 배를 몰았네」라는 노래

를 불렀다. 그런 다음에 사람들이 하비에게 노래를 시키자, 하비는 자기도 이 오락에 뭔가 기여할 수 있다는 사실에 매우 우쭐해졌다. 하지만 바다와 관련해 기억나는 노래라고는 애디론댁산맥의 여름학교에서 배운 「아이어슨 선장의 처벌」이라는 노래뿐이었다. 이 노래야말로 때와 장소에 딱 어울리는 것 같았지만, 소년이 이 노래 제목을 언급하자마자 디스코가 한쪽 발을 쾅 구르더니 이렇게 외쳤다.

"그만둬, 젊은 친구. 잘못된 판단이야. 귀에 쏙쏙 들어오는 가사이기 때문에 더더욱 잘못된 판단인 셈이지."

"너한테 미리 말해 줄 걸 그랬네. 그 노래 이야기만 나오면 아빠는 항상 격분하시거든."

댄이 말했다.

"뭐가 잘못된 건데요?"

하비는 깜짝 놀라면서도 약간 짜증스러운 기분에 이렇게 물었다.

"자네가 노래하려는 내용 모두가 잘못됐지. 그 노래는 처음부터 끝까지 완전히 잘못됐어. 물론 그건 작사가인 휘티어*의 잘못이지. 내가 마블헤드 사람의 잘못을 굳이 바로잡아야 할 특별한 소명이 있는 것은 아니지만, 그건 아이어슨의 잘못이 절대 아니었어. 우리 아버지가 그 이야기를 종

* 미국의 시인 겸 노예해방론자인 존 그린리프 휘티어(1807~1892)를 말한다.

종 해 주셨는데, 그거야말로 있는 그대로의 사실이라고."

"나는 벌써 100번은 들은 것 같아."

롱 잭이 소리 죽여 말했다.

디스코가 말을 이었다.

"벤 아이어슨은 베티호의 선장이었지, 젊은 친구. 그가 그랜드뱅크스에서 항구로 돌아오던 때는 1812년 전쟁 이전이었지만, 그래도 정의는 정의였던 시절이었어. 그가 탄 배는 포틀랜드의 액티브호를 발견했어. 그 도시에 사는 기번스가 그 배의 선장이었는데, 케이프코드 등대 근해에서 배에 물이 새서 고생하던 중이었지. 마침 무시무시한 강풍이 닥쳐왔기 때문에 선원들은 베티호를 최대한 빨리 몰고 돌아가려고 애쓰고 있었어. 음, 아이어슨도 그렇게 거친 바다에서 남의 배를 구하느라 자기 배를 위험에 빠뜨리는 것은 의미가 없다고 보았지. 선원들도 동의하지 않을 거라면서 말이야. 그래서 그는 바다가 잔잔해질 때까지 액티브호 근처에 머물러 있자고 선원들에게 제안했어. 하지만 선원들은 그 제안에도 동의하지 않았지. 물이 새거나 안 새거나, 그런 날씨에 케이프 근처에서 어물대는 것은 모두 싫어했던 거야. 그래서 선원들은 스테이돛을 올리고 그곳을 떠났고, 자연스레 아이어슨도 선원들과 함께 갈 수밖에 없었지. 그런데 마블헤드 사람들은 왜 위험을 기꺼이 감수하지 않았느냐고 선장에게 화를 냈어. 바로 다음 날 바다가 잔잔해지자 트루로 사람이 액티브호의 선원 몇 명을 구조했거든. 사람들은 그 사실을 자꾸만 들먹여 댔어. 구조된 선원들은 마블헤드로 와서 자기네 입장에서 겪은 이야기를 하면서, 아이어슨이 이 도시를 망신시켰다는 둥 이런저런 이야기를 늘어놓았지. 그러자 아이어슨의 선원들도 사람들이 자기들을 못마땅하게 생각하는 것을 보고 겁이 난 나머지, 배를 움직이는 것은 모조리 선장의 책임이라고 하면서 불리한 증언을 늘어놓은 거야. 그 노래에 나온 것과는 달리 그에게 타르와 깃털 세례를 퍼부은 사람은 여자들이 아니었어. 마블헤드 여자들은 그런 식으로 행동하지는 않으니까. 오히려 몇몇 남자 어른들과 아이들이었지. 그런 다음 그들은 낡은 보트에 아이어슨을 싣고서 바닥이 떨어져 나갈 때까지 도시 곳곳으로 끌고 다녔어. 아이어슨은 언젠가 모든 사람들이 자기에게 사죄해야만 할 거라고 항변했지. 음, 흔히 그렇듯이 사건의 진실은 나중에야 밝혀졌어. 하지만 시기적으로 너무 늦은 바람에 정직한 사람에게는 아무런 소용도 없게 되고 말았지. 그런데 휘티어라는 작자가 나타나서는 그 얼토당토않은 거짓말을 시의 소재로 써먹은 거야. 이미 죽은 벤 아이어슨에게 또다시 타르와 깃털 세례를 퍼부은 셈이지. 그거야말로 휘티어가 발을 헛디딘 유일무이한 사례야. 무척 불공정한 일이기도 하고. 댄이 학교에서 그 노래를 배워 왔을 때에도 내가 따끔하게 매질을 해

줬지. 물론 자네도 잘 몰라서 그랬을 거야. 하지만 내가 이제 진실을 말해 주었으니 앞으로는 절대 잊지 말고 기억하도록 해. 벤 아이어슨은 휘티어가 꾸며 낸 것 같은 사람이 전혀 아니란 말이야. 우리 아버지는 그 사건 이전에나 이후에나 그 양반을 무척 잘 알고 지내셨거든. 그러니 자네도 성급한 판단을 내리지 않게 조심하도록, 젊은 친구. 이상!"

디스코가 이렇게 길게 말하는 걸 듣기는 하비도 처음이었다. 하비는 뺨이 화끈 달아오른 채로 자리에 도로 주저앉고 말았다. 하지만 댄이 이어서 말한 것처럼, 아이들은 학교에서 배운 것밖에는 알 수 없게 마련이고, 바닷가를 따라 생겨나는 모든 거짓말을 일일이 추적하기에는 인생이 너무 짧았다.

곧이어 마누엘이 징징 쟁쟁 불협화음만 내던 작은 마체테를 만지작거리며 기묘한 곡조를 연주했고, 「니나 이노센테!」라는 노래를 포르투갈어로 부르다가 마지막에는 손으로 현을 죽 훑으며 노래를 마쳤다. 그러고는 디스코가 두 번째 노래를 불렀고, 비록 구식이고 음도 잘 안 맞긴 했지만 모두가 후렴을 따라 불렀다. 그중 한 절을 소개하자면 다음과 같다.

이제 사월도 끝나고 눈이 녹았네
뉴베드퍼드 밖으로 우리 나가야 하네

뉴베드퍼드 밖으로 우리 떠나야 하네
우리 고래잡이는 밀 이삭을 못 보니까

이 대목에서 바이올린이 한동안 혼자 연주하다가 곧이어 이렇게 이어진다.

밀 이삭을 못 보니까, 진정한 사랑의 꽃이 날아가네
밀 이삭을 못 보니까, 우리는 바다로 나가네
밀 이삭을 못 보니까, 너 파종하게 두고 떠나네
내가 돌아올 때에는, 너 빵을 구워 놓고 있겠지!

이 노래를 듣고 하비는 하마터면 눈물을 흘릴 뻔했다. 그 이유는 자기도 정확히 알 수가 없었다. 하지만 주방장이 감자를 내려놓고 바이올린을 달라며 손을 뻗었을 때에는 상황이 더 나빠졌다. 그는 여전히 사물함 문에 기대선 채로 어떤 곡조를 뽑아냈는데, 마치 우리 삶에서 어쩔 수 없이 벌어지는 슬픈 일들과 맞닥뜨린 느낌이었다. 곧이어 주방장은 노래를 불렀다. 무슨 언어인지는 알 수 없었지만, 커다란 턱으로 바이올린 꽁무니를 누르고 눈 흰자로 램프의 빛을 바라보며 노래를 했다. 하비는 더 잘 듣기 위해서 침상에서 벌떡 일어났다. 목재의 삐걱대는 소리와 바닷물의 철썩이는 소리 사이에서, 그 곡조는 마치 짙은 안개 속의 큰 파도처럼 읊조리고 신음하다가 결국에는 흐느낌으로 끝나 버렸다.

"이런 세상에! 듣다가 소름이 다 끼쳤어. 도대체 무슨 노래예요?"

댄이 말했다.

"핀 매쿨*의 노래야. 핀 매쿨이 노르웨이에 갔을 때의 이야기지."

주방장의 영어는 우물거리지 않았고, 마치 축음기에서 나오는 말처럼 또박또박했다.

롱 잭이 한숨을 쉬며 말했다.

"솔직히 나도 노르웨이에 가 본 적이 있어. 그렇지만 난 저렇게 건강하지 못한 소음을 내지는 않는다고. 그런데 이 노랜 어떤 옛날 노래랑 비슷하긴 하네."

"이런 노래를 또 한 곡 듣기 전에 뭔가 다른 걸 들어 보자고요."

댄이 말하고는 아코디언으로 신나고 즐거운 곡조를 연주했다. 노래는 다음과 같이 끝났다.

일요일이 스물여섯 번 지났네, 우리가 육지를 본 지도
무려 일천오백 퀸틀

* 켈트신화의 영웅 '핀 막 쿨' 또는 '핀 매커마일'을 말한다.

그리고 일천오백 퀸틀
일천 퀸틀 가득
저 퀴로와 그랜드 사이에!

"잠깐만!"

톰 플랫이 외쳤다.

"너 우리 항해를 망칠 생각이냐, 댄? 그건 소금을 다 적신 다음에나 부르는 귀항의 노래라고. 안 그러면 요나처럼 재수가 없단 말이야."

"아뇨, 안 그럴걸요. 그렇죠, 아빠? 맨 마지막 절만 부르지 않으면 괜찮잖아요. 요나에 관해서라면 저도 아저씨한테 더 배울 게 없다니까요!"

"그런데 요나가 뭐야? 그게 뭔데 그래?"

하비의 물음에 톰 플랫이 대신 답했다.

"운을 망치는 거라면 뭐든지 요나라고 해. 때로는 어떤 사람일 수도 있고, 때로는 어떤 아이일 수도 있고, 때로는 들통일 수도 있지. 내가 겪은 것 중에는 생선 손질하는 칼이 요나인 경우도 있었는데, 무려 두 번이나 항해를 하고 나서야 그 사실을 알았다니까. 이 세상에는 정말 온갖 종류의 요나가 다 있어. 짐 버크도 요나여서, 결국 조지스뱅크에서 물에 빠져 죽고 말았지. 굶어 죽을 처지가 아닌 한, 나는 짐 버크랑은 절대로 같은 배에 타지 않았어. '에즈라 플러드' 호에는 초록색 보트가 하나 있었는데, 그것 역시 요나였어. 그것도 최악의 요나였지. 무려 네 명이 빠져 죽었으니까. 한밤중에는 그걸 놓아 둔 곳에서 환하게 빛이 나곤 했다니까."

"그런데 그런 이야기를 다 믿는 거예요? 이치에 맞는 이야기만 믿어야 한다면서요?"

하비는 앞서 톰 플랫이 촛불과 배 모형에 관해서 했던 말을 떠올리며 물었다. 그러자 침상 여기저기서 불만스러운 목소리가 튀어나왔다.

"배 밖에서는 그 말이 맞아. 하지만 배 안에서는 무슨 일이 일어날지 모르는 법이지. 그러니 자네도 요나를 함부로 조롱하지는 말라고, 젊은 친구."

디스코의 말이었다.

"음, 그래도 하비는 요나가 아니었어요. 우리가 얘를 낚은 뒤로는 어획량이 엄청 늘어났잖아요."

댄이 끼어들며 말했다. 그러자 주방장이 고개를 한쪽으로 갸우뚱하더니 갑자기 히히대며 웃었다. 기묘하고도 가느다란 웃음이었다. 이 흑인 주방장은 사람을 무척이나 당혹스럽게 만드는 재주가 있었다.

"망할! 절대 다시는 그렇게 웃지 마, 주방장. 우리는 그런 거에 익숙하지 않단 말이야."

롱 잭이 말했다.

"왜, 뭐가 문젠데요? 그럼 얘가 우리 행운의 상징이 아니라는 거예요? 그럼 우리가 얘를 낚은 이후로 물고기를 많이 잡은 게 사실이 아니냐고요?"

댄이 따져 물었다.

"아! 그건 사실이지. 그건 나도 알지만, 조업은 아직 끝나지 않았으니까."

주방장이 대꾸했다.

"얘는 앞으로도 우리한테 아무런 해도 끼치지 않을 거예요. 도대체 말하고 싶은 게 뭐예요? 얘는 괜찮다니까요."

댄이 하비를 옹호하듯 말했다.

"해가 되진 않지. 절대 그렇진 않아. 하지만 언젠가 얘는 너의 윗사람이 될 거야, 대니."

"그게 다예요? 그럴 리는 없을 거예요, 절대로."

댄은 조용히 대꾸했다.

"윗사람!"

주방장은 이렇게 말하며 손가락으로 하비를 가리키더니 이번에는 댄을 가리키며 말했다.

"아랫사람!"

"거참 대단한 소식이네. 언제 그렇게 되는데요?"

댄이 웃으면서 물었다.

"앞으로 몇 년 안에. 내 눈으로 똑똑히 보게 될 거야. 윗사람과 아랫사람. 아랫사람과 윗사람."

"뚱딴지같이 그걸 어떻게 아는 거야?"

톰 플랫이 물었다.

"내 머릿속에서. 내가 봤어요."

"어떻게?"

다른 사람들이 한꺼번에 물었다.

"그건 나도 몰라요. 하지만 그렇게 될 거예요."

그러고서 주방장은 고개를 푹 숙이더니 아까처럼 감자 껍질을 벗기기 시작했고, 다른 사람들의 재촉에도 더는 아무 말도 하지 않았다.

댄이 다시 입을 열었다.

"음, 하비가 내 윗사람이 되려면 분명히 뭔가 어마어마한 일이 벌어져야만 할 거예요. 하지만 나는 주방장이 얘를 요나라고 지목하지 않아서 기뻐요. 사실 내가 보기에는, 그 특별한 운을 고려해 보면 솔터스 삼촌이야말로 어선단에서도 가장 요나스러운 요나가 아닐까 싶어요. 그게 천연두처럼 남에게 옮는 건지는 나도 모르겠어요. 삼촌은 차라리 '캐리 피트먼'호에 타야 해요. 그 배는 나름대로의 요나가 있는 게 분명하니까. 선원이나 장비가 달라도 그 배가 떠내려가는 데에는 별 차이가 없을걸요. 세상에! 그 배는 완벽하게 잔잔한 물에서도 닻이 떨어져 나갈 거라니까요."

"어쨌거나 지금 우리는 어선단의 다른 배들과 멀리 떨어져 있어. 그 '캐리 피트먼'호고 뭐고 간에 말이야."

디스코가 말했다. 그때 갑판 위에서 똑똑 두들기는 소리가 들렸다.

"솔터스 삼촌이 아빠 운을 붙잡았나 봐요."

댄이 밖으로 나가는 아버지에게 말했다.

"날씨가 싹 개었다!"

디스코가 외치자, 앞선실에 있던 모두가 맑은 공기를 마시러 비틀거리며 위로 올라갔다. 안개는 걷혔지만, 여전히 흐린 바다에서는 커다란 파도가 계속해서 몰아치고 있었다. 위아히어호는 길고도 움푹 꺼진 파도의 길을 따라 도랑으로 미끄러져 들어갔다. 거기 가만히 머물러 있을 수만 있다면 상당히 안전하고 아늑한 느낌이 들었을 것이다. 하지만 파도는 잠깐의 휴식이나 자비도 없이 계속 변화해서, 곧바로 스쿠너선을 번쩍 들어 올려 수천 개의 회색 언덕 꼭대기에 놓아두었고, 바람이 요란한 소리를 내며 삭구를 스치는 가운데 배는 지그재그로 파도의 경사면을 따라 내려갔다. 저 멀리서는 물결이 흩어지며 거품을 잔뜩 만들어 냈고, 다른 물결들도 이 신호에 맞춰 그대로 따라 했다. 하비의 시선은 흰색과 회색이 뒤얽히는 모습을 따라 이리저리 헤엄쳤다. 바닷새들 너덧 마리가 공중을 맴돌다가 뱃머리 근처를 빠르게 지나가면서 울부짖었다. 광막한 바다 위로 비구름 한두 점이 정처 없이 떠다니더니, 바람과 맞닥뜨려 뒤로 물러났다가 결국 사라져 버렸다.

"내가 보기에는 저 너머에 방금 뭔가가 퍼뜩 나타난 것 같은데."

솔터스 삼촌이 북동쪽을 가리키며 말했다.

"어선단의 배일 리는 없어."

디스코가 눈썹을 찡그린 채 그쪽을 유심히 보면서 말했다. 단단한 뱃머리가 마치 도끼처럼 파도를 가르자, 그는 한 손으로 앞선실의 출입구를 붙잡고 섰다.

"바닷물이 무섭도록 빠르게 번들거리는구나, 대니. 위에 올라가서 우리 주낙 부표가 어떻게 놓여 있는지 좀 확인해 볼래?"

대니는 커다란 장화를 신고서도 큰돛대의 삭구를 기어 올라간다기보다 거의 뛰다시피 올라갔다(하비는 그 모습을 보자 부러운 생각이 들었다). 그러고는 흔들리는 가로대에 몸을 걸고는 눈을 이리저리 돌린 끝에, 거기서 1.5킬로미터쯤 떨어진 너울의 꼭대기에서 작고 검은 부표 깃발을 찾아냈다.

댄이 외쳤다.

"부표는 멀쩡해요. 그리고 배가 보여요! 정북 방향에서 빠르게 다가오고 있어요! 저쪽도 스쿠너선인 것 같아요."

이들은 이후로도 반 시간쯤 더 기다렸다. 하늘은 구름이 조각조각 흩어지며 개었고, 때때로 약한 햇빛이 비치면서 바다에 올리브색 조각을 군데군데 만들어 냈다. 그때 짧은 앞돛대 하나가 솟아올랐다가 다시 내려앉아 사라져 버리더니, 다음 파도에는 선미가 높은 배 한 척이 나타났다. 그 배에는 나무로 만든 달팽이 뿔 모양의 구식 기둥이 있었는데, 그 기둥은 붉게 그을려 있었다.

"프랑스 사람이에요!"

댄이 외치더니 황급히 말을 바꿨다.

"아니, 아니에요. 전혀 아니에요, 아빠!"

"저건 프랑스 배가 아니야. 솔터스, 저걸 발견한 걸로 봐서, 네 망할 운은 통 뚜껑에 박힌 나사보다 더 단단히 박혀 있는 모양이군."

디스코가 투덜거렸다.

"나도 눈 달려 있소이다. 저건 애비샤이 영감 아뇨."

"그렇게 쉽게 단언하지는 못할 텐데."

그러자 톰 플랫이 끙 하는 소리를 내며 끼어들었다.

"모든 요나의 우두머리께서 납시었군. 아, 솔터스, 솔터스. 그냥 침상에 들어가 잠이나 주무시지 그랬어?"

"내가 뭐 이럴 줄 알았나?"

졸지에 불운을 가져왔다고 매도당한 솔터스가 퉁명스레 대꾸했다. 그사이에 스쿠너선은 방향을 바꾸었다.

그 배는 유령선이라고 할 만했다. 갑판 위의 모든 장비들이 워낙 낡고 지저분하고 흐트러져 있었기 때문이다. 구식 후갑판은 높이가 1.5미터 정도였고, 삭구가 여기저기 매듭지고 뒤얽힌 채 바람에 날리는 모습이 마치 부두 끄트머리에 피어난 잡초 같았다. 배는 바람을 등지고 무서울 정도로 흔들렸다. 스테이돛을 내려서 앞돛을 보조하고 있었고(흔히 하는 말로 '돌려 막기'를 한 셈이었다.) 앞돛 아래활대는 옆으로 젖혀서 버팀줄로 묶어 놓았다. 기움돛대는 마치 구식 구축함처럼 위로 치켜 올려놓았다. 지브돛 활대도 잔뜩 덧대어 이어 놓고 못질하고 죄어 놓은 까닭에 더는 수리가 불가능해 보였다. 배는 씰룩거리며 앞으로 나왔다가 커다란 엉덩이로 털썩 주저앉는 것처럼 다시 내려앉았다. 마치 행실 나쁘고 지저분하고 성질 못된 할멈이 단정한 소녀를 바라보며 코웃음 치는 것처럼 보였다.

"애비샤이가 맞아. 독한 술하고 주디크* 녀석들이 가득한 배지. 하느님의 심판이 저 양반을 줄곧 겨냥하고 있지만, 아직 제대로 손아귀에 넣은 적은 없어. 미끼를 놓으러 온 모양이군. 미클롱** 방식으로 말이야."

솔터스가 말했다.

"저러다가는 가라앉고 말겠는데. 저건 이런 날씨에 맞는 장비가 아니잖아."

롱 잭이 중얼거렸다. 이어서 디스코가 대꾸했다.

* 캐나다 케이프브레턴섬의 항구

** 캐나다 뉴펀들랜드 남부에 있는 프랑스령의 섬

"저 인간한테는 꼭 그렇지도 않아. 저걸로 안 되었다면 오래전에 바꿨겠지. 내가 보기에는 오히려 저 배가 우리를 들이받아 가라앉게 할 것 같은데. 그런데 저 배 유난히 선수 쪽이 평소보다 더 아래로 내려가 보이지 않나, 톰 플랫?"

"저 양반이 평소에도 저런 식으로 짐을 싣고 다닌다면 저 배는 안전하지 못할 거예요. 혹시 뱃밥이 떨어져 나가서 저런 거라면, 얼른 펌프를 꺼내서 가동해야 할 텐데요."

전직 해군이 천천히 대답했다.

저쪽의 배는 요란하게 흔들리면서도 덜커덩대며 선체를 돌리더니, 말소리가 충분히 들릴 정도까지 다가와서 바람 쪽으로 뱃머리를 향하고 멈춰 섰다.

회색 턱수염이 난 사람 하나가 난간 너머에서 손을 흔들며 굵은 목소리로 뭐라고 말했다. 하비로선 도무지 이해할 수 없는 말이었다. 하지만 그 말을 듣자마자 디스코의 얼굴이 어두워졌다.

"저 양반은 정말 나쁜 소식을 전하기 위해서 온갖 노력을 다하는군. 잠시 후면 우리가 받던 바람이 바뀔 거라고 악담을 하네. 하지만 정작 자기가 더 위험한 상황인 건 모르는 듯하군. 애비사이! 애비사이!"

디스코는 한쪽 팔을 위아래로 움직여서 펌프질하는 모습을 흉내 내며 상대방 배의 앞쪽을 손가락으로 가리켰다. 그러나 저쪽 배의 선원들은 그의 행동을 따라 하며 웃기만 했다. 곧이어 애비샤이 영감이 소리를 질렀다.

"서두르란 말이야! 돛을 접어서 붙잡아 매라니까! 어마어마한 강풍이라고. 어마어마한 강풍. 그래! 마지막 항해 준비나 하라고, 이 글로스터의 머저리들아. 이제 너희 모두 글로스터는 두 번 다시 못 볼 테니까, 두 번 다시는!"

"완전히 미쳤구먼. 평소처럼 말이야. 그래도 저 인간이 우리를 염탐하지는 않았으면 좋겠는데."

톰 플랫이 말했다.

곧 상대편 배가 물결에 떠밀려 가면서 말소리도 들리지 않게 되었다. 그 와중에도 회색 머리 영감은 불스만에서의 춤이니 앞선실에서 죽은 사람이니 하며 고래고래 악담을 떠들어 댔다. 하비는 부르르 몸을 떨었다. 저 배의 지저분한 갑판과 무서운 눈의 선원들을 보자 두려움이 절로 밀려왔다.

"저기 타고 있는 녀석들에게는 꽤 훌륭한 바다 위의 작은 지옥이군. 저 양반이 육지에 있을 때에는 도대체 무슨 불운을 겪었을지 궁금하네."

롱 잭이 말했다.

"저 양반은 주낙 어부야. 그래서 해안을 따라서 줄곧 미끼를 놓으러 다니지. 어, 아니, 집은 없어. 저 양반은 집에 안 가거든. 저 양반들은 저 너머에 있는 남동쪽 해안을 따라서 거래를 해."

댄이 하비에게 설명했다. 그러고는 무자비한 뉴펀들랜드 섬의 해안 쪽을 바라보며 고갯짓을 했다.

"우리 아빠는 절대 나를 데리고 그쪽 바닷가에는 안 가. 거기 사람들은 무척이나 거칠다고 하거든. 그리고 애비샤이로 말하자면 그중에서도 가장 거친 사람이야. 아까 저 양반 배 봤지? 음, 70년은 거뜬히 넘었을 거라고들 하더라고. 마블헤드의 구형 선박 가운데 맨 마지막 배일 거라나. 거기서도 더는 후갑판을 만들지 않으니까 말이야. 하지만 애비샤이는 마블헤드에 들르지도 않아. 물론 거기서도 저 양반을 원하지 않고. 저 양반은 그냥 여기저기 떠돌아다니는 거야. 빚더미에 올라앉은 채 주낙을 놓고, 방금 네가 들은 것처럼 만나는 배마다 저주하면서 말이야. 여러 해 동안 요나 신세를 면치 못했다고들 하지. 저주를 늘어놓고 바람 핑계를 대는 등의 치사한 수작으로 협박해서 페캉의 배들한테서 독한 술을 얻어 내는 거야. 진짜 미쳤어, 내가 보기에는 말이야."

그러자 톰 플랫이 조용히 한숨을 내쉬며 입을 열었다.

"오늘 밤에는 주낙을 놓아 봤자 아무 소용이 없겠는데. 저 인간이 우리를 저주하려고 각별히 찾아오기까지 했으니 말이야. 태형을 폐지하기 전의 오하이오호에서 저 인간이 매질 당하는 모습을 볼 수만 있다면 내 봉급과 내 지분을 기꺼이 내놓겠어. 샘 모카타가 딱 일흔두 대만 때렸으면 좋겠군. 십자가 형틀에 엎어 놓고 말이야!"

엉망으로 흐트러진 '구형 선박'은 여전히 바람을 타고 술 취한 듯 춤을 추었고, 모두가 그 배의 모습을 눈으로 뒤좇았다. 그때 갑자기 주방장이 특유의 축음기 같은 목소리로 소리를 질렀다.

"저 양반이 말한 건 자기 죽음 얘기예요. 저 양반은 예언자예요. 예언자라고요, 진짜로! 저것 보세요!"

문제의 배는 희미한 햇빛 조각 아래서 5, 6킬로미터 떨어진 곳을 항해하고 있었다. 그런데 갑자기 그 조각이 흐릿해지면서 사라졌고, 빛이 사라진 것과 동시에 스쿠너선도 사라져 버리고 말았다. 배는 갑자기 물속으로 빠져 버렸고, 곧이어 보이지 않게 되었다.

"침몰하다니, 이런 세상에!"

디스코가 소리를 지르면서 선미 쪽으로 뛰어갔다.

"저 녀석들이 술에 취했건 정신이 멀쩡하건 간에 우리가 달려가서 꼭 구해야만 해. 어서 닻 올리고 돛 펼쳐! 빨리!"

지브돛과 앞돛을 펼치자마자 쿵 하는 충격이 뒤따라 하비는 그만 갑판에 나뒹굴고 말았다. 돛이 닻줄을 세게 잡아당긴 데다가, 시간을 절약하기 위해 닻을 바다 밑바닥에서 끌고 가다가 배가 움직이고 나서 위로 끌어 올렸기 때문이었다. 이번처럼 삶과 죽음의 문제가 걸려 있지 않는 한 이렇게 거친 힘에 의존하는 경우는 흔치 않았기 때문에, 위아히어호는 마치 사람처럼 선체 곳곳에서 불평을 내뱉었다. 위아히어호는 애비샤이의 배가 사라진 곳까지 달려갔다. 하지만 그곳에는 주낙 통 두세 개와 술병, 망가진 보트 한 척을 빼고는 아무것도 없었다.

"아무것도 건지지 마."

디스코가 이렇게 말했지만, 사실 거기 있는 사람 누구도 물건을 건질 생각은 아예 하지도 않았다. 그가 다시 말을 이었다.

"애비샤이의 물건이라면 성냥개비 하나라도 갖고 싶지 않으니까. 아마 그 배는 완전히 가라앉은 모양이군. 십중팔구 뱃밥이 떨어져 나간 지가 일주일은 넘었을 거야. 그런데도 그놈들은 배에 펌프질을 할 생각은 전혀 하지도 못했던 모양이야. 항구를 떠날 때부터 모두 술에 절어 있던 배가 또 한 척 끝장나 버린 셈이로군."

"오히려 하느님께 감사드릴 일이에요! 만약 그놈들이 물에 둥둥 떠 있었다면 우리가 꼼짝없이 그놈들을 도와줘야만 했을 테니까."

롱 잭이 말했다.

"안 그래도 나 역시 그런 생각을 했지."

톰 플랫도 맞장구쳤다.

"예언자였어요! 예언자! 결국 자기 운수를 자기가 알아서 가져간 거예요."

주방장이 눈을 희번덕거리면서 말했다.

마누엘도 한마디 했다.

"나중에 어선단을 만나면 좋은 이야깃거리가 되겠네. 어, 그렇지? 저런 식으로 바람을 등지고 달리면 배의 솔기가 터지면서……."

마누엘은 차마 묘사가 불가능한 몸짓으로 양손을 펼쳐 보였다. 그 와중에 펜은 선실 위에 걸터앉아 자기가 목격한 순전한 공포에 흐느껴 울어서 동료들 모두를 안타깝게 했다. 하비는 방금 자기가 이 넓은 바다에서 죽음을 목격했다는 사실을 차마 실감할 수가 없었다. 하지만 속이 무척이나 울렁거리는 것은 사실이었다.

곧이어 댄이 돛대의 가로대 위로 올라갔고, 디스코는 다시 배를 몰아서 주낙 부표가 보이는 곳으로 돌아왔다. 조금 지나자 다시 바다에 안개가 짙게 깔렸다.

"일단 가기로 작정하면 우리도 상당히 빨리 갈 수 있다고. 자네는 아까 그 일이 저주 때문이라고 생각하겠지, 젊은 친구. 하지만 그건 단지 술 때문에 벌어진 사고였어."

선장이 하비에게 한 말은 이게 전부였다.

저녁 식사 후에는 물결이 충분히 잔잔해져서 갑판에서 낚시를 할 수 있었다. 이번에는 펜과 솔터스 삼촌이 무척이나 열의를 보였고, 상당히 큰 물고기를 잡았다.

"애비샤이가 자기 운수를 가지고 간 게 맞긴 맞나 보군.

바람이 되돌아오지도 않았고, 달리 변하지도 않았어. 주낙은 어떻게 됐지? 물론 나야 미신을 경멸하는 쪽이지만."

솔터스의 말이었다.

톰 플랫은 차라리 주낙을 도로 끌어 올리고 새로운 자리를 찾아가는 게 훨씬 낫겠다고 주장했다. 하지만 주방장은 이렇게 말했다.

"운수는 두 쪽으로 나뉘어요. 잘 살펴보면 그렇다는 걸 알게 될 거예요. 나는 확실히 알아요."

롱 잭은 이 말에 자극을 받아서 톰 플랫을 끌고 배 밖으로 함께 나갔다.

이른바 주낙을 훑는다는 말은 결국 낚싯줄을 보트 한쪽으로 끌어 올린 다음, 잡힌 물고기를 빼내고, 낚싯바늘에 미끼를 다시 끼우고, 그걸 다시 물에 넣는 것을 뜻했다. 마치 빨랫줄에서 마른 빨래를 걷는 동시에 젖은 빨래를 새로 너는 것과도 비슷했다. 이것은 오래 걸리는 일이었고 비교적 위험한 일이었는데, 왜냐하면 길고도 늘어진 낚싯줄이 순식간에 보트를 잡아챌 수 있었기 때문이었다. 하지만 "이제 당신께, 오, 선장님" 하는 노랫소리가 안개 속에서 크게 들려오자, 위아히어호의 선원들은 가슴을 쓸어내렸다. 보트는 물고기를 잔뜩 싣고 스쿠너선 옆으로 다가왔고, 톰 플랫은 마누엘을 향해서 보조용 보트를 하나 띄우라고 소리를 질렀다.

"운수가 정말 똑같이 두 쪽으로 나뉘었군."

롱 잭이 쇠스랑으로 물고기를 찍어 던지며 말했다. 그 와중에 하비는 저렇게 짐을 잔뜩 실은 보트를 망가뜨리지 않고 무사히 몰고 온 뱃사람의 솜씨에 입을 딱 벌리고 가만히 서 있을 수밖에 없었다.

"절반은 그저 호박만 걸려 있었어. 그러다 보니 톰 플랫은 주낙을 그냥 다 끌어 올리고 마무리하자고 하더군. 하지만 내가 이랬지. '나는 주방장이 정말로 예지력이 있다고 믿어.' 그런데 나머지 절반은 커다란 물고기가 잔뜩 걸려 있는 거야. 서두르라고, 마누엘! 미끼통도 하나 가져와. 오늘 밤은 운수가 대통이니까."

물고기들은 제 동족이 방금 전에 물었던 낚싯바늘에 새로 미끼가 달리자 또다시 기꺼이 물었다. 톰 플랫과 롱 잭은 능숙한 솜씨로 주낙을 따라 이리저리 오갔다. 보트의 뱃머리 위로 물에 젖은 낚싯바늘이 줄줄이 지나갔고, 두 사람은 자기들끼리는 호박이라고 부르는 해삼을 떼어 내고, 갓 잡은 대구를 난간 모서리에 때려 기절시키고, 미끼를 다시 끼우고, 마누엘의 보조용 보트에다가 잡은 물고기를 옮겨 싣는 일을 어스름까지 계속했다.

마침내 디스코가 입을 열었다.

"난 군이 위험을 무릅쓰고 싶지는 않아. 그 작자가 이렇게 가까운 곳에 둥둥 떠 있는 상황에서는 말이야. 애비샤이처럼 지독한 인간이라면 일주일 정도는 물에 가라앉지도 않을걸. 보트를 안으로 들여놓도록 해. 저녁 식사를 하고 나서 생선 손질을 하자고."

손질한 생선이 어찌나 많았던지, 범고래 서너 마리가 물을 뿜어 대며 배 가까이 다가오기까지 했다. 작업은 무려 9시까지 계속되었는데, 배를 가른 생선을 찍어 선창에 던지던 하비조차도 디스코의 만족스러운 듯한 웃음소리를 세 번이나 들었다.

어른들이 안으로 들어가고 소년들만 남아서 칼을 갈 때 댄이 말했다.

"야, 너 아까는 정말 엄청나게 빨리 던지더라. 오늘 밤에는 바다에 뭔가가 있어. 그런데 넌 거기에 대해서는 한마디도 하지 않네."

"너무 바빠서 그랬나 봐. 한번 생각해 봐. 그 배 일은 정말 예상치도 못했다고."

하비는 칼날을 시험해 보면서 대답했다.

작은 스쿠너선은 끄트머리가 은색으로 빛나는 파도를 타고 닻 주위를 이리저리 뛰놀았다. 바짝 조인 닻줄을 보고 깜짝 놀라 뒤로 물러섰다가, 다시 새끼 고양이처럼 그쪽으로 달려들었고, 내려앉을 때에는 물보라가 닻줄 구멍을 통해서 마치 총탄처럼 터져 나왔다. 고개를 저으면서 스쿠너선은 이렇게 말한다. "아, 미안하지만 나는 더는 너랑 함께 있을 수가 없어. 나는 북쪽으로 갈 거야." 그러면서 슬금슬금 옆으로 걸음을 옮기지만, 얼마 지나지 않아 삭구를 호들갑스럽게 덜그럭거리며 갑자기 멈춰 선다. "그러니까 내 말은……." 스쿠너선은 마치 술 취한 사람이 가로등을 붙잡고 한바탕 연설을 늘어놓듯이 엄숙하게 이야기를 시작한다(물론 스쿠너선은 무언극처럼 몸짓으로 이야기한다). 그 문장의 나머지 부분은 안절부절못하다가 결국 사라져 버리고, 배는 마치 끈을 깨물어 대는 강아지처럼, 안장에 옆으로 올라앉은 어설픈 여자처럼, 머리가 잘린 암탉처럼, 말벌에 쏘인 암소처럼, 한마디로 말해 자기를 갖고 노는 변덕스러운 바다처럼 움직인다.

"배가 자기 의견을 주장하는 걸 봐 봐. 이제는 완전히 패트릭 헨리* 같아."

댄의 말이었다.

스쿠너선은 큰 너울에 밀려 옆으로 흔들렸고, 좌현부터 우현까지 뻗은 지브돛 활대로 갖가지 몸짓을 보여 주었다.

"하지만…… 저는…… 이렇게 말하겠습니다. 자유가 아니면…… 죽음을 달라고!"

철썩! 스쿠너선은 달빛이 물 위에 만든 길에 내려앉으면서, 자부심이 가득한 모습으로 인사를 했다. 만약 타륜의

* 미국의 정치가. "자유가 아니면 죽음을!"이라는 명연설로 유명하다.

기어 장치가 상자 안에서 조롱하듯 킥킥거리지만 않았더라면 충분히 감동적일 뻔했다.

하비는 크게 웃음을 터뜨렸다.

"뭐야, 마치 이 배가 살아 있다는 것 같잖아."

"이 배로 말하자면 집처럼 튼튼하고 청어처럼 잘 말랐지."

댄이 열성적으로 말했다. 그러고는 물보라를 얻어맞으며 갑판 위를 비틀거리며 걸어갔다.

"이렇게 피하고, 저렇게 피하고. 그러면서 '내 곁에 가까이 올 생각하지 마.' 하고 말하는 거야. 이 배를 봐 봐. 한번 보라니까! 정말 놀랍다고! 저 이쑤시개 배들 중 하나가 15패덤 아래 바닷물 속에 내려놓은 닻을 끌어 올리는 걸 너도 봐야 하는데……."

"그런데 이쑤시개 배가 뭐야, 댄?"

"대구잡이 겸 청어잡이에 쓰는 신형 어선을 말하는 거야. 그 배들은 선수와 선미가 모두 요트처럼 생겼고, 뾰족한 기움돛대에다 우리 짐을 모두 실을 만한 선실도 갖고 있다고. 내가 듣자 하니 버제스도 이런 배의 모형을 서너 개는 만들었다고 하더라고. 아빠는 그 배들이 흔들리고 덜컹거린다는 이유로 반대하지만, 사실은 어마어마하게 비싸기 때문이야. 아빠는 물고기는 잘 찾지만, 그렇다고 해서 진보적인 분은 전혀 아니야. 아빠는 시대의 흐름에 맞춰 가지 못한다니까. 노동력을 절약할 수 있는 지그 낚시 같은 것들이 얼마나 많은데. 넌 아직 글로스터의 '일렉터'호를 본 적 없지? 정말 멋진 배야. 비록 이쑤시개 배이지만 말이야."

"그건 가격이 얼마나 되는데, 댄?"

"어마어마하게 비싸. 한 1만 5,000달러쯤은 될 거야. 어쩌면 그보다 더 비쌀 수도 있고. 거기에는 금박은 물론이고, 네가 생각할 수 있는 모든 게 다 달려 있어."

그러고서 댄은 반쯤 혼잣말처럼 이렇게 중얼거렸다.

"나라면 그 배도 '해티 S.'호라고 부르고 싶은데 말이야."

제5장

CAPTAINS COURAGEOUS

그것이 바로 댄과 나눈 수많은 대화 가운데 첫 번째 이야기였다. 이후에 댄은 상상 속 버제스의 대구잡이선 모형에다가 자기 보트의 이름을 붙이고 싶은 이유를 하비에게 설명해 주었다. 하비는 글로스터에 있는 진짜 해티에 관해서도 많은 이야기를 들었다. 또 해티의 머리카락과 사진도 보았다. 댄은 굳이 꾸며 내려고 하지 않고, 그해 겨울에 해티가 자기 앞자리에 앉았을 때 머리카락을 슬쩍했다고 털어놓았다. 해티는 열네 살쯤 되었고, 놀라우리만치 남자아이들을 경멸했으며, 그해 겨울 동안 댄의 가슴을 잔뜩 짓밟았다. 이 모든 이야기는 숨 막히는 안개와 짙은 어둠 속에서, 그리고 달빛 비치는 갑판 위에서 엄숙한 비밀 유지 서약을 한 끝에 밝혀진 내용이었다. 두 소년의 뒤에는 삐걱대는 타륜이 있었고 앞에는 갑판이 펼쳐져 있었으며, 주위에는 쉴 새 없이 떠드는 바다가 있었다. 물론 두 소년이 서로를 알아 가는 과정에서 싸움도 한차례 있었다. 선수에서 선미까지 엎치락뒤치락 몸싸움을 하던 아이들을 결국 펜이 나서서 말려야 했다. 하지만 펜은 이 사실을 디스코에게는 절대로 말하지 않겠다고 약속했는데, 선장은 배 위에서의 싸움이 근무 중 조는 것보다 더 나쁘다고 생각했기 때문이었다. 하비는 신체적으로는 댄의 상대가 되지 않았지만, 기꺼이 자기 패배를 인정하고는 다른 술수로 앙갚음하려는 시도조차 하지 않았다. 이 사실 역시 하비가 받은 새로운 훈련이 그를 얼마나 변화시켰는지 말해 주는 셈이었다.

그 전에 하비는 양쪽 팔꿈치와 손목 사이에 줄줄이 난 종기로 한동안 고생했었다. 몸에 걸친 젖은 셔츠와 방수복에 피부가 쓸리면서 생긴 것이어서, 바닷물이 닿으면 무척이나 따가웠다. 종기가 무르익자 댄이 디스코의 면도날을 가지고 째 주면서, 이제는 너도 "피를 본 그랜드뱅크스 어부"가 되었다고 격려했다. 몸에 묻은 생선 살이 썩어 생긴 '생선 종기'야말로 그가 속한 계급의 상징이나 다름없었기 때문이다.

하비는 아직 아이인 데다가 또 매우 바빴기 때문에, 너무 많은 생각을 해서 머리를 괴롭히지는 않았다. 물론 엄마에게는 무척 죄송한 마음이 들었고, 종종 엄마가 보고 싶었다. 무엇보다도 자신의 놀라운 새 삶에 관해서, 그리고 자기가 이 삶에 얼마나 잘 적응하고 있는지 엄마에게 이야기하고 싶었다. 그럴 때를 제외하면, 하비는 자신이 죽었다고 생각하고 충격을 받았을 엄마가 어떻게 지내고 있는지는 너무 많이 궁금해하지 않기로 했다. 어느 날, 하비는 앞선실 사다리에 서서 두 소년이 파이를 슬쩍했다며 야단치는 주방장을 도리어 약 올리고 있었다. 그때 하비의 머릿속에 무심코 한 가지 생각이 스쳐 지나갔다. 정기 여객선의 흡연실에 있던 낯선 승객들로부터 푸대접을 받던 때에 비하면 지금이야말로 훨씬 더 나아지지 않았는가.

하비는 위아히어호에서 벌어지는 모든 일들에서도 한 사람으로서의 자격을 인정받고 있었다. 즉 식탁에나 침상에는 그의 자리가 있었고, 폭풍우 치는 날에 벌어지는 이야기판에도 낄 수 있었다. 그때마다 하비는 육지에서 자기가 어떻게 살았는지 이야기를 들려주었고, 사람들은 "동화 같은 이야기"라고 핀잔을 주면서도 기꺼이 귀를 기울였다. 불과 이틀 하고도 반나절 만에 하비가 깨달은 사실이 있다면, 어쩐지 먼 옛날 일처럼 느껴지는 자신의 과거사에 대해 이야기를 하더라도, 댄을 제외하면 아무도 자기 말을 곧이곧대로 믿지는 않는다는 점이었다(심지어 댄의 믿음조차도 가끔은 크게 흔들리는 듯했다). 그리하여 하비는 가상의 친구를 하나 꾸며 내서, 자기가 누군가에게서 전해 들었다며 그 친구의 이야기를 하기 시작했다. 즉 오하이오주 톨레도에 사는 그 소년은 조랑말 네 마리가 끄는 작은 마차를 갖고 있으며, 한 번에 정장 네 벌을 주문하고, 파티에서는 '독일 춤'이라는 것을 춘다. 파티에 온 사람들 중 가장 나이 많은 소녀가 열다섯 살도 안 되었지만, 선물은 하나같이 순은으로만 한다는 둥의 이야기였다. 솔터스는 그런 종류의 허풍이야말로 완전히 신성모독적인 것까지는 아니어도 그에 못지않게 사악하다고 항의했지만, 그러면서도 여전히 다른 사람들처럼 열심히 귀를 기울였다. 이야기 마지막에는 어김없이 동료들의 비난이 터져 나왔다. 덕분에 하비는 '독일 춤'과 옷, 끄트머리에 금박이 장식된 담배, 반지, 시계, 향수, 조촐한 디너파티, 샴페인, 카드놀이, 호텔 숙박 등에 관해서 이전과는 완전히 다르게 생각하게 되었다. 하비는 자기 '친구'에 관해 이야기할 때 조금씩 어조를 바꾸었으며, 그때마다 롱 잭은 이야기 속의 소년을 향해 "정신 나간 꼬맹이"니 "금칠한 녀석"이니 "망할 벼락부자 자식"이니 하고 여러 가지 별명을 붙여 주었다. 그러면 하비는 장화 신은 발을 탁자 위에 올려놓은 채로, 심지어 비단으로 만든 잠옷이라든지 특별히 외국에서 수입해 온 목도리에 관한 이야기를 꾸며 내서 그 '친구' 이야기를 더더욱 믿을 수 없게 만들어 버렸다. 하비는 적응력이 아주 뛰어난 편이었고, 주위 사람들의 모든 표정이며 말투를 감지하는 예리한 눈과 귀를 갖고 있었다.

머지않아 하비는 자기 침상 아래 침구 가방에 '돼지멍에' 라고 부르는 낡아 빠진 초록색 구식 사분의四分儀*가 있다는 사실을 알게 되었다. 그리하여 해를 볼 수 있는 날씨가 되면, 하비는 농업용 역서曆書의 도움을 받아 돼지멍에로 현재 위도를 찾아낸 다음, 뒷선실로 뛰어 내려가 스토브 연통의 녹 위에다가 못으로 배의 위치와 날짜를 적어 놓았다. 이제는 정기 여객선의 기관장도 저리 가라 할 정도로, 그리고 30년 근무한 기관사조차 절반도 못 따라갈 정도의 고참 선원처럼 거드름을 피우면서, 옆에다가 조심스럽게 침을 탁 뱉은 다음 오늘 스쿠너선의 위치를 사람들 앞에 발표하여 디스코의 사분의 측정 임무를 덜어 주곤 했다. 무슨 일이건 그 나름대로의 격식이 있게 마련이니까.

방금 말한 '돼지멍에'라든지, 엘드리지 해도라든지, 농업용 역서라든지, 블런트의 『연안 항로 안내서』라든지, 바우디치의 『항해 지침서』 등은 모두 디스코가 뱃길을 찾을 때 사용하는 무기였으며, 거기다가 심해용 납추가 또 하나의 눈 노릇을 하고 있었다. 하비는 톰 플랫에게서 '파란 비둘기 날리는 법'을 배우다가 하마터면 펜의 머리를 박살 낼 뻔했다. 하비의 체력은 어떤 바다든지 수심을 잴 수 있을 정도로 충분히 좋지는 않았지만, 대신 잔잔한 날씨에 3킬

* 천체의 고도를 잴 수 있는 천체 관측 기구

로그램 납추를 사용할 수 있는 여울이 나오면 디스코도 서슴없이 하비에게 임무를 맡겼다. 댄은 이렇게 말했다.

"우리 아빠가 원하는 건 측심이 아니야. 표본일 뿐이지. 그러니 거기에 기름을 많이 묻혀 놔, 하비."

그러면 하비는 납추 끝 우묵한 부분에 양고기 기름을 묻혔고, 나중에 거기 묻어서 올라오는 모래와 조개껍질과 진흙 등등을 모조리 디스코에게 가져갔다. 그러면 선장은 그걸 손으로 만져 보고 코로 냄새까지 맡아 보고서 판단을 내렸다. 앞서 이야기한 것처럼, 대구에 관해서 생각할 때면 디스코는 마치 자기가 대구가 된 것처럼 생각하곤 했다. 그리고 오랜 세월 검증된 본능과 경험으로 위아히어호를 이쪽에서 저쪽으로 계속 움직여 가면서 항상 물고기를 찾아냈다. 눈을 가린 체스 선수가 눈에 보이지 않는 체스 판 위에서 말을 움직이는 것과 비슷했다.

하지만 디스코의 체스 판은 바로 그랜드뱅크스였다. 두 변이 400킬로미터에 달하는 삼각형 모양의 이 해역으로 말하자면, 바다의 쓰레기장이라고 해도 과언이 아니었다. 습한 안개로 뒤덮여 있고, 강풍이 곧잘 불고, 얼음 덩어리가 둥둥 떠다니고, 정기 여객선들이 종종 아무렇게나 지나다니고, 여기저기 어선단의 돛들이 솟아 있는 곳이었다.

며칠 동안이나 이들은 안개 속에서 조업했다. 처음에 하비는 종치기를 담당했지만, 짙은 안개에 익숙해지자 톰 플랫과 함께 보트를 타고 나갔다. 이때는 긴장한 나머지 심장이 턱 밑까지 치밀어 오르는 것 같았다. 하지만 물고기가 미끼를 무는 한, 아무리 안개가 자욱해도 뱃사람이라면 여섯 시간의 조업을 두려워하며 무기력하게 남아 있을 수는 없었다. 하비는 자기 낚싯줄에 정신을 집중했고, 간혹 톰 플랫의 지시에 따라서 작살이나 바늘빼기를 건네주었다. 그러다가 종소리가 울리면 톰의 감을 따라서 노를 저어 스쿠너선으로 돌아왔다. 이들 옆에서 마누엘의 고둥 나팔 소리가 옅고도 희미하게 들렸다. 이 경험이야말로 지상의 것이 아닌 듯한 경험이었기에, 하비는 한 달 만에 처음으로 잠자리에서 꿈을 꾸었다. 하비가 탄 보트 주위에는 물의 층이 움직이며 연기를 뿜어냈고, 낚싯줄은 심연 속으로 늘어져 있었다. 그러더니 그 위의 하늘이 하비의 긴장한 눈에서 3미터 아래 있는 바닷속으로 녹아 사라지는 꿈이었다. 며칠 뒤에 하비는 마누엘과 함께 보트를 타고 나갔다. 물의 깊이가 40패덤이라고 예상했지만, 정작 닻줄을 다 풀었는데도 닻이 전혀 바닥에 닿지 않았다. 그러자 하비는 무지막지하게 두려워졌다. 땅과의 마지막 접촉이 사라졌다는 느낌이 들었기 때문이다.

"고래 구멍이야."

마누엘은 이렇게 말하면서 닻줄을 도로 끌어 올렸다.

"이거야말로 선장님을 놀려 먹을 수 있는 절호의 기회지.

가자!"

실제로 두 사람이 스쿠너선으로 노를 저어 돌아와 보니, 그렇잖아도 톰 플랫과 다른 선원들이 이미 선장을 마구 놀리고 있었다. 이번에는 선장이 일행을 그랜드뱅크스에서도 텅 빈 구멍에 불과한 황량한 고래 구멍으로 이끌었기 때문이었다. 이들은 안개를 뚫고 다시 한 번 정박했다. 하비는 이번에도 마누엘의 보트를 타고 나갔는데, 나간 지 얼마 지나지도 않아 하비의 머리카락이 꼿꼿이 곤두섰다. 새하얀 안개 속에서 뭔가 새하얀 것들이 움직이는데, 마치 무덤의 숨결 같은 것을 뿜어내고 있었다. 그것은 가라앉고 솟아오르며 으르렁대는 소리를 냈다. 이것이야말로 하비가 난생처음으로 목격한 그랜드뱅크스의 무시무시한 여름 빙산이었다. 하비는 보트 바닥에 움츠리고 주저앉아 버렸고, 그 모습을 본 마누엘은 웃음을 터뜨렸다. 때로는 맑고 온화하고 따뜻한 날도 있었다. 그런 날에는 다른 일을 하면 마치 죄를 짓는 것인 양, 손낚시를 하거나 물에 떠다니는 햇빛 조각을 노로 때리는 장난을 치곤 했다. 그런가 하면 산들바람이 부는 날이면, 하비는 스쿠너선을 한 정박지에서 다른 정박지까지 조종하는 법을 배웠다.

앞돛이 파란 하늘을 배경으로 앞뒤로 펄럭이는 와중에, 하비는 손을 타륜 손잡이에 올려놓고 파도 사이로 난 기다란 길을 따라서 배를 몰았다. 처음으로 느끼는 용골의 응답에 짜릿한 느낌이 온몸을 훑고 지나갔다. 정말 굉장한 경험이었다. 물론 디스코는 배가 일직선으로 나아가지 못했다고 지적하며, 그의 항적을 따라가다 보면 뱀조차도 허리가 끊어지겠다고 핀잔을 주었지만 말이다. 하지만 늘 그렇듯이 자만 뒤에는 망신이 따르는 법이다. 마침 스테이돛(다행히도 오래되어 낡은 돛이었다.)을 펼치고 바람을 받으며 항해하던 중에, 하비는 자기가 그 기술을 얼마나 완벽히 터득했는지 댄에게 보여 주려고 바람을 한껏 받도록 배를 몰았다. 그러자 앞돛이 펑 소리를 내면서 앞으로 돌아가 버렸고, 함께 돌아간 앞돛 위활대에 스테이돛이 찔려서 찢어져 버렸다. 스테이돛은 버팀줄 때문에 앞으로 돌아가지 않기 때문이었다. 일행은 쥐 죽은 듯한 침묵 속에서 찢어진 돛을 내렸고, 하비는 이후 남는 시간마다 톰 플랫의 옆에 붙어 앉아 바늘과 손바닥 골무를 사용해서 돛을 수선하는 법을 배워야 했다. 댄만이 오히려 신이 나서 소리를 질렀다. 자기도 처음에는 하비와 똑같은 실수를 저질렀기 때문이었다.

사내아이답게 하비는 동료들의 버릇을 하나하나 따라 하게 되었다. 급기야 타륜 앞에 서 있는 디스코 특유의 구부정한 자세나, 낚싯줄을 끌어 올릴 때 손을 치켜들고 휘젓는 롱 잭의 버릇, 등을 둥글게 해서 효율적으로 보트를 젓는 마누엘의 요령, 톰 플랫이 옛날 오하이오호에서 하던 식으로 대범하게 갑판을 걷는 습관을 모두 터득하게 되었다.

어느 안개 짙은 한낮에 하비는 닻감개 옆에서 주위를 살펴보고 있었다. 그 모습을 지켜보던 롱 잭이 말했다.

"저 녀석이 적응하는 걸 보고 있으면 기특하다니까. 내 봉급과 지분을 걸고 말하는데, 저 녀석은 지금 사람 반 명 몫 이상은 한단 말이지. 게다가 자기가 마치 용감한 뱃사람이라도 된 것처럼 군다니까. 지금 저 녀석 뒷모습 좀 보라고!"

톰 플랫도 말을 보탰다.

"우리도 다 저런 식으로 시작했잖아. 사내 녀석들은 저렇게 항상 뭔가를 흉내 내다가, 자기도 모르는 새에 남자가 되어 버리지. 죽을 때까지 계속 그러는 거야. 남자인 척하고, 또 남자인 척하고. 아무렴, 나 역시 옛날 오하이오호 시절에 저랬는걸. 첫 번째 불침번을 서는데, 진짜 무슨 제독이라도 된 것보다 기분이 더 좋더라니까. 비록 항구에서의 불침번이기는 했지만 말이야. 댄 역시 그런 생각이 가득했었지. 저 녀석들 좀 보라고. 마치 진짜 왕고참처럼 굴잖아. 제 머리카락은 밧줄이고 제 피는 타르라도 되는 양 말이야."

그러고는 뒷선실 계단 아래를 향해 말했다.

"그나저나 이쯤 되면 선장님도 처음에는 잘못 판단하셨던 거 아니에요, 예? 도대체 무슨 바람이 불어서 저 꼬마가 미쳤다고 말씀하셨어요?"

"그때는 진짜 미쳤었다니까. 처음 우리 배에 올라왔을 때는 정말 완전히 미쳐 돌아갔었다고. 하지만 내가 보기에는 그때 이후로 완전히 제정신을 되찾은 것 같아. 다시 말해 내가 저 녀석을 치료한 셈이지."

디스코가 대답했다.

톰 플랫이 다시 말을 이었다.

"저 녀석, 허풍은 대단하던데요. 지난번 밤에는 우리한테 뭐라고 했는 줄 알아요? 기껏해야 자기 또래인 어떤 꼬마가 오하이오주 톨레도인가 어딘가에 사는데, 조랑말 네 마리가 끄는 마차를 타고 여기저기 돌아다니는가 하면, 자기랑 비슷한 애들을 모아 놓고 식사도 대접한다는 거예요. 말도 안 되는 동화 같은 이야기인데, 더럽게 재미있긴 하더라고요. 저 녀석은 그런 이야기를 수십 개는 알더라니까요."

디스코는 뒷선실에서 항해일지를 바쁘게 작성하면서 대답했다.

"십중팔구 혼자 머릿속으로 생각해 낸 이야기겠지. 그런 종류의 이야기는 모조리 꾸며 낸 거라고. 댄 말고는 아무도 그 얘길 귀담아 듣지 않잖아. 심지어 댄 녀석도 듣고 나면 웃음을 터뜨린다고. 나도 그 녀석 이야기를 우연히 지나가다 한두 번쯤 들어 보기는 했어."

솔터스 삼촌은 보트 더미 아래의 우현 쪽에서 물을 뚝뚝 떨어뜨리며 평화롭게 앉아 있었다. 그러다가 느릿느릿 말을 꺼냈다.

"혹시 시미언 피터 칼훈이 한 이야기 들어 봤어요? 그 친구의 누이 히티랑 로린 제럴드를 맺어 주기로 했을 때, 아이들이 그에 관한 농담을 만들어다가 조지스뱅크에다 퍼뜨렸잖아요."

톰 플랫은 마치 가소롭다는 듯이 침묵을 지키며 파이프를 빨았다. 그는 케이프코드 사람이었기 때문에, 이 이야기를 무려 20년 전부터 알고 있었다. 그런데도 솔터스 삼촌은 킥킥 웃음소리를 내면서 이야기를 이어 나갔다.

"시미언 피터 칼훈이 그랬다니까요. 그런데 로린에 관해서는 그 친구 말이 딱 맞아요. 그 친구가 그랬어요. '절반은 멋쟁이고 나머지 절반은 엄청난 바보지. 그래도 사람들 말로는 히티가 부자에게 시집갔다고 하더군.' 시미언 피터는 언청이여서 줄줄 새는 발음으로 이렇게 말했다고요."

"그 친구는 펜실베이니아 네덜란드인에 대해서는 아무런 이야기도 안 했어. 그 이야기는 나 같은 케이프 사람이 하게 내버려 두라고. 칼훈네 선조는 아주 오래전에 집시였다고."

톰 플랫이 타박을 주자 솔터스가 대꾸했다.

"음, 나야 뭐 말재주는 없는 사람이니까. 다만 나는 그 이야기의 교훈을 말하고 싶은 거야. 내가 보기에는 지금 하비가 딱 그렇거든! 절반은 멋쟁이고, 나머지 절반은 엄청난 바보라는 거지. 게다가 어떤 사람은 저 녀석이 부자라고도 믿을걸, 아무렴!"

그러자 롱 잭이 한마디 던졌다.

"모든 선원이 솔터스로만 이루어진 배를 타고 항해하는 게 얼마나 멋질지 생각해 본 적 있나? 절반은 흙투성이이고, 나머지 절반은 거름투성이겠지. 칼훈의 말마따나 말이야. 그런데도 이 솔터스 패거리는 어부 행세를 하고 다니는 거야!"

결국 솔터스를 제물로 삼아서 모두가 한바탕 웃음을 터뜨렸다.

디스코는 입을 다문 채 항해일지에다 길고 또박또박한 글씨로 내용을 적어 나갔다. 얼룩덜룩한 종이 위에 다음과 같은 내용이 줄줄이 적혀 있었다.

7월 17일. 짙은 안개에 물고기도 거의 없음. 북쪽으로 가서 정박. 금일 업무 종료.

7월 18일. 짙은 안개로 시작. 물고기 몇 마리 잡음.

7월 19일. 북동쪽에서 가벼운 바람으로 시작. 동쪽으로 가서 정박. 어획량 많음.

7월 20일. 안식일. 안개와 가벼운 바람이 밀려옴. 금일 업무 종료. 이번 주에 잡은 물고기는 모두 3,478마리.

일요일에는 아무도 일을 하지 않았고, 날씨가 좋을 경우에는 수염을 깎고 몸을 씻었다. 펜실베이니아는 찬송가를 불렀는데, 한두 번인가는 이런 제안도 했다. 주제넘은 생각인지는 모르겠지만, 자기가 설교를 조금 해 볼 수 있을 것 같다는 것이었다. 솔터스 삼촌은 이 말을 듣자마자 까무러치게 놀라면서, 자네는 설교자가 아니니 그런 생각일랑 애초부터 하지 말라고 신신당부했다.

"저러다가 다음번에는 존스타운을 기억할지도 몰라. 그렇게 되면 무슨 일이 벌어질까?"

솔터스가 걱정스레 말했다. 그리하여 동료들은 펜에게 설교 대신 『요세푸스*』라는 책에 있는 내용을 큰 목소리로 읽게 하는 것으로 타협을 보았다. 오래되어 낡은 이 가죽 장정 책은 항해를 100번은 한 듯한 냄새가 났고, 내용은 매우 딱딱하면서도 성서와 아주 비슷했다. 다만 전투와 성을 공격하는 내용만이 책에 활기를 불어넣어 주었다. 그들은 이 책을 처음부터 끝까지 거의 다 읽었다. 책을 읽을 때를 제외하면 펜은 말이 없고 체구도 작은 남자에 불과했다. 가끔은 사흘 내내 한마디도 하지 않았는데, 그러면서도 남과 체커를 두거나, 남의 노래를 듣거나, 남의 이야기에 웃기는 했다. 사람들이 말을 좀 해 보라고 격려하면 그는 이렇게 대답하곤 했다.

* 티투스 플라비우스 요세푸스(37~100). 로마의 유대인 역사가로 『유대 고대사』와 『유대 전쟁사』를 저술했다.

"저도 재미없는 사람이 되고 싶지는 않지만, 딱히 할 말이 없어서요. 머리가 완전히 텅 빈 느낌이에요. 제 이름도 잊어버릴 지경이에요."

그러면서 펜은 솔터스 삼촌을 향해서 뭔가 기대하는 듯한 미소를 짓는 것이었다.

"이런, 펜실베이니아 프랫."

솔터스는 상대방의 본명 대신 자기가 지어 준 이름을 주워섬기고는 이렇게 덧붙였다.

"이러다가 자네 다음번에는 나까지 잊어버리겠군!"

"아니, 절대 그럴 일은 없을 거예요."

펜은 이렇게 말하고선 굳게 입을 다물었다.

"맞아요, 펜실베이니아 프랫이었죠."

펜은 거듭해서 이 이름을 되뇌곤 했다. 가끔 솔터스 삼촌이 이마저도 까먹고 '해스킨스'니 '리치'니 '맥비티'니 하는 이름을 멋대로 붙여 주었지만, 펜은 여전히 만족스러워했다. 다음번에 또 잊어버리기 전까지는 말이다.

펜은 항상 하비에게 친절하게 대해 주었다. 이 소년을 집을 잃고 떠돌아다니는 정신이 이상한 아이라고 여기고 딱하게 생각한 까닭이었다. 펜이 이 소년을 좋아하는 걸 보고는 솔터스도 안심해 마지않았다. 솔터스는 아주 친절한 사람까지는 아니었다(오히려 그는 소년들의 군기를 잡는 일이야말로 자기 임무라고 생각했다). 그리하여 어느 물결 잔잔한 날, 두려움과 떨림 속에서 난생처음으로 큰돛대에 기어 올랐을 때(물론 댄이 언제라도 도울 채비를 하고 뒤따라 올라갔다.) 하비는 솔티스의 커다란 장화를 가져다가 그 위에 걸어 두는 것을 자신의 임무라고 생각하게 되었다. 가까운 스쿠너선에서 이 광경을 본다면 망신거리이자 놀림감이 될 것이 분명했다. 하지만 하비도 디스코만큼은 마음대로 상대하지 못했다. 선장이 직접 명령을 내리고, 하비를 다른 선원들과 똑같이 대하며 "이렇게 하고 싶지 않나?" 또는 "전보다 더 나아졌군." 등등의 말을 건네는데도 여전히 어려웠다. 선장의 말끔히 면도한 입술이며 주름진 눈가에는 소년의 젊은 피를 바짝 긴장시키는 뭔가가 있었다.

디스코는 손때가 타고 컴퍼스 자국이 선명한 해도의 의미를 하비에게 설명해 주면서, 이런 해도야말로 그 어떤 정부 간행물보다도 더 훌륭하다고 힘주어 말했다. 그러면서 한 손에 연필을 쥔 채로 소년을 이끌고, 르하브, 웨스턴, 뱅커로, 생피에르, 그린, 그랜드 등 그랜드뱅크스 곳곳으로 이리저리 정박 장소를 옮겨 다니면서 사이사이 대구 이야기를 곁들였다. 디스코는 사분의의 작동 원리도 소년에게 가르쳐 주었다.

이 부분에서만큼은 하비가 댄보다 나았다. 하비는 숫자에 능숙한 머리를 물려받았으며, 그랜드뱅크스의 흐릿한 태양을 흘끗 한 번 쳐다보기만 해도 정보를 얻을 수 있다는 생각 자체가 그의 날카로운 지능에 특히나 호소력을 발휘했기 때문이었다. 하지만 바다에 관한 다른 문제에서는 하비의 나이가 도리어 약점이 되었다. 디스코의 말마따나 뱃사람 물이 제대로 들려면 열 살에는 시작해야만 했다. 이제 댄은 어둠 속에서도 얼마든지 주낙에 미끼를 끼우고 밧줄을 잡을 수 있었다. 솔터스 삼촌의 손에 생선 종기가 생겨서 부득이하게 일을 못 할 경우에도 댄은 순전히 손의 감각만으로 생선 손질을 해낼 수 있었다. 강풍이 부는 경우만 아니라면 얼굴에 닿는 바람의 느낌에만 의존해서 조타를 할 수도 있었고, 그때그때마다 위아히어호를 요령 있게 다룰 수도 있었다. 댄은 이 모든 일을 굳이 생각하지 않고도 해치울 수 있었다. 삭구 사이로 뛰어다닐 때라든지, 보트를 자기 몸의 일부처럼 마음대로 다룰 때도 마찬가지였다. 하지만 댄은 자신의 지식을 하비에게 체계적으로 전달해 줄 수는 없었다.

폭풍우 치는 날에는 스쿠너선에 관해 상당히 많은 정보가 오갔다. 그럴 때면 사람들은 앞선실에 누워 있거나 뒷선실 사물함 위에 앉아서 이런저런 이야기를 했다. 이야기가 중단될 때마다 남아도는 볼트나 납추, 고리가 굴러다니며 달그락거렸다. 디스코는 1850년대에 있었던 고래잡이 항해에 관해서 이야기했다. 커다란 암컷 고래를 새끼 옆에서 죽인 일이며, 시커멓고 요동치는 바다에서 벌어지는 죽음의 고통과 공중으로 12미터나 치솟은 피에 관해서, 서로 부딪쳐서 박살 난 보트들에 관해서, 특허 받은 로켓 작살을 거꾸로 장착해서 선원들에게 쏘는 바람에 난리가 났던 일에 관해서, 고래 고기를 자르는 일이며 끓이는 일에 관해서 이야기했다. 또 끔찍했던 1871년의 혹한으로 선원 1,200명이 사흘 동안 얼음 위에 갇힌 사건에 관해서도 이야기했다. 놀라운 이야기였고, 모두 실화였다. 하지만 이보다 더 놀라운 것은 디스코의 대구 이야기, 즉 이 물고기들이 용골 아래 깊은 곳에서 자기들의 사적인 일을 어떻게 논증하고 추론하는지에 관한 이야기였다.

롱 잭의 취향은 좀 더 초자연적인 쪽이었다. 그는 모노모이 해안의 유령이 혼자 있는 조개잡이에게 장난을 치는 이야기, 제대로 매장하지 않아서 기어 나오는 모래 귀신이나 모래언덕 유령 이야기, 해적 키드*의 부하들의 유령이 지키는 파이어섬의 숨겨진 보물 이야기, 안개를 타고 트루로 한복판을 가로지르는 유령선 이야기를 했다. 또 메인주의 어떤 항구에서는 외지인이 아니고서는 어느 누구도 한 장소에 닻을 두 번 놓지 않는데, 왜냐하면 그럴 경우에는 죽은 선원이 한밤중에 그 닻을 자기네 구식 보트의 뱃머리에

* 17세기 영국의 해적 윌리엄 키드를 말한다. 막대한 보물을 숨겨 놓았다는 전설로 유명하다.

싣고 옆에서 나란히 노를 젓다가, 자기네 안식을 방해한 사람의 영혼을 향해 휘파람(영혼을 '부르는' 것이 아니라 '휘파람을 분다'고 했다.)을 불기 때문이라는 무서운 이야기를 해서 모두를 쥐 죽은 듯 조용하게 만들기도 했다.

과거의 하비는 자기 고향인 동부 연안, 즉 마운트데저트섬 남쪽 지역은 여름이면 사람들이 말을 끌고 와서, 나무 바닥과 멋진 가구를 갖춘 시골 별장에서 휴가를 즐기는 곳이라고만 생각했었다. 하지만 지금은 세상의 다른 모습도 많이 알게 되었다. 그는 유령 이야기를 비웃었지만, 결국에는 꼼짝도 못 하고 앉은 채 몸을 떨고 있었다. 물론 한 달 전에 보였던 반응만큼은 아니었지만 말이다.

톰 플랫은 태형이 아직 실시되던 시절, 그러니까 옛날 오하이오호를 타던 시절에 혼곶을 돌았던 지루했던 여행 이야기를 하면서, 그 당시에는 해군이 도도새보다도 귀했다고 말했다. 앞서의 큰 전쟁으로 해군이 많이 죽었기 때문이었다. 그는 시뻘건 포탄이 대포와 탄약통과 그 사이의 젖은 진흙 완충재 사이에 떨어지던 일이며, 포탄이 나무에 맞아 지글지글 연기가 나던 일이며, '미스 짐 벅'호의 꼬마 견습 선원들이 그 위에다 물을 끼얹으며 어디 다시 쏴 보라고 요새를 향해 소리치던 일을 말해 주었다. 봉쇄 작전 때에는 몇 주 동안이나 닻을 내린 채로 흔들거리다가, 석탄을 다 써 버린 증기선이 출발하거나 귀환할 때에만 자리를 비키기 위해 움직였다고 했다(반면 돛배의 경우에는 절대 비켜 주지 않았다고 했다). 강풍과 추위에 관해서도 이야기했는데, 한번은 어찌나 추운지 무려 선원 200명이 낮이고 밤이고 밧줄과 도르래와 삭구를 때리고 쪼아서 얼음을 깨야만 했다고 말했다. 하지만 정작 주방 안은 아까 말한 요새의 포탄만큼 뜨거웠고, 선원들은 들통에다가 코코아를 담아 마셨다고 했다. 톰 플랫은 증기선을 타 본 적이 전혀 없었다. 증기선이 등장한 지 얼마 되지 않았을 때 복무가 끝났기 때문이었다. 그는 증기선이야말로 평화 시의 그럴싸한 발명품이라는 사실을 인정하면서도, 언젠가는 무게 1만 톤의 구축함에도 길이 60미터의 아래활대가 달린 돛이 다시 유행하기를 바라고 있었다.

마누엘의 이야기는 느리고도 점잖았다. 하나같이 마데이라의 예쁜 처녀들 이야기였는데, 이들은 흔들리는 바나나 나무 아래 달빛 비치는 개울가의 마른 바닥에서 빨래를 한다고 했다. 또 성자들의 전설이라든지, 추운 뉴펀들랜드 섬의 얼어붙은 항구에서 벌어지는 기묘한 춤판이나 싸움에 관한 이야기도 했다. 솔터스는 주로 농사 이야기를 했다. 『요세푸스』도 읽고 줄줄이 설명할 정도였지만, 그의 평생의 사명은 오히려 온갖 종류의 인산염 퇴비에 대항하여 식물성 퇴비의 가치를, 그중에서도 특히 토끼풀의 가치를 입증하는 것이었다. 그는 인산염에 관해서 점점 더 많이 헐

뜯었다. 그는 오렌지저드 출판사에서 나온 기름때가 번들번들한 책을 자기 침상에서 꺼내 모두에게 읽어 주며, 특히 그게 무슨 소리인지 하나도 알아듣지 못하는 하비를 향해서 손가락을 흔들어 대곤 했다. 하지만 하비가 솔터스의 강의를 놀릴 때마다 리틀 펜이 워낙 괴로워했기 때문에, 결국 소년도 장난을 그만두고 얌전히 침묵을 지켰다. 하비로선 매우 착한 행동을 한 셈이었다.

주방장은 보통 이런 대화에 참여하지 않았다. 그는 꼭 필요할 때에만 입을 열었다. 하지만 때로는 기묘한 연설의 재능이 그에게 내려올 때가 있었고, 그럴 때면 한 번에 무려 한 시간씩, 절반은 게일어로, 또 절반은 어설픈 영어로 연설을 늘어놓았다. 그는 특히나 소년들과 자주 이야기를 했는데, 훗날 하비가 댄의 윗사람이 될 거라는 자신의 예언을 굽히지 않으면서 자기한테는 똑똑히 보인다고 주장했다. 그는 한겨울에 케이프브레턴섬까지 우편물을 배달하러 갔던 일이며, 쿠드레이까지 가는 개 썰매며, 육지와 프린스에드워드섬 사이에 얼어붙은 얼음을 박살 낸 증기쇄빙선 '아크틱'호의 이야기를 해 주었다. 그리고 자기 어머니가 해준 이야기도 소년들에게 들려주었는데, 물이 절대 얼지 않는 저 먼 남쪽 생활 이야기였다. 또 그는 자기가 죽으면 영혼은 흔들리는 야자수 아래 따뜻하고 새하얀 모래밭에 누울 것이라고 말했다. 평생 야자수를 본 적이 없는 사람이

품기에는 매우 기묘한 발상이라는 게 소년들의 생각이었다. 그는 식사 때마다 오로지 하비에게만 자기 요리가 입에 맞느냐고 꼭 물어보았다. 이 질문이 나올 때마다 '이등 선원'들은 웃음을 터뜨렸다. 하지만 이들은 주방장의 판단력을 크게 존중했고, 그 결과 내심 하비를 일종의 행운의 상징으로 여기게 되었다.

하비가 새로운 것들에 관한 지식을 온몸으로 받아들이고, 신선한 공기를 계속 들이마시면서 튼튼한 몸으로 변해가는 사이, 위아히어호는 계속해서 나아가며 그랜드뱅크스에서의 임무를 수행했다. 선창에는 꾹꾹 눌러 담은 은회색 생선 더미가 나날이 쌓여만 갔다. 매일의 업무는 하나같이 늘 하던 것뿐이었고, 평온한 날들이 오랫동안 이어졌다.

당연한 이야기지만 디스코만큼 명성을 떨치는 선장이라면 다른 어선들이 그의 행동을 유심히 지켜보게 마련이었다(댄은 그것을 '끼어들기'를 한다고 말했다). 하지만 디스코는 짙고도 빠른 안개 속으로 슬그머니 빠져나가는 영리한 술책으로 다른 어선들을 따돌렸다. 디스코가 다른 어선과의 동행을 꺼리는 데에는 두 가지 이유가 있었다. 첫째로는 자기만의 실험을 하고 싶어 했기 때문이었다. 그리고 둘째로는 온갖 나라의 어선들이 한데 모여 있는 것을 반대했기 때문이었다. 어선단 대부분은 주로 글로스터 소속이었고, 간혹 프로빈스타운, 하리치, 채텀 소속도 있었고, 또 일부는 메인주의 항구 소속이었다. 하지만 정작 그 선원들로 말하자면 정말 오만 군데 출신이었다. 위험을 감수하다 보면 무모함이 나오게 마련이고, 여기다가 탐욕까지 더해지면 가뜩이나 북적이는 어선단 사이에서 온갖 종류의 사고가 일어날 가능성이 높아진다는 것이었다. 이건 마치 생각 없는 양치기가 양 떼를 한곳에 모아 두는 것과도 비슷했다.

"저 제럴드네 두 사람은 갈 대로 가게 내버려 둬. 우리는 이스턴 여울에서 저 녀석들 사이에 잠깐 머무를 거다. 하지만 오래 머물지는 않을 거야. 아무리 운이 좋더라도 말이지. 하비, 지금 우리가 있는 곳은 요즘 들어서는 좋은 자리가 아니야."

디스코가 말했다.

"아니라고요?"

하비가 되물었다. 그는 평소와 다르게 유난히 길었던 생선 손질을 마친 후에 물을 긷고 있었다(하비는 이제 막 들통 흔드는 법을 배운 참이었다).

"이 정도가 좋지 않다면, 심심풀이 삼아서 안 좋은 자리에서 조업하는 것도 나쁘지 않겠네요."

하비가 툴툴거리자 댄이 한마디 던졌다.

"내가 정말로 보고 싶은 자리는 바로 글로스터에 있는 이스턴 포인트야. 물론 굳이 거기서 조업을 할 생각은 없지만 말이야."

그러더니 디스코를 보며 말을 이었다.

"있죠, 아빠, 아무래도 이 여울에 두 주 이상 있을 필요는 없을 것 같아요."

댄은 다시 하비에게 말했다.

"그때쯤 되면 네가 배울 만한 것들은 모두 배울 수 있을 거야, 하비. 그때가 우리가 본격적으로 일을 시작하는 시기지. 그때는 식사도 정해진 시간에 나오지 않아. 배가 고프면 주워 먹고, 눈이 감기면 잠을 자는 식이지. 네가 지금으로부터 한 달 뒤에 물에 빠져서 구조되지 않은 게 다행이야. 그랬다면 우리도 너를 버진 암초에서도 일할 수 있을 만한 모양새로 바꿔 놓을 수 없었을 테니까."

하비가 엘드리지 해도를 통해 알게 된 바에 따르면, 버진 암초를 비롯해 기묘한 이름이 붙은 여러 여울들이야말로 항해의 전환점이었고, 운이 좋으면 여기서 소금을 모두 써 버릴 수도 있을 것이었다. 하지만 버진 암초의 크기를 보고 나자 제아무리 돼지멍에와 납추를 이용한다 치더라도 도대체 어떻게 디스코가 그 자리를 찾을 수 있을지 문득 궁금해졌다(지도에서는 기껏해야 작은 점 하나에 불과했으니까). 나중에야 하비는 디스코가 온갖 일들에 모두 유능하다는 사실을 알게 되었다. 심지어 자기 능력을 이용해 다른 사람들을 도와줄 수도 있을 정도였다. 뒷선실에는 가로 1.2미터, 세로 1.5미터의 커다란 칠판이 걸려 있었는데, 하비는 그 칠판이 무엇에 쓰이는지 전혀 알 수가 없었다. 그러다가 며칠 동안이나 앞이 안 보일 정도로 안개가 짙게 낀 날이 이어졌다. 어느 날, 뚜뚜 하고 발로 밟는 고동 소리가 귀에 거슬리게 들려왔다. 이 소리는 마치 폐병 걸린 코끼리의 울음소리 같았다.

위아히어호는 잠시 정박하고 있었지만, 혹시나 말썽이 생길 경우에 대비해 닻을 끌어 올려 두고 있었다.

"가로돛배가 자기네 위도를 알리기 위해서 부는 거야."

롱 잭이 말했다. 곧이어 웬 바크선의 물에 젖은 붉은색 지브돛이 안개 속에서 스르륵 나타났고, 위아히어호는 바다에서 통용되는 신호 체계에 따라 종을 세 번 울렸다.

커다란 배는 곳곳에서 날카로운 소리를 내면서 삼각돛을 눕혀 배를 멈춰 세웠다.

"프랑스 사람들이야. 생말로에서 미클롱으로 가는 배로구먼."

솔터스 삼촌이 경멸하는 투로 말했다. 이 농사꾼은 바람을 거슬러 볼 수 있는 어부의 눈을 가지고 있었다.

"저는 담배가 거의 다 떨어졌어요, 선장님."

"저도요."

톰 플랫이 맞장구치더니 프랑스어와 에스파냐어를 뒤섞어 가면서 말했다.

"어이! 바케 부, 바케 부! 거기서 멈춰 서! 둔해 빠지기는. 무초 부에노! 어디서 오는 배요? 생말로인가, 응?"

"아하! 무초 부에노! 위! 위! 클로 풀레. 생말로! 생피에르에미클롱."

상대편 선원들이 양모 모자를 흔들며 웃으면서 대답했다. 그러고는 모두 함께 외쳤다.

"칠판! 칠판!"

"칠판을 가져와라, 대니. 저 사람들이 목적지에 제대로 도착할지 의문이군. 아메리카 대륙은 너무나도 넓은데 말이야. 위도 46에 경도 49라고 쓰면 될 거야. 내 생각에는 그게 맞을 것 같아."

댄이 숫자를 적은 다음 칠판을 큰돛대 삭구에 매달자, 바크선에서 고맙다는 합창이 흘러나왔다.

"저 친구들을 그냥 떠나보내는 것은 불친절해 보이는데."

솔터스가 이렇게 말하며 자기 주머니를 뒤졌다.

"지난번 항해 이후로 프랑스어 좀 배웠나? 이전에 네가 르하브에서 미클롱 배를 '더러운 돼지'라고 부르는 바람에 저쪽에서 바닥짐으로 실은 돌을 던졌잖아. 이제 그런 사태는 원하지 않는다고."

디스코가 말했다.

"하먼 러시란 녀석은 그거야말로 저 친구들을 독려하는 방법이라고 했다고요. 나는 평범한 미국 말만 하는 것으로 족해요. 그나저나 우린 담배가 많이 부족한데. 젊은 친구,

자네 혹시 프랑스어 할 줄 아나?"

"아, 그럼요."

솔터스의 질문에 하비가 자신 있게 대답했다. 그러고는 담배가 필요하다며 이렇게 소리를 질렀다.

"어이! 여기요! 아레테 부! 아텐데! 누 솜 베낭 푸르 타박!"

"아, 타박, 타박!"

저쪽에서도 이렇게 외치더니, 다시 웃음을 터뜨렸다.

톰 플랫이 말했다.

"저쪽도 알아들었군. 어쨌거나 일단 보트를 내려 보자. 나로 말하자면 프랑스어 자격증 같은 건 없지만, 그래도 다른 말은 좀 한다고 자부하니까. 가자, 하비. 네가 통역을 맡아라."

톰과 하비는 바크선의 선체를 따라 끌려 올라갔다. 배 위의 소음과 혼란은 차마 말로 표현할 수 없을 정도였다. 그 배의 뒷선실에는 성모마리아의 번쩍이는 채색 판화가 사방을 에워싸고 있었다. 그들의 말에 따르면 '뉴펀들랜드섬의 성모'였다. 알고 보니 하비의 프랑스어는 그랜드뱅크스에서 누구나 알아들을 수 있을 정도까지는 아니었기 때문에, 하비는 어디까지나 끄덕임과 미소로만 대화할 수밖에 없었다. 하지만 톰 플랫은 손짓 발짓까지 동원해 가면서 일사천리로 대화를 끌어 나갔다. 선장은 그에게 독한 술을 한 잔 건넸고, 알아들을 수 없는 말을 하는 선원들도 마치 그를

형제처럼 반겼다. 선원들은 모두 붉은 모자에 긴 칼을 차고 있었는데, 그 모습이 마치 희가극 배우 같았다. 곧이어 거래가 시작되었다. 상대방은 담배를 잔뜩 갖고 있었다. 미국산이지만 프랑스에는 결코 관세를 물지 않는 물건이었다. 대신 그들은 초콜릿과 크래커를 원했다. 하비는 노를 저어 돌아와서 물품 재고 상황을 알고 있는 주방장과 선장에게 상대방의 제안을 전했고, 결국 코코아 깡통과 크래커 자루를 가지고 돌아가서 프랑스 배의 타륜 옆에 꺼내 놓고 숫자를 세었다. 마치 해적들이 약탈품을 나눠 갖는 것과도 비슷한 광경이었다. 일행은 톰 플랫 덕분에 가늘게 꼰 검은색 담배 뭉치와 씹는담배, 피우는 담배 덩어리를 얻을 수 있었다. 그런 다음 저 유쾌한 선원들은 안개 속으로 사라졌고, 하비의 귀에는 선원들의 쾌활한 노랫소리가 들려왔다.

우리 아주머니의 집 뒤에는
멋진 나무 한 그루가 있었지
거기서는 나이팅게일이 울었네
낮이고 밤이고……

너는 내게 뭘 주려나, 내 사랑아
그걸 여기 가져온 사람에게
나는 온 퀘벡을 주겠네

소렐과 생드니까지도*

"어째서 제 프랑스어는 먹혀들지 않고, 톰의 수화는 먹혀든 거죠?"

물물교환으로 얻은 물건을 위아히어호 선원들에게 나눠주고 나서 하비가 물었다.

"수화라고!"

플랫이 너털웃음을 터뜨렸다.

"음, 그래, 수화이긴 하지. 하지만 그건 네 프랑스어보다 훨씬 오래된 거야, 하비. 그 프랑스 배에는 프리메이슨이 잔뜩 타고 있었거든. 그래서 그런 거야."

"그럼 톰도 프리메이슨이에요?"

"그렇게 보자면 그럴 수도 있지, 안 그래?"

전직 전함 승무원은 이렇게만 말하고 자기 파이프에 담배를 채워 넣었다. 덕분에 하비는 두고두고 생각해 볼 바다의 수수께끼를 또 하나 얻은 셈이었다.

* 17세기 말 프랑스의 유명한 노래 「내 여자 친구 옆에서」의 일부. 원문은 프랑스어로 실려 있다.

제6장

CAPTAINS COURAGEOUS

하비가 가장 놀란 것은 몇몇 선박이 다른 배는 전혀 신경 쓰지 않고 드넓은 대서양을 마구잡이로 돌아다닌다는 점이었다. 댄의 말마따나 어선들은 자연스레 서로 예의를 지키고 이웃들의 지혜에 도움을 받기 마련이었다. 혹여 증기선이라면 훨씬 더 낫지 않을까 기대했지만, 실제로는 그렇지도 않았다. 그 일은 어느 날 흥미로운 대화가 오간 뒤에 일어났다. 그날따라 크고 육중하며 낡은 가축 수송선 한 척이 위아히어호를 무려 5킬로미터나 따라오고 있었다. 상갑판까지도 가축이 잔뜩 실려 있어서, 마치 외양간 1,000개를 한데 모아 둔 것처럼 냄새가 지독했다. 한 고급 선원이 매우 기뻐하면서 확성기로 위아히어호를 향해 소리를 질렀다. 수송선이 멈춰 서서 물 위에 가만히 떠 있자, 디스코는 위아히어호를 그 옆에 갖다 대고 그 배의 선장에게 자신의 생각을 드러냈다.

“어디로 가려는 거요, 응? 솔직히 당신네는 어디에도 갈 자격이 없어. 당신네 농장 촌뜨기들은 공해公海에서 이웃 선박은 털끝만큼도 배려하지 않고 무작정 달려 나가기만 하지. 눈으로는 커피 잔 속만 들여다보고 있으니까. 당신네 멍청한 머릿속이나 들여다보라고.”

이런 악담에도 선장은 선교에서 춤을 추다시피 하면서, 디스코의 안목에 관해서 뭐라고 떠들어 댔다.

“우리는 사흘 동안이나 관측을 못 했어요. 댁이 보기에는 우리가 그냥 계속 가도 될 것 같습니까?”

수송선 선장이 이렇게 묻자 디스코가 당장 쏘아붙였다.

“흠, 나라면 가능하겠지만 당신네는 어려울 거요. 그나저나 납추는 도대체 왜 안 쓰는 거요? 먹어 치우기라도 했나? 바닥의 흙냄새도 못 맡아요? 아니면 저 가축들이 너무 냄새가 나서 그런 거요?”

“그나저나 저놈들 먹이는 뭐를 줍니까?”

갑자기 솔터스 삼촌이 무척이나 진지한 어조로 물었다. 가축 냄새를 맡자 그의 몸에 깃든 농사꾼 기질이 깨어난 것 같았다. 솔터스 삼촌은 계속해서 중얼거렸다.

“흔히들 항해 중에는 가축이 무척 쇠약해진다고 하던데……. 물론 내가 신경 쓸 일은 아니지만, 내 생각을 한 가지 얘기해 주겠소. 깻묵을 조금 부숴서 뿌려 주면…….”

"젠장! 저건 도대체 어느 정신병원에서 나온 정신 나간 녀석이야?"

붉은색 셔츠를 입은 소몰이꾼이 난간 너머로 소리쳤다. 솔터스는 앞돛대 삭구에 선 채로 말을 이었다.

"젊은 양반, 더 이야기하기 전에 하나 분명히 해 두고 싶은 게 있는데, 나로 말하자면……."

그러자 선교의 고급 선원이 매우 정중한 태도로 모자를 벗더니 내심 빈정거리는 투로 말했다.

"실례합니다만, 저는 방금 전에 저희 배의 측정 위치에 관해서 질문을 드렸었습니다. 턱수염 기른 농업 종사자께서 부디 입을 다물어 주셔야만, 저 눈이 부리부리한 바다색 따개비 양반께서도 우리에게 기꺼이 한 수 가르쳐 주실 것 같은데요."

"너 때문에 나까지 웃음거리가 됐잖아, 솔터스."

디스코가 화가 나서 소리쳤다. 그는 이런 식의 대화를 유난히 견딜 수 없어 했기에, 결국 설교를 포기하고 위도와 경도를 순순히 알려 주었다.

"흠, 저 배에 탄 사람들은 하나같이 제정신이 아니구먼."

가축 수송선의 선장은 이렇게 말하더니 기관실에 출발 신호를 보냈다. 그러고는 답례 삼아 신문 한 묶음을 스쿠너선에 던져 주었다.

위아히어호가 그곳을 빠져나오면서 디스코가 투덜댔다.

"저 선장이며 선원 나부랭이들이야말로 지금껏 내가 본 놈들 중에서 가장 빌어먹을 놈의 바보들이야. 물론 솔터스, 너 다음으로 말이야. 이 근처를 미아처럼 헤매고 다니는 저 녀석들에게 내 의견을 막 내놓으려던 참이었는데, 너는 꼭 그렇게 멍청한 농사 얘기로 대화에 끼어들어야 되겠냐? 공과 사도 구분할 줄 몰라?"

하비와 댄과 다른 선원들은 한 걸음 뒤로 물러서서는 서로 한쪽 눈을 찡긋거리며 재미있어했다. 디스코와 솔터스는 저녁때까지 말다툼을 맹렬히 이어 나갔다. 솔터스는 가축 수송선이야말로 사실상 푸른 바다 위의 마구간이나 마찬가지라고 주장했지만, 디스코는 설령 그렇다 하더라도 체면과 어부로서의 자존심을 생각해서 "공과 사를 구분해야" 마땅했다고 계속해서 반박했다. 롱 잭은 한동안 아무 말 없이 서 있다가(선장이 화가 나면 선원이 불행해지기 마련이다.) 저녁 식사를 마치고는 식탁에서 이렇게 말했다.

"그나저나 그놈들이 앞으로 무슨 말을 하고 다닐지 왜 그렇게 걱정을 하세요?"

"왜냐하면 그놈들은 오늘 있었던 이야기를 두고두고 할 테니까. 그래서 그런 거라고. 깻묵을 뿌린다니!"

디스코가 분이 가시지 않은 채로 투덜거렸다.

"물론 거기다 소금도 섞어야 해요."

솔터스는 일주일 전 뉴욕 신문에 실린 농업 관련 기사를 읽으면서 여전히 고집을 부렸다.

“굴욕이야. 이러나저러나 굴욕이라고!”

선장이 계속 툴툴거렸다. 그러자 롱 잭이 나서서 양쪽을 달래려고 했다.

“저한테는 그렇게 안 보이는데요. 이것 보세요, 선장님! 설마 오늘 이런 날씨에 우리 아니면 또 어떤 어선이 우연히 떠돌이 배를 만나서 친절하게 측정 위치까지 알려 주고, 또 거기다가 바다에서의 조타 관리 등등에 관해 지적인 대화를 나눌 수 있겠어요? 잊어버리세요! 물론 저쪽에서는 잊어버리지 않겠죠. 그 대화야말로 지금껏 본 것 중에서 가장 간결한 대화였으니까요. 우리가 완벽하게 이긴 거예요. 우리 모두가요.”

댄이 저 말 좀 들어 보라는 듯 식탁 밑으로 발길질을 하자, 하비는 컵에다 대고 컥 소리를 냈다.

솔터스는 자신의 명예가 약간 회복되었다고 느낀 모양이었다.

“음, 그러게 아까 내가 그 사람들한테 이야기하기 전에 말했잖아. 내가 신경 쓸 일까지는 아닌 것 같다고 말이야.”

그러자 규율과 예절을 지키는 데 모두 능한 톰 플랫이 맞장구쳤다.

“바로 그거지. 바로 그거라고요. 제 생각은요, 선장님, 만약 선장님이 판단하시기에 대화가 그런 쪽으로 흐를 것 같다 싫으면, 저 친구한테 그만두라고 하셨어야죠. 하지만 그러지 않으셨잖아요."

"나도 몰랐지. 하지만 그 말이 맞긴 하군."

디스코가 대답했다. 그 역시 자존심 문제에서 명예롭게 물러설 방법을 택한 것이다. 솔터스도 얼씨구나 맞장구를 쳤다.

"아무렴, 맞고말고요. 어쨌거나 형님이 이 배의 선장이니까요. 저 역시 형님이 귀띔만 해 줬더라면 기꺼이 멈췄을 겁니다. 물론 제 소신이나 확신 때문이 아니라, 저 망할 우리 꼬맹이들에게 좋은 본보기를 보여 주기 위해서죠."

"내 말이 맞지, 하비? 얼마 안 가서 또 우리를 들먹일 거라고 했잖아? 항상 '저 망할 꼬맹이들' 타령이라니까. 하지만 나는 넙치잡이 배의 지분을 절반쯤 준다고 해도, 아까 그 광경과는 바꾸지 않을 거야."

댄이 하비에게 속삭였다.

"그래도 공과 사는 구분을 해야지."

디스코가 말하자, 그 순간 잘게 썬 담배를 자기 파이프에 담던 솔터스의 눈에서 새로운 논쟁의 불빛이 번쩍했다.

롱 잭이 폭풍을 잠재우기 위해 다시 나섰다.

"공과 사를 구분하는 거야말로 미덕이 아닐 수 없지요. 그거야말로 '스테잉 앤드 헤어스'의 스테잉이 쿠너한을 '마릴라 D. 쿤' 호의 선장으로 파견했을 때 발견한 사실이니까요. 원래 그 배의 선장은 뉴턴이었는데, 염증성 류머티즘 때문에 항해를 할 수가 없었어요. 하여튼 그 새로운 인물은 우리 사이에서 '항해사 쿠너한'으로 통했었죠."

이번에는 톰 플랫이 이야기를 받아서 이어 나갔다.

"닉 쿠너한으로 말하자면 화물 목록 어딘가에 럼주가 없으면 절대로 배에 오르지 않는 사람이죠. 그 양반은 보스턴의 위탁판매점을 모조리 돌아다니면서, 자기를 예인선의 선장으로 만들어 줄 선주를 찾아 나섰어요. 그러자 '애틀랜틱 애버뉴'의 샘 코이가 그의 이야기를 듣고서 자기 배를 1년쯤인가 무료로 제공해 준 거죠. 그래서 '항해사 쿠너한'이 된 거고요. 쯧쯧! 그러다가 15년에 죽었다던가, 안 그래?"

"17년일걸, 내 생각에는. 그 양반은 '캐스파 맥비'호가 건조된 해에 죽었으니까. 그 양반은 공과 사를 참 구분하지 못했어. 스테잉이 그를 쓴 이유는 정말 훔칠 것 없었던 도둑이 뜨거운 스토브라도 훔칠 수밖에 없었던 것과 똑같은 이유라고. 마침 그 조업 철에 그 사람 말고 아무도 없었던 거야. 사람들은 모두 그랜드뱅크스에 가 있었으니까. 그래서 쿠너한도 엄청나게 다루기 힘든 친구들을 불러 모아 선원으로 고용해야 했지. 그리고 럼주! 그 배에 실은 럼주가 얼마나 많았는지, 장담컨대 마릴라호를 둥둥 띄울 수 있을 정도였다니까. 그 배는 보스턴 항구를 떠나서 그랜드뱅크스로 향했는데, 북서풍을 받아서 쏜살같이 달리는 동안 모두 술병을 붙잡고 있었어. 하늘이 돌보셨는지 한 번도 불침번을 서지 않고 한 번도 밧줄을 만지지 않고도 멀쩡히 가다가, 급기야 15갤런짜리 독주가 든 통 하나를 바닥내고 말았지. 불과 일주일 만에 말이야. 쿠너한의 기억대로라면 그랬대. 그 양반이 한 이야기를 내가 고스란히 옮길 수 있다면 좋을 텐데. 그 와중에 바람은 마치 성조기처럼 불었고, 마릴라호는 가던 방향을 계속 유지했어. 그러다가 쿠너한이 사분의를 꺼내서 만지작거리더니만, 그거랑 해도랑 자기 머릿속에서 울리는 소리로 자기들이 지금 세이블섬 남부에 있다는 걸 알아냈지. 쾌속 항해였지만, 아무 말도 하지 않았어. 급기야 그들은 술통 하나를 또 땄고, 다시 한동안은 생각을 아예 멈춰 버렸지. 마릴라호는 보스턴 등대를 지날 때부터 바람 불어 가는 쪽의 난간을 바닷물에 담근 채 기우뚱하게 달리고 있었어. 강한 바람을 받으며 그냥 한 각도로 줄곧 달렸던 거야. 하지만 주위를 보니까 해초도 없고 갈매기도 없고 스쿠너선도 없었어. 곧이어 그들은 14일 동안이나 달렸다는 사실을 확인하고, 아직도 그랜드뱅크스가 보이지 않는다는 사실을 믿을 수 없어 했지. 그래서 측심을 했더니 60패덤이 나왔어. 쿠너한이 말했지. '나만 믿어. 나만 믿으라고! 너희를 위해서 이 배를 그랜드뱅크스까지 몰고 왔다고. 이번에 측정해서 30패덤이 나오면, 아이처럼 순순히 자러 들어가자고. 쿠너한은 용감하니까. 항해사 쿠

너한!'

다시 측심을 했더니 90패덤이 나왔어. 그러자 쿠너한이 말했지. '납추의 줄이 늘어났거나, 그랜드뱅크스가 가라앉은 모양이지.'

그들은 납추를 도로 끌어 올렸어. 그 상황에서 옳고도 타당해 보이는 일은 그것밖에 없었으니까. 그러고는 갑판에 앉아서 납추 밧줄의 매듭을 세어 보는데, 더더욱 혼란스러워지고 만 거야. 마릴라호는 계속 방향을 유지하고 그대로 나아갔어. 그러다가 화물선을 한 척 만나서 쿠너한이 말을 걸었지.

'혹시 최근에 어선 본 적 있습니까?' 그는 매우 태연스럽게 물었어.

'아일랜드 해안에 제법 많습디다.' 화물선에서 대답했지.

'이런! 그게 무슨 소리요. 내가 왜 아일랜드 해안으로 가야 합니까?' 쿠너한이 놀라 소리쳤어.

'그러면 당신은 도대체 여기 왜 있는 거요?' 화물선에서 물었어.

'환장하겠구먼.' 쿠너한이 말했지. 그는 항상 말이 잘 안 통하고 기분이 좋지 않을 때마다 그렇게 말했거든. '환장하겠네! 지금 내가 있는 곳이 도대체 어디요?'

'아일랜드 남서쪽 케이프클리어섬에서 남서쪽으로 55킬로미터 해역이오. 그게 당신에게 일말의 위안이 될지 모르겠지만.' 화물선에서 말했지.

그 말을 듣고 쿠너한은 말 그대로 펄쩍 뛰었어. 주방장의 말대로라면 1.5미터는 뛰었다고 하더군.

그가 놋쇠처럼 뻔뻔스럽게 말했지. '위안이라니! 당신은 내 말을 무슨 사투리로 알아들은 거요? 보스턴 등대에서 14일 만에 케이프클리어 남서쪽 55킬로미터 해역까지 왔다니. 환장하겠군. 그렇다면 이거야말로 신기록이지. 게다가 말이 나왔으니 말인데, 우리 어머니가 바로 스키버린*에 계시다고!' 생각해 봐! 그 양반이 얼마나 뻔뻔한지. 그 양반도 공과 사를 절대 구분하지 못했다는 건 똑똑히 알겠지.

그 배의 선원들은 대부분 코크주와 케리주** 사람들이었고, 배를 돌리고 싶어 한 사람은 메릴랜드 출신 한 명뿐이었어. 급기야 선원들은 그를 배신자로 몰아세우고는 마릴라호를 스키버린으로 몰고 갔지. 그러고는 일주일 동안 모국에 사는 친구들을 찾아다니며 즐거운 시간을 보냈어. 그러다가 돌아오게 되었는데, 그때는 무려 32일이 걸려서야 그랜드뱅크스에 도착했어. 그때는 이미 가을로 접어들어서 식량도 부족했기에, 쿠너한은 고기잡이에 시간을 낭비할 생각은 하지도 않고 배를 몰고 보스턴으로 돌아와 버렸다

* 아일랜드 남서부의 도시

** 아일랜드 남서부의 주

더군."

"그럼 회사에서는 뭐라고 했어요?"

하비가 물었다.

"뭐라고 하긴 뭘 뭐라고 했겠어? 물고기는 그랜드뱅크스에 있고, 쿠너한은 부두에서 자기가 세운 동쪽 항해 신기록에 대해 떠들고 있는데! 그들도 결국 이걸로 만족을 삼을 수밖에 없었지. 이 모두가 애초에 선원들과 럼주를 떼어 놓지 않아서 생긴 일이라고. 그다음으로는 스키버린하고 퀴로를 혼동해서 생긴 일이고. 항해사 쿠너한, 부디 편안히 쉬기를. 그 양반이야말로 임기응변의 달인이었지!"

이번에는 마누엘이 특유의 부드러운 목소리로 입을 열었다.

"한번은 내가 '루시 홈스' 호에 타고 있을 때의 일인데요, 글로스터에서 우리 물고기를 아예 안 사겠다고 했어요. 어, 그렇지, 우리한테는 전혀 제값을 안 쳐줬거든요. 그래서 우리는 일단 바다로 나가서 파얄섬 사람들한테 팔아 볼까 생각했어요. 그런데 가는 중에 바람이 어찌나 세게 불던지 앞도 잘 볼 수 없을 지경이었죠. 어, 그렇지. 그러다가 바람이 더 세졌고, 우리는 갑판 아래로 내려가서 아주 빨리 배를 몰았어요. 어디로 가는지 아무도 모르면서요. 그러다가 육지가 보였는데, 날씨가 점점 더워지는 거예요. 그러다가 흑인 두세 명이 배를 타고 나타나더라고요. 어, 그렇지. 지금 여기가 어디냐고 우리가 물었더니, 그 사람들이 대답했어요. 뭐라고 했을 것 같아요?"

"그란카나리아섬."

디스코가 잠시 뜸을 들인 뒤 말했다. 그러자 마누엘은 미소를 지으며 고개를 저었다.

"블랑코."

톰 플랫이 말했다.

"아니에요. 그보다 더 심했다고요. 우리는 비자고스제도*보다 더 아래에 있었던 거였어요. 그 사람들의 배는 무려 라이베리아**에서 온 거고요! 우리가 거기까지 가서 물고기를 팔았다니까요! 이쯤 되면 나쁘지 않았죠? 어, 그렇죠?"

"이런 스쿠너선이 곧장 아프리카까지도 갈 수 있어요?"

하비의 물음에 디스코가 대답했다.

"그럴 만한 가치가 있고, 또 식량이 충분하기만 하다면, 남아메리카 최남단 혼곶을 돌아갈 수도 있지. 우리 아버지가 당신 배를 운영하던 시절의 이야기인데, 그 배는 일종의 핑크선***이고 대략 50톤쯤 되었을 거야. 내 기억에는 말이야. 이름은 '루퍼트'호였지. 여하간 아버지는 그 배를 몰고 그린란드의 얼어붙은 빙산이 있는 곳까지 가셨어. 바로

* 아프리카 서부 기니 연안의 섬들

** 아프리카 서부 연안의 나라

*** 뉴잉글랜드에서 사용하던 선미가 좁은 구식 소형 선박의 일종

그해에는 어선단 가운데 절반쯤이 거기서 대구를 쫓아다녔다더군. 거기에다가 아버지는 우리 어머니까지도 함께 데려가셨어. 내 생각에는 아마 당신이 얼마나 고생해서 돈을 버는지 똑똑히 보여 주려고 그러셨던 것 같아. 급기야 배가 얼음에 갇혀 버렸고, 나는 디스코섬에서 태어나고 말았지. 물론 나야 그때 일은 아무것도 기억 못 하지만 말이야. 우리는 봄이 되어서 얼음이 녹은 다음에야 돌아왔고, 부모님은 그곳의 이름을 따서 내 이름을 지어 주셨지. 아기에게 지어 주는 이름치고는 상당히 별로였지만. 그래도 뭐, 사람이 살다 보면 누구나 실수를 하니까."

"그럼요! 그럼요! 누구나 실수를 저지르죠."

솔터스가 좋은 기회라도 잡았다는 듯 고개를 끄덕이며 맞장구쳤다. 그러고서는 엉뚱하게 두 소년을 향해서 훈계를 늘어놓았다.

"여기 있는 너희 꼬맹이들도 잘 들어 둬라. 너희야말로 하루에 골백번은 실수를 저지르고 있으니까 말이야. 여하간 혹시 실수를 저지른다면, 남자답게 솔직히 자백하는 것이 최선에서 둘째가는 일이지."

롱 잭이 한쪽 눈을 끔벅이자 디스코와 솔터스만 빼고 모두가 그 의미를 알아챘고, 이 사건은 그것으로 끝을 맺었다.

이후로도 배는 북쪽을 향해 가며 정박을 거듭했고, 매일 보트를 띄워서 작업을 했다. 그리고 그랜드뱅크스의 동쪽 가장자리를 따라 이어지는 30패덤에서 40패덤 깊이의 바다에서 꾸준히 낚시를 했다.

바로 여기에서 하비는 오징어를 처음 만났다. 이놈이야말로 대구 미끼로는 최고였지만, 워낙 변덕이 심했다. 하루는 한밤중에 "오징어다!"라는 솔터스의 외침에 놀라 각자의 침상에서 잠자고 있던 모두가 깨고 말았다. 이후 한 시간 반 동안 배 위의 모든 사람들이 오징어 지그 낚시에 매달렸다. 지그 낚싯바늘은 붉게 칠한 납 조각 끝에 반쯤 펼쳐진 우산살처럼 구부러진 바늘들이 빙 둘러 꽂혀 있는 물건이었다. 이유가 무엇인지는 알 수 없지만, 오징어란 놈은 이 물건을 좋아해서 제 몸으로 감싸곤 했고, 바늘에서 도망치기도 전에 배 위로 끌려 올라왔다. 하지만 제가 있던 곳에서 벗어나게 되면 오징어는 자기를 사로잡은 사람의 얼굴에 처음에는 물을, 다음에는 먹물을 쏘았다. 이 공격을 피하려고 사람들이 고개를 양옆으로 흔드는 모습은 참으로 기괴했다. 소동이 끝나고 나면 사람들은 마치 굴뚝 청소부처럼 온몸이 새까매졌다. 그 대신 싱싱한 오징어 더미가 갑판에 쌓여 갔으며, 커다란 대구도 조개 미끼보다 작고 반짝이는 오징어 촉수 조각 미끼를 더 좋아할 것이었다. 다음 날에 선원들은 물고기를 많이 잡았고, '캐리 피트먼'호를 만났다. 이들이 어젯밤의 행운에 관해 이야기하자, 저쪽에서 물물교환을 제안했다. 제법 큰 오징어 한 마리당 대구

일곱 마리를 주겠다는 것이었다. 하지만 디스코는 이 가격에 동의하지 않았고, 결국 '캐리 피트먼'호는 부루퉁한 모습으로 바람 불어 가는 쪽으로 향하더니, 거기서 수백 미터쯤 떨어진 곳에 닻을 내렸다. 자기네도 비슷한 행운을 만나기를 바라는 마음에서였다.

디스코는 저녁 식사 때까지도 아무 말이 없더니, 갑자기 댄과 마누엘을 밖에 내보내서 위아히어호의 닻줄에 부표를 설치하게 하고는, 여차하면 도끼로 닻줄을 잘라 버리겠다고 모두에게 알렸다. 댄은 '캐리 피트먼'호에서 나온 보트에도 똑같은 이야기를 전했다. 저쪽에서 바다 밑이 돌투성이도 아닌데 굳이 닻줄에 부표를 설치하는 이유가 무엇인지 물어보았던 것이다.

"우리 아빠는 반경 8킬로미터 이내에 연락선이 한 척 돌아다니는 모양이니, 만반의 준비를 해야겠대요."

댄은 신이 나서 외쳤다.

"그럼 차라리 여기서 벗어나지 그러냐? 누가 못 가게 막기라도 하나?"

저쪽 사람이 물었다.

"왜냐하면 댁들 쪽에서 또다시 끼어들기를 할 거니까 그렇죠. 우리 아빠는 다른 배에서 끼어들기 하는 걸 못 참아요. 댁들처럼 걸핏하면 떠내려가는 생선 통이 끼어드는 건 더더욱 못 참죠."

"이번 항해 중에는 한 번도 떠내려간 적 없어."

저쪽 사람이 화난 듯 대꾸했다. '캐리 피트먼'호는 닻을 종종 잃어버린다는 좋지 못한 평판이 있었기 때문이다.

"그럼 도대체 어떻게 정박을 하는 거예요? 방금 한 말이 사실이라면 이번 항해야말로 최고의 항해겠네요. 이제 떠내려가지 않는다면, 저 새로운 지브돛 활대는 뭐에 쓰는 거예요?"

댄의 이 한마디야말로 정곡을 찌른 셈이었다.

"어이, 포르투갈 떠돌이, 자네 옆에 있는 그 원숭이 데리고 글로스터로 썩 돌아가. 학교나 다녀라, 댄 트루프."

저쪽의 답변은 이것뿐이었다.

"작업복이래요! 작업복!"

댄이 외쳤다. '캐리 피트먼'호의 선원 가운데 한 명이 작년 겨울에 작업복 만드는 공장에서 일했다는 사실을 알았기 때문이었다.

"새우같이 쪼그만 게! 글로스터 새우 놈아! 당장 꺼져 버려, 이 노바스코샤 녀석!"

글로스터 사람을 굳이 노바스코샤 사람이라고 부르면 반응이 좋을 리 없었다. 댄도 비슷한 말로 응수했다.

"노바스코샤 녀석은 댁들이지, 얍삽한 도시 놈들 같으니! 채텀 조난자들! 너네 양말에 벽돌이나 집어넣고 꺼져 버려!"

여기서 승부가 갈렸다. 그중에서도 최악은 바로 '채텀' 운운한 욕설이었다.

디스코가 말했다.

"나는 일이 어떻게 될지 알지. 저 배는 이미 바람을 넉넉히 받고 있어. 저 배는 떠내려가는 걸 막을 대책을 하나 마련해 두어야 해. 자정쯤 되면 모두 코를 골며 잘 거고, 우리가 잠들자마자 저 배는 떠내려가기 시작할 거야. 이 근처에 다른 배들이 북적거리지 않아서 천만다행이군. 하지만 나는 채텀 때문에 굳이 미리부터 닻을 올리지는 않을 거야. 일단 기다려 봐야지."

이미 제법 불던 바람이 해 질 무렵에는 더 강해지고 쉼 없이 불어 댔다. 바다의 물결은 그런대로 괜찮아서, 작은 보트의 닻조차도 흔들지 못할 정도였다. 하지만 '캐리 피트먼' 호는 나름대로의 법칙을 갖고 있었다. 두 소년의 불침번 임무가 끝날 무렵, 그 배의 선상에 설치된 커다란 장전식 연발총에서 "탕, 탕, 탕" 소리가 들려왔다.

"영광, 영광, 할렐루야! 저기 오고 있어요, 아빠. 엉덩이로 잠결에 걸어 다니는 꼬락서니가 저번에 쿼로에서 그랬던 거랑 똑같다고요."

댄이 신나서 말했다.

다른 어선이었다면 디스코도 만약의 가능성을 염두에 두었겠지만, 이번에는 대번에 닻줄을 잘라 버렸다. '캐리 피트먼'호는 북대서양의 바람을 모조리 받아 가면서 곧바로 이들을 향해 달려왔다. 지브돛과 정박돛을 펼쳐 놓고 있던 위아히어호는 아슬아슬한 공간만 남기고 바람 속으로 황급히 비켜섰다. 디스코도 일주일 내내 닻줄을 찾아 헤매고 싶지는 않았기 때문이다. 침묵에 잠긴 '캐리 피트먼'호는 말소리까지 들릴 만한 거리에서 성난 듯이 지나갔고, 이 와중에 그랜드뱅크스 특유의 조롱을 잔뜩 얻어먹었다.

"아가들아, 잘 자라. 너희 정원에는 뭐가 자라고 있니?"*

디스코가 모자를 들어 올리며 말했다.

"오하이오에나 가서 노새나 한 마리 사시든가. 이 바다에 농사꾼 따위는 필요 없으니까."

솔터스 삼촌이 말했다.

"내가 쓰는 보트용 닻이라도 좀 빌려 드릴까?"

롱 잭이 외쳤다.

"거기 달린 키를 떼어 내서 진흙에다 박아 놓으라고."

톰 플랫도 말했다.

"어이! 어어이! 작업복 만드는 공장에서 파업이라도 하나? 아니면 거기는 여자들만 고용하나? 거기, 공장 동네 양반!"

댄의 목소리는 유난히 날카롭고 높게 들렸는데, 아예 타

* 유명한 동요 「메리, 메리, 진짜 고집쟁이」의 한 구절

륜 통 위에 올라서서 소리쳤기 때문이었다.

"키 손잡이 밧줄을 풀어서 바닥에다 못 박아 버리라고!"

하비가 외쳤다. 이것이야말로 그가 톰 플랫한테서 배운 뱃사람다운 농담이었다. 마누엘은 선미에서 밖으로 몸을 내밀고 소리를 질렀다.

"진짜 떠돌이는 그쪽 같은데! 아하하!"

그러고는 차마 말로 할 수 없는 경멸의 표시로 커다란 엄지손가락을 흔들었다. 심지어 리틀 펜조차도 신이 나서 큰 소리로 외쳤다.

"이랴, 가자! 쉬잇! 다 왔다, 워어!"

이들은 남은 밤 동안 닻사슬에 의존했는데, 하비가 느끼기에는 진짜 닻이 아니다 보니 배의 흔들림도 더 짧아지고 빨라지고 격렬해진 것 같았다. 다음 날 일행은 닻줄을 다시 찾기 위해 오전의 절반을 허비해야만 했다. 하지만 두 소년은 이런 귀찮은 상황조차도 자기들이 얻은 승리와 기쁨의 값치고는 싸게 먹힌 편이라는 데에 동의했다. 그러고는 당황한 '캐리 피트먼'호를 향해 미처 퍼붓지 못했던 온갖 멋진 말들을 뒤늦게서야 떠올리며 안타까워할 뿐이었다.

제7장

CAPTAINS COURAGEOUS

다음 날 이들은 더 많은 어선들과 마주쳤다. 어선들은 북동쪽에서 천천히 서쪽으로 원을 그리며 돌고 있었다. 하지만 이들이 버진 암초 근처의 여울에 도착했다고 생각한 바로 그때 안개가 깔렸다. 닻을 내리자, 주위에는 눈에 보이지 않는 종의 딸랑거리는 소리가 가득했다. 거기서는 막상 고기잡이는 많이 하지 않았고, 간혹 보트끼리 안개 속에서 마주치면 새로운 소식을 주고받는 정도였다.

댄과 하비는 낮 동안 잠을 자 두었기 때문에 해가 뜨기 직전, 파이를 '슬쩍'하려고 일어났다. 이들이 파이를 대놓고 달라고 해서 먹지 못할 이유는 전혀 없었다. 하지만 이렇게 몰래 먹는 편이 맛도 더 좋았고, 주방장도 약 올릴 수 있어서 일석이조였다. 아래쪽에 열기와 냄새가 진동해서 두 소년은 약탈품을 가지고 갑판으로 올라왔다. 마침 디스코가 종 치는 일을 맡고 있다가, 하비를 보자마자 종을 건네주었다.

"계속 치고 있어라. 아무래도 무슨 소리를 들은 것 같아서 말이야. 혹시 뭐가 진짜로 있다면, 여기 있어야만 무슨 일인지 알아볼 수 있을 테니까."

디스코가 당부했다.

종소리는 참으로 작고도 외로웠다. 짙은 안개가 마치 종소리를 짓누르는 것만 같았고, 종소리가 잠시 그쳤을 때에는 정기선의 경적이 숨죽인 듯한 비명을 내뱉었다. 이제 하비는 그랜드뱅크스에 관해 충분히 알았기 때문에 그게 무슨 뜻인지도 알았다. 정기선이 이쪽으로 오고 있다는 것이 무시무시할 정도로 확실했다. 한때의 그는 체리색 셔츠를 걸친(물론 이제는 어부 특유의 경멸을 담아서 그런 예쁘장한 옷 따위는 욕하곤 했지만) 정말이지 무식하고 건방진 꼬마였으며, 심지어 증기선이 어선을 들이받으면 재미있겠다고 말한 적도 있었다. 그 꼬마는 온수와 냉수 목욕이 가능한 일등 선실에 머물면서, 매일 아침마다 가장자리가 금박으로 장식된 메뉴판에서 음식을 고르느라 10분씩 허비하곤 했다. 그런데 이제 바로 그 꼬마는(아니, 지금의 꼬마는 그보다 훨씬 더 성숙한 형 같았다.) 해가 뜨기 전 새벽 4시에 일어나서 물이 줄줄 흐르고 뻣뻣한 방수복을 입은 채로 급사가 사용하는 아침 식사 종보다도 더 작은 종을 흔드는 것이었다.

이는 말 그대로 목숨을 구하기 위해서였다. 바로 가까운 곳 어딘가에서 높이가 10미터 가까이 되는 강철 뱃머리가 시속 30킬로미터로 질주해 오고 있었기 때문이다! 그중에서도 가장 씁쓸한 것은 저 보송보송하고도 푹신푹신한 정기선의 선실에서 아무것도 모른 채 잠들어 있는 사람들이었다. 자기가 탄 배가 어선을 하나 박살 냈다는 사실을 아침 식사 전까지는 결코 알지 못할 것이었다. 그래서 하비는 열심히 종을 쳤다.

댄은 마누엘이 사용하던 고둥 나팔을 불더니 이렇게 말했다.

"그래, 이 근처에서는 정기선도 그 망할 놈의 프로펠러 속도를 조금 줄이기는 하지. 나름대로 법을 어기지 않으려고 그러는 거야. 그러면 우리가 바다 밑바닥에 가라앉은 다음에도 퍽이나 위안이 될 거라고 생각하나 봐. 어서 신호를 보내! 화물을 잔뜩 실은 배야!"

"우우웅!" 경적이 울리더니 "땡땡, 땡땡, 땡땡!" 종소리가 들렸다. 그러고는 "뿌우우…… 뿌우우!" 하는 고둥 나팔 소리도 울려 퍼졌다. 바다와 하늘 모두 새하얀 안개로 온통 뒤덮여 있었다. 곧이어 하비는 뭔가가 근처를 지나가는 것을 느꼈다. 다음 순간, 그의 눈앞으로 물에 젖은 커다란 뱃머리가 절벽처럼 저만치 위에 나타나더니, 스쿠너선을 향해 곧장 달려드는 것처럼 보였다. 뱃머리 옆으로는 작은 물마루가 경쾌하게 일렁거렸고, 물이 솟구치면서 연어 색깔로 번뜩이는 배의 옆구리에는 XV., XVI., XVII., XVIII.* 등등 로마 숫자가 적힌 긴 사다리가 드러났다. 정기선의 뱃머리는 가슴을 얼어붙게 만드는 "슈우우욱!" 소리를 내며 앞뒤로 흔들거렸다. 사다리가 사라지고, 놋쇠 테두리가 달린 창문들이 번쩍거리며 줄줄이 지나갔다. 무기력하게 치켜든 하비의 양손 위로 증기가 훅 하고 불어왔다. 위아히어호의 난간을 따라서 뜨거운 물이 투두둑 떨어졌고, 스크루가 바다를 온통 휘저어 놓아 스쿠너선이 요동치며 흔들리는 사이, 정기선의 선미는 안개 속으로 사라져 버렸다. 하비는 금방이라도 기절하거나 토할 것 같은 기분이었다. 또는 양쪽 모두를 다 할 것 같은 기분이었다. 바로 그때 궤짝이 보도 위로 떨어진 것처럼 우지직하는 소리가 들리더니, 원거리 전화 통화에서 들리는 목소리처럼 작은 목소리가 들려왔다.

"멈춰! 우리 배가 부딪쳤어!"

"우리 배야?"

하비가 헐떡이며 물었다.

"아니야! 저 너머에 있는 다른 배야. 종을 쳐! 우리도 살

* 대형 선박에서 물속에 잠긴 선체의 깊이를 표시하기 위해 30센티미터 간격으로 적은 놓은 숫자이다.

펴보러 가야 하니까."

댄은 이렇게 외치며 보트를 내렸다.

불과 30초 만에 하비와 펜과 주방장을 제외한 일행 모두가 밖으로 나가서 어딘가로 사라졌다. 잠시 후에 스쿠너선 한 대가 뱃머리 앞을 지나갔는데, 그 배의 짧은 앞돛대는 깔끔하게 잘려 나간 상태였다. 곧이어 텅 빈 초록색 보트 한 척이 떠내려오더니, 마치 나 좀 태워 달라는 듯 위아히어호의 옆구리에 부딪쳤다. 그 뒤를 이어 떠내려온 뭔가는 푸른색 셔츠에 얼굴을 물에 박은 사람의 시체였는데, 그나마 온몸이 다 있는 것도 아니었다. 펜은 얼굴색이 하얗게 질리더니 훅 하는 소리와 함께 숨을 멈추었다. 하비는 필사적으로 종을 쳤는데, 우리 배도 갑자기 저렇게 가라앉을지 모른다는 두려움 때문이었다. 그러다가 선원들이 돌아왔다고 외치는 댄의 커다란 목소리에 하비는 깜짝 놀라 펄쩍 뛰다시피 했다.

댄이 울먹이며 말했다.

"'제니 쿠시먼' 호가 당했어. 깔끔하게 두 동강이 났어. 증기선 뱃머리에 깔리고 짓밟힌 거야! 여기서 겨우 400미터 떨어진 곳이야. 아빠가 그 노인네를 구했어. 그 양반 말고는 아무도 없었어. 그 양반 아들이 있긴 했는데. 아, 하비, 하비, 나는 차마 못 견디겠어! 내가 뭘 봤느냐면……."

댄은 얼굴을 양팔에 파묻고 한동안 울었다. 그사이에 다른 사람들은 반백의 남자 하나를 갑판으로 끌어 올렸다.

"왜 나를 굳이 건져 올린 건가? 디스코, 왜 나를 건져 올린 거야?"

낯선 남자가 한탄했다.

디스코는 육중한 손을 그 남자의 한쪽 어깨에 올렸다. 남자는 흔들리는 눈과 떨리는 입술로 말 없는 선원들을 뚫어져라 바라보았다. 바로 그때 펜실베이니아 프랫이, 또는 솔터스 삼촌이 이름을 까먹었을 때에는 해스킨스나 리치나 맥비티이기도 했던 바로 그 사람이 자리에서 벌떡 일어나 입을 열었다. 그의 얼굴은 바보의 표정에서 늙고 현명한 남자의 표정으로 바뀌어 있었다. 펜이 우렁찬 목소리로 말했다.

"주께서 내려 주신 것을 주께서 가져가셨나니. 주의 이름으로 축복이 있을지어다!* 저는 예전에 목사…… 아니, 지금도 목사입니다. 이분은 제게 맡겨 주십시오."

"오, 당신이, 정말 당신이?"

남자가 놀란 듯이 외치더니 애원했다.

"그렇다면 부디 제 아들을 돌려주십사고 기도해 주십시오! 9,000달러짜리 어선과 1,000퀸틀어치 생선을 돌려주십사고 기도해 주십시오! 만약 당신네가 나를 그냥 죽게 내

* 구약성서 욥기 1장 21절에서 욥이 자녀와 재산을 모두 잃어버렸다는 비보를 듣고도 하느님을 원망하지 않고 하는 말 가운데 일부이다.

버려 두었으면, 내 마누라는 과부가 되어서 프로비던스로 가서 일을 해서 먹고살고, 이 사태에 관해서는 전혀 몰라도 그만이었을 겁니다. 몰라도 그만이었을 거라고요. 그런데 이젠 내가 살았으니, 내가 마누라한테 말을 전해야 하지 않습니까."

"아무 말도 안 해도 돼요. 잠깐 누워서 쉬는 게 좋겠습니다, 제이슨 올리."

디스코가 말했다.

어떤 사람이 불과 30초 사이에 하나밖에 없는 아들도 잃고, 여름 내내 일한 성과물도 잃고, 심지어 자신의 생계 수단마저도 잃었다면, 이에 대해 위로를 전하기는 무척이나 어려운 일이었다.

"모두 글로스터 사람들이었죠, 안 그렇습니까?"

톰 플랫은 어쩔 줄 몰라 보트의 밧줄 고리만 만지작거리며 물었다.

"아, 아무짝에도 상관없는 일입니다. 어차피 이번 가을에는 나도 이스트 글로스터에 가서 여름 휴양객들을 태우고 다니게 될 테니까."

제이슨이 자기 턱수염을 비틀어서 물을 짜내며 말했다. 그러고서는 무거운 걸음으로 난간에 다가가더니 노래를 불렀다.

행복한 새들이 노래하며 날아갑니다
당신의 제단 주위에서, 오, 높으신 주여!*

“저를 따라오십시오. 아래로 가십시다!”

펜은 마치 자기가 명령을 내릴 권한이라도 있는 것처럼 말했다. 두 사람의 눈이 서로 마주쳤고 15초쯤 눈싸움이 벌어졌다.

“당신이 누군지는 모르겠지만, 따라가 보겠습니다. 어쩌면 9,000달러 가운데 조금이라도…… 조금이라도 건질 수 있을지 모르니까요.”

제이슨이 복종이라도 하듯이 대답했다.

펜은 그를 데리고 뒷선실로 들어가더니 문을 닫았다.

“저건 펜이 아니야! 저건 제이컵 볼러야. 저 친구가 존스타운을 기억해 낸 거야! 산 사람의 얼굴에서 저런 눈빛은 한 번도 본 적이 없다니까. 이제 어떻게 하지? 이제 나는 어떻게 해야 하지?”

솔터스 삼촌이 외쳤다.

그들은 펜의 목소리와 제이슨의 목소리를 함께 들을 수 있었다. 그러다가 이번에는 펜의 목소리만 들렸다. 갑자기 솔터스가 모자를 벗었다. 펜이 기도를 드리는 중이었기 때

* H. F. 라이트의 찬송가 「천상의 궁전은 즐거워라」 가운데 일부

문이었다. 잠시 후에 덩치 작은 남자가 갑판으로 올라오더니, 굵은 땀방울이 맺힌 얼굴로 선원들을 바라보았다. 댄은 여전히 타륜 옆에서 울고 있었다.

솔터스가 신음했다.

"이 친구는 우리를 몰라. 또다시 맨 처음부터 시작해야 하는 거야. 체커며 모든 것을 다 말이야. 그나저나 이 친구가 나한테 도대체 무슨 말을 할까?"

펜이 말을 꺼냈다. 동료들은 그가 자기들을 처음 보는 사람으로 생각하고 말한다는 것을 알 수 있었다.

"제가 기도를 드렸습니다. 우리 같은 사람들은 기도를 믿으니까요. 저는 저분의 아들의 생명을 위해서 기도를 드렸습니다. 제 가족도 제가 보는 앞에서 물에 빠져 죽었습니다. 아내와 제 큰아이, 다른 아이들도요. 과연 사람이 창조주보다 더 현명하겠습니까? 저는 단 한 번도 그들의 생명을 위해서 기도하지 않았습니다만, 저분의 아들을 위해서는 기도를 드렸습니다. 그러니 저분은 아들을 되찾게 될 겁니다."

솔터스는 혹시 펜이 자기를 기억하는지 유심히 바라보았다.

"제가 도대체 얼마나 오랫동안 정신이 나가 있었던 거죠?"

펜이 갑작스레 물었다. 그의 입이 살짝 떨렸다.

솔터스가 입을 열었다.

"휴, 펜! 자네는 결코 정신이 나간 게 아니었어. 단지 약간 혼란스러웠을 뿐이야."

"주택이 교량에 충돌하고 나서 화재가 일어났던 건 저도 봤습니다. 하지만 그 이상은 기억이 안 나요. 그게 도대체 얼마나 오래전 일입니까?"

"난 도저히 못 견디겠어! 도저히 못 견디겠다고!"

댄이 외치자, 하비가 딱한 마음에 그를 달래 주었다.

"대략 5년 전쯤이지."

디스코가 떨리는 목소리로 답했다.

"그렇다면 그 기간 동안 제가 줄곧 누군가에게 큰 짐이 되어 왔겠군요. 저를 돌봐 주신 분은 누구십니까?"

디스코가 솔터스를 가리켰다.

"자네는 그렇지 않았어. 자네는 결코 짐이 아니었다고!"

바다의 농사꾼이 소리치며 자기 양손을 쥐어짰다.

"거듭 말하지만, 자네는 생활비 이상의 돈을 벌었어. 그리고 자네 몫으로 된 돈도 있다고, 펜. 게다가 이 어선의 지분 4분의 1 가운데 절반도 있어. 그것도 자네 몫이라고."

"당신은 좋은 사람이군요. 당신의 얼굴을 보면 알겠습니다. 하지만……."

"이런 세상에. 지금까지 내내 우리랑 함께 있었는데, 이제 와서 우리를 기억도 못 하다니! 저 친구는 완전히 마법에 걸렸었군."

롱 잭이 말했다.

그때 다른 스쿠너선의 종소리가 바로 옆으로 다가오더니, 안개 속에서 누군가의 목소리가 들려왔다.

"어이, 디스코! 혹시 '제니 쿠시먼'호 이야기 들었나?"

"그 사람의 아들을 찾아낸 겁니다. 모두 가만히 서서 주님의 구원을 목도합시다!"

펜이 외쳤다.

"제이슨은 우리 배에 올라와 있다네. 혹시…… 혹시 다른 사람은 못 찾았나?"

디스코의 목소리가 떨렸다.

"하나 찾기는 했다네. 그런데 배가 그 친구를 치고 지나가면서, 앞선실에서 부서져 나온 듯한 목재 더미에 그만 휘말려 버렸어. 그러다 보니 머리에 크게 상처가 났더구먼."

"그게 누군데?"

이 순간만큼은 위아히어호 선원들의 심장박동 소리가 서로의 귀에 다 들릴 정도였다.

"내가 보기에는 올리 청년 같네."

저쪽에서 대답했다.

펜은 양손을 들어 올리고 독일어로 뭐라고 중얼거렸다. 그 순간 하비는 그의 얼굴에서 밝은 태양이 빛나는 것을 본 것 같은 느낌이 확실히 들었다. 하지만 안개 속의 목소리가 다시 말했다.

"어어이! 어젯밤에만 해도 자네들은 우리를 상당히 놀려 먹었지."

"지금은 우리도 누구를 놀려 먹거나 할 생각이 전혀 없어."

디스코가 말했다.

"나도 알아. 하지만 솔직히 말하자면 우리는 좀…… 떠내려가고 있었다네. 그러다가 우연히 올리 청년과 마주친 거야."

알고 보니 지금 옆으로 다가온 스쿠너선은 저 못 말리는 '캐리 피트먼'호였다. 이에 위아히어호의 갑판 위에서는 어색한 웃음과 함성이 일었다.

"자네만 괜찮다면 그 양반을 우리 쪽으로 보내는 게 낫지 않겠나? 우리는 미끼랑 닻을 더 가지러 돌아가는 중이라네. 어쨌거나 자네는 그 양반을 원하지 않을 테고, 우리는 이 망할 놈의 닻감개 때문에 일손이 달리거든. 그 양반은 우리가 돌보겠네. 마침 그 양반 부인이 우리 마누라 쪽 이모이기도 하니까."

"필요한 게 있으면 우리 배에서 뭐든지 주겠네."

트루프가 말했다.

"아무것도 필요 없다네. 음, 그래도 혹시 괜찮다면 닻 하나쯤은 얻었으면 좋겠군. 어이! 올리 청년이 안색이 안 좋아. 경련을 일으키는군. 그 양반을 얼른 보내 주게."

절망에 빠져 멍하게 앉아 있던 제이슨을 펜이 깨웠다. 톰 플랫이 노를 저어서 저쪽 스쿠너선으로 데려다주자, 노인은 고맙다는 말조차 없이 떠나갔다. 하지만 앞으로 자기가 마주할 광경에 대해서는 전혀 모르고 있었다. 곧이어 안개가 모든 것을 뒤덮어 버렸다.

"그러면 이제……."

펜은 마치 설교라도 하려는 듯이 숨을 깊이 들이마셨다.

"그러면 이제……"

바로 그때 곧추세운 그의 몸이 마치 칼날이 칼집에 들어가 버린 것처럼 아래로 풀썩 무너져 버렸다. 빛나던 두 눈에서는 빛이 사라져 버렸다. 목소리 역시 평소처럼 딱하고 작게 중얼거리는 소리로 돌아와 있었다.

"그러면 이제…… 체커를 한판 두기에는 시간이 너무 이른가요, 솔터스 씨?"

펜실베이니아 프랫이 말했다.

"바로 그거야. 내가 지금 말하려던 게 그거라고. 펜, 도대체 자네는 사람 머릿속을 무슨 수로 그렇게 잘 들여다보는지 모르겠군."

솔터스가 반갑다는 듯 곧바로 외쳤다.

덩치 작은 남자는 얼굴을 붉히며 솔터스를 따라 앞쪽으로 갔다.

"닻을 올려! 어서! 이 정신 나간 해역에서 얼른 빠져나가야겠어."

디스코가 외쳤다. 선원들 역시 그 어느 때보다도 더 신속하게 명령에 복종했다.

"그나저나 선장님이 보시기에는 방금 전의 그게 도대체 무슨 의미였던 것 같아요?"

롱 잭이 물었다. 이들은 습하고, 물이 뚝뚝 흐르고, 심지어 당황한 상태에서도 다시 한 번 안개를 뚫고 나아가고 있었다.

타륜을 잡고 있던 디스코가 입을 열었다.

"내가 생각하는 바로는 이래. '제니 쿠시먼'호 일이 갑작스러운 충격으로 다가왔고……."

"시체가 떠내려가는 걸 펜이…… 아니, 우리가 봤어요."

하비가 울면서 말했다.

"말하자면 그 일이 그를 물 밖으로 꺼낸 거야. 갑자기 배를 몰아 육지로 돌진한 것처럼 말이야. 그를 번쩍 들어서 존스타운이며 제이컵 볼러며 기타 등등의 기억을 떠올리게 만든 거지. 내가 보기에는 말이야. 제이슨을 잘 위로하면서 그도 정신을 더 추스를 수 있었어. 비유하자면 배를 육지로 끌어 올린 것과 마찬가지지. 그러다가 몸이 허약하기 때문에, 그 버팀목이 밀리고 또 밀리다가 결국 주르륵 아래로 미끄러져서 다시 물속에 빠진 거야. 내가 느낀 바로는 그래."

일행은 디스코의 설명이 아주 정확하다고 판단했다.

롱 잭이 말했다.

"여차하면 솔터스가 완전히 무너져 버릴 뻔했어요. 만약 펜이 계속해서 제이컵 볼러로 남아 있었다면 말이에요. 펜이 지난 몇 년간 자기를 돌봐 준 사람이 누구냐고 물었을 때 솔터스 얼굴 보셨어요?"

마침 솔터스가 까치발로 선미로 걸어오고 있었다.

"어이, 펜은 어떻게 됐어, 솔터스?"

"잠들었어. 깊이 잠들어 버렸다고. 어린아이처럼 말이야. 저 친구가 깨어나기 전까지는 식사도 못 하겠군. 그나저나 저렇게 기도의 재능이 뛰어난 사람 본 적이 있어? 놀랍게도 올리 청년을 바다에서 찾아냈잖아. 나는 그랬다고 믿어. 제이슨은 자기 아들을 무척이나 자랑스러워했었지. 하지만 좀 전까지만 해도 나는 그야말로 헛된 우상을 섬기는 거나 다름없다고 생각했었어."

"다른 사람들도 그렇게 생각했었지."

디스코가 말했다.

"하지만 달랐어요. 어쨌든 펜은 솜씨가 아직 부족하고, 저는 어디까지나 그에 대한 제 의무를 다할 뿐이에요."

솔터스가 재빨리 대꾸했다.

그들은 고픈 배를 움켜쥐고 무려 세 시간이나 기다렸다. 그제야 펜이 온화한 얼굴과 텅 빈 정신으로 다시 나타났다. 그는 꿈을 꾼 것 같다고 했다. 그러더니 사람들이 왜 이렇게 조용한지 물었지만, 그들은 차마 그에게 말해 줄 수가 없었다.

이후 사나흘 동안 디스코는 우울할 틈이 없도록 선원들에게 가차 없이 일을 시켰다. 밖에 나갈 수가 없을 때에는 모조리 선창에 몰아넣고 짐이 차지하는 공간을 더 줄이도록, 즉 물고기 넣을 공간을 더 만들도록 했다. 꽉꽉 눌러 담은 생선은 뒷선실 격벽부터 앞선실 스토브 뒤의 미닫이문까지 잔뜩 들어찼고, 디스코는 스쿠너선 한 대에 최대한 많은 물고기를 실을 수 있도록 짐을 쌓는 대단한 기술이 있음을 확실히 입증했다. 이렇게 계속 정신없이 지낸 끝에 선원들은 평소와 같은 사기를 회복했다. 그 와중에 하비는 롱잭한테 밧줄 회초리로 따끔하게 매를 맞았다. 골웨이 사람의 말을 빌리자면 "딱히 해결할 방법도 없는 일로 아픈 고양이처럼 시무룩하다"는 것이 이유였다. 그래도 하비는 그 힘든 나날에도 상당히 많은 생각을 했고, 자기 생각을 댄에게 말해 주었다. 댄도 그의 의견에 동의했다. 심지어 이제는 파이를 슬쩍하는 대신에 정식으로 달라고 주방장에게 부탁하기에 이르렀다.

하지만 일주일 뒤에 두 소년은 자칫 '해티 S.' 호를 전복시킬 뻔한 위기에 직면했다. 막대기에 붙들어 맨 낡은 총검으로 무모하게 상어를 찌르려고 했기 때문이었다. 그 지긋지

긋한 짐승은 보트를 따라다니면서 작은 물고기를 구걸했는데, 결과적으로는 그 셋 모두가 멀쩡히 살아서 돌아갔다는 것이 모두에게는 다행이었다.

안개 속을 한동안 헤매던 끝에, 어느 날 아침이었다. 디스코가 앞선실을 내려다보며 이렇게 외쳤다.

"서둘러, 모두! 어장 마을에 도착했다!"

제8장

CAPTAINS COURAGEOUS

삶의 마지막 순간까지 하비는 그 광경을 결코 잊지 못할 것이다. 수평선 위로는 일행이 일주일 가까이 못 보았던 해가 막 떠올랐고, 그 낮고 붉은 빛이 어선들의 정박돛에 반사되어 반짝거렸다. 스쿠너선들로 이루어진 어선단은 북쪽과 서쪽, 남쪽 세 군데로 나뉘어서 닻을 내리고 있었다. 100척에 달하는 어선들이 모이다 보니 상상할 수 있는 갖가지 외관과 구조가 다 있었다. 저 멀리에는 가로돛을 단 프랑스인의 배가 보였다. 모두가 서로를 향해 고개를 꾸벅이고 인사를 건네었다. 각 어선마다 여러 척의 보트를 내보내는 모습이 마치 북적이는 벌집에서 꿀벌들이 퍼져 나오는 모습 같았다. 수많은 소란스러운 목소리며, 밧줄과 도르래가 덜그럭거리는 소리, 노가 움직이며 첨벙거리는 소리가 들썩이는 바닷물 너머 몇 킬로미터 바깥에서도 들릴 지경이었다. 해가 점점 높아지면서 돛의 색깔도 검은색에서 진줏빛 회색으로, 그리고 흰색으로 다채롭게 변했다. 점점 더 많은 배들이 남쪽으로 깔려 있는 안개를 뚫고 나타났다.

보트들은 떼를 지어 모였다가 뿔뿔이 흩어졌다가, 다시 합쳐졌다가 다시 떨어졌다가 하면서, 모두 한 방향을 향했다. 어부들이 소리를 지르고 휘파람을 불고 야유를 보내고 노래를 부르는 동안, 바닷물에는 여기저기서 내버린 쓰레기들이 점점이 흩어졌다.

"진짜 마을이네요. 선장님 말씀이 맞아요. 이건 진짜 마을이에요!"

하비가 말했다.

"나는 이보다 더 작은 마을도 봤지. 지금 여기 있는 사람은 1,000명쯤 될 거야. 그리고 저 너머에 있는 게 버진 암초고."

디스코는 초록색 바다에서 텅 빈 공간을 손으로 가리켰다. 그 주위에는 보트가 전혀 없었다.

위아히어호는 북쪽에 모인 배들 주위를 지나갔다. 디스코는 여러 친구들에게 손을 흔들었고, 이들은 시즌 막바지에 이른 경주용 요트처럼 깔끔하게 닻을 내렸다. 그랜드뱅크스의 어선단은 침묵을 지킴으로써 훌륭한 뱃사람의 품위를 지켰다. 하지만 솜씨가 서투른 사람은 어디에서나 조롱을 당했다.

"빙어 때에 딱 맞춰서 왔구먼."

'메리 칠턴' 호에서 외쳤다.

"소금은 거의 다 적셨나?"

'킹 필립' 호에서 물었다.

"어이, 톰 플랫! 오늘 밤에 식사하러 올 텐가?"

'헨리 클레이' 호에서 말했다.

이런 식으로 갖가지 질문과 대답이 오갔다. 여기 모인 사람들은 이전에도 만난 적이 있고, 보트 낚시를 할 때는 안개마저 끼었기 때문에, 그랜드뱅크스의 어선단만큼 잡담하기 좋은 곳도 또 없었다. 이들은 하비를 건져 올린 사건에 관해서도 벌써 다 아는 것 같았고, 지금쯤 그가 소금 값을 하는지 궁금해했다. 젊은 사람들은 역시나 말주변이 좋은 댄과 함께 농담을 주고받았으며, 자기들은 별로 안 좋아하지만 어장 마을에서 으레 불리는 별명들을 들먹이며 서로의 건강을 물었다. 마누엘의 고향 사람들도 그에게 자기네 말로 남들은 알아듣지 못할 말을 지껄였다. 심지어 평소에는 과묵했던 주방장조차도 지브돛 활대에 올라타서 자기와 같은 흑인 친구에게 게일어로 뭐라고 소리를 질렀다. 위아히어호에서도 닻줄에 부표를 매단 보트를 내려서(버진 암초 근처의 밑바닥은 온통 바위투성이여서, 자칫했다가는 닻줄이 끊어져서 떠내려가기 십상이었기 때문이다.) 이미 1.5킬로미터에 걸쳐 닻을 내리고 있는 다른 보트들에 합류했다. 스쿠너선들은 안전한 거리에서 흔들거리고 있었는데, 그 모습만 보면 마치 어미 오리들이 제 새끼들을 가까이서 지켜보고 있는 듯했다. 그리고 보트들은 말 그대로 버릇없는 오리 새끼들처럼 굴었다.

하비 역시 일행과 함께 보트끼리 서로 부딪쳐 가면서 혼란 속으로 비집고 들어갔다. 사람들은 하비의 노 젓는 솜씨에 관해 이런저런 논평들을 퍼부어 댔고, 그 때문에 귀가 따가울 지경이었다. 래브라도에서부터 롱아일랜드에 이르는 온갖 지역의 방언이며, 포르투갈어, 나폴리 방언, 지중해 공용어, 프랑스어, 게일어, 심지어 노랫소리와 고함, 처음 듣는 욕설까지 주위에서 요란하게 울려 퍼졌다. 하비는 졸지에 그 모든 말의 표적이 된 것 같은 기분이 들었다. 휘청거리는 작은 보트에서 오르락내리락하는 수십 개의 거친 얼굴들 사이에서 하비는 난생처음으로 수줍음을 느꼈다. 어쩌면 위아히어호의 선원들과 너무 오랫동안 지낸 탓에 그런지도 몰랐다. 골부터 마루까지의 경사면 길이가 600미터나 되는 부드럽고 숨 쉬는 듯한 너울이 다양한 색깔로 칠해진 보트들의 대열을 조용히 위로 밀어 올렸다. 이들이 순간적으로 공중에 매달린 채 수평선 위에 멋진 장식을 이루자, 그걸 본 사람들이 손가락질을 하며 환호성을 질렀다. 다음 순간, 벌린 입들이며 흔드는 팔들이며 벗은 웃통들은 순식간에 사라지고, 또 한 번의 너울이 마치 장난감 극장의 종이 인형처럼 완전히 새로운 등장인물을 데리고 찾아왔다. 하비는 잠시 그 모습을 멍하니 지켜보았다. 그러자 댄이 손잡이 달린 작은 그물을 휘두르면서 소리쳤다.

"조심해! 내가 그물을 담그라고 하면 그때 네가 담그는 거야. 빙어 떼가 언제라도 모여들 수 있으니까. 그나저나 우리 어디에 있어야 해요, 톰 플랫?"

톰 플랫 제독께서는 여기서는 옛 친구와 인사를 나누고 저기서는 옛 원수에게 으름장을 놓으면서 열심히 움직이고 있었다. 그는 밀고 떠밀고 당기면서 자기가 맡은 작은 보트 선단을 이끌고 사람들이 많이 모인 곳에서 제법 떨어진 바람 불어 가는 쪽으로 갔다. 그 모습을 보고 서너 사람이 곧바로 자기네 닻을 끌어 올렸다. 약삭빠르게도 위아히어호의 선원들 사이에 끼어들 속셈이었다. 하지만 그때 보트 하나가 갑자기 빠른 속도로 제자리에서 확 튀어 나가면서 타고 있던 선원이 닻줄을 정신없이 잡아당겼다. 그러자 사방에서 요란한 웃음이 터져 나왔다.

"밧줄을 느슨하게 하라고! 그놈을 흔들어서 빼 버리라니까."

스무 명쯤이 소리를 질렀다.

"어떻게 된 거야? 닻을 내렸잖아, 안 그래?"

남쪽으로 쏜살같이 달려가는 보트를 보고 하비가 물었다.

댄이 웃으면서 말했다.

"닻을 내리기는 했지, 물론. 하지만 단단히 걸리지는 않은 거야. 그러다 보니 아래로 지나가던 고래한테 닻줄이 걸린 거지……. 어서 담가, 하비! 빙어 떼가 온다!"

주위의 바다가 구름 낀 것처럼 어두워지더니, 작은 은색 물고기의 소나기가 수면으로 튀어 올랐다. 곧이어 대구 떼도 무려 2만 제곱미터의 공간 위로 마치 5월의 숭어 떼처럼 뛰어오르기 시작했다. 대구를 뒤쫓아 온 커다란 물고기 서너 마리도 넓은 회색 등짝을 드러내며 수면에 온통 거품을 일으켰다.

그러자 모두가 소리를 질렀다. 한쪽에서는 고기 떼에게 다가가려고 자기 닻을 끌어 올리다가 옆에 있는 보트의 닻줄과 뒤얽히는 바람에 마음속에 있는 말을 그대로 내뱉었고, 다른 한쪽에서는 손잡이 달린 그물을 열심히 물에 집어넣으며 동료들에게 큰 소리로 조심하라고 외쳤다. 바닷물은 갓 뚜껑을 딴 탄산수처럼 부글거렸고, 대구와 인간과 고래가 한꺼번에 운도 지지리 없는 미끼들을 향해 뛰어들었다. 하비는 댄의 그물 손잡이에 부딪쳐서 하마터면 넘어질 뻔했다. 하지만 그 모든 요란한 소동 속에서도 그는 한 가지 광경을 똑똑히 보았고, 그 광경을 평생 잊을 수가 없었다. 수면과 거의 수평을 이루며 헤엄치던 고래의 장난스럽고 작은 눈이 그를 향해 마치 윙크를 하는 듯 보였던 것이다. 그 눈은 마치 서커스에서 본 코끼리의 눈과도 비슷했다. 이날 저 무모한 바다의 사냥꾼에게 닻줄이 걸려서 속절

없이 끌려간 보트가 무려 세 척이나 되었는데, 이들은 수백 미터나 끌려간 뒤에야 고래가 닻줄을 풀어 버려서 간신히 예인될 수 있었다.

그러다가 또다시 빙어 떼가 움직였고, 불과 5분 뒤에는 뱃전에 부딪치는 낚시추의 첨벙거리는 소리와 펄떡거리는 대구 소리, 머클로 대구를 때려서 기절시키는 퍽퍽 소리를 제외하면 아무 소리도 들리지 않았다. 이것이야말로 정말 멋진 고기잡이였다. 하비는 번쩍이는 대구가 저 밑에서 떼지어 천천히 헤엄치고, 헤엄치는 것만큼 꾸준히 입질하는 것을 볼 수 있었다. 그랜드뱅크스의 규칙에 따르면, 보트가 버진 암초 쪽이나 이스턴 여울에 있을 경우에는 낚싯줄 하나당 낚싯바늘을 하나 이상 달 수 없게 되어 있었다. 하지만 보트들이 너무 가까이 붙어 있다 보니, 낚싯바늘이 하나뿐이어도 서로 뒤엉키기 일쑤였다. 급기야 하비도 이쪽으로는 온화한 털북숭이 뉴펀들랜드섬 사람과 말다툼을 하고, 저쪽으로는 소리소리 지르는 포르투갈 사람과 말다툼을 하고 있었다.

낚싯줄이 뒤엉키는 것보다 더 나쁜 일은 물속에서 보트의 닻줄이 서로 뒤엉키는 것이었다. 모두가 각자 마음에 드는 자리에 닻을 내렸고, 그렇게 자리를 잡은 상태에서 주위를 떠다니거나 노를 저어 다녔다. 물고기가 뜸하게 잡히면, 모두 닻줄을 끌어 올리고 더 나은 장소로 옮겨 가려 했다.

하지만 그때마다 세 명 가운데 한 명 꼴로 너덧 명의 이웃들과 닻줄이 엉켜 있음을 발견하곤 했다. 다른 사람의 닻줄을 잘라 버리는 일이야말로 그랜드뱅크스에서는 무지막지하게 큰 범죄였다. 하지만 그런 일은 하루에도 서너 번씩은 일어났는데, 다만 눈에 띄지 않게 일어날 뿐이었다. 톰 플랫은 메인주 출신의 한 남자가 이런 부정을 저지르는 것을 현장에서 목격하고는 노를 휘둘러 때려서 뱃전 너머로 나가떨어지게 만들었고, 마누엘 역시 자기 고향 사람 한 명에게 똑같은 처벌을 가했다. 하지만 하비의 닻줄은 결국 잘려 나갔으며, 펜의 닻줄도 마찬가지여서, 두 사람은 직접 고기잡이를 하는 대신 운반책 노릇을 맡아서 다른 동료들의 보트에 가득 찬 물고기를 각자의 보트에 실어 위아히어호로 가져갔다. 빙어 떼는 해 질 녘에 다시 한 번 나타났고, 앞서와 같은 떠들썩한 소동이 반복되었다. 어스름이 깔리자 이들은 어선으로 돌아와서, 나무통 가장자리에 켜 놓은 등유 램프의 불빛에 의존해 생선을 손질했다.

생선 더미가 어마어마하게 많았기 때문에, 급기야는 생선을 손질하면서 꾸벅꾸벅 졸기까지 했다. 다음 날은 보트 몇 척이 버진 암초의 꼭대기 바로 위에서 낚시를 했다. 하비 역시 그들과 함께하면서, 수면에서 5미터도 안 되는 곳에 있는 외로운 암초에 돋아난 해초를 내려다보았다. 그곳에는 마치 가죽처럼 질겨 보이는 해초 위를 대구들이 떼 지어 엄숙하게 행진하고 있었다. 그놈들은 입질을 할 때에도 다 같이 했고, 안 할 때에도 다 같이 안 했다. 정오에는 한가한 시간이 생겨서 보트들은 뭔가 재밋거리를 찾기 시작했다. 바로 그때 댄이 막 도착한 '호프 오브 프라하' 호를 발견했다. 거기서 내린 보트들이 무리에 끼어들자 여기저기서 질문이 쏟아졌다.

"여기 어선단에서 가장 비열한 인간은 누구지?"

300명의 목소리가 신이 나서 대답했다.

"닉 브래디!"

이들의 대답은 마치 찬송가를 연주하는 오르간처럼 울려 퍼졌다.

"램프 심지를 훔친 인간은 누구지?"

이번에는 댄이 물었다.

"닉 브래디!"

다시 보트들이 합창했다.

"소금에 절인 미끼를 끓여서 수프를 만든 인간은 누구지?"

이번에는 400미터쯤 떨어진 곳에서 누군지 알 수 없는 고발자가 말했다.

또다시 쾌활한 합창이 터져 나왔다. 이제 브래디는 단순히 비열한 인간일 뿐만 아니라, 심지어 비열한 인간이라는 '평판'까지도 얻게 되었으며, 어선단은 이 기회를 최대한 활용했다. 곧이어 이들은 트루로에서 온 배에 탄 한 남자가 6년 전에 그랜드뱅크스의 여울에서 낚싯바늘을 무려 대여섯 개나 매단 닻을 사용했다가 적발되었던 장본인이라는 사실을 알아냈다. 그 닻은 일명 '쑤셔넣개'라고 불렸고, 자연스레 그는 '쑤셔넣개 짐'이라는 별명을 얻게 되었다. 이후 그는 한동안 이 근방의 어장에서 모습을 감추었지만, 그 사이에도 자신의 악명이 온전히 자신을 기다리고 있었음을 비로소 깨달았다. 어부들이 폭죽을 터뜨리듯 그의 이름을 합창했던 것이다.

"짐! 오오, 짐! 짐! 오오, 짐! 쑤쑤쑤셔넣개 짐!"

모두가 이 노래를 재미있어했다. 시인 기질이 있는 비벌리 사람 하나는 아예 자기가 만든 노래를 불러 댔다. 온종일 걸려서 만들어 놓고, 벌써 몇 주째 사람들에게 이야기하던 노래였다.

"저 '캐리 피트먼' 호의 닻은 배를 한 푼어치도 붙잡아 주지 못했다네."

순간 보트들은 자기들이야말로 정말 운이 좋았음을 깨달았다. 곧이어 거기 모인 사람들은 그 비벌리 사람이 오히려 한 수 아래임을 입증이라도 하듯이 저마다 실력을 발휘했다. 제아무리 시인이라 하더라도 항상 최고일 수만은 없는 법이었다. 모든 스쿠너선의 거의 모든 사람들이 저마다 한 차례씩 실력을 뽐냈다. 혹시 덜렁대거나 지저분한 주방장이 있나? 그러면 보트들은 그에 관해서, 그리고 그의 요리에 관해서 노래했다. 혹시 선원들을 형편없이 대우하는 스쿠너선이 있나? 그러면 어선단은 그 사정을 낱낱이 듣게 되었다. 동료의 담배를 슬쩍한 사람이 있나? 그러면 어선들에서 그의 이름이 터져 나왔고, 그 이름은 사방팔방으로 퍼져 나갔다. 디스코의 정확한 판단력이며, 롱 잭이 벌써 몇 년 전에 팔아 버린 수송선이며, 댄이 좋아하는 여자아이며(아, 물론 댄은 펄펄 뛰며 화를 냈다!), 펜이 보트 닻줄 때문에 겪은 불운이며, 솔터스의 퇴비에 대한 견해며, 마누엘이 육지에서 저지른 어쭙잖은 잘못이며, 여자아이처럼 노 젓는 하비의 모습에 이르기까지, 이 모든 이야기들이 대중 앞에 공개되었다. 곧이어 태양 아래 안개가 은색 천이 되어서 이들 주위를 감싸자, 사람들의 목소리는 마치 눈에 보이지 않는 재판관들이 판결을 내리는 것처럼 신비스럽게 들렸다.

보트들이 여기저기 떠다니며 고기를 잡고 말다툼을 하는 사이, 갑자기 바다에서 큰 너울이 일어났다. 그러자 보트들은 간격을 더 넓혀서 양옆의 공간을 넉넉히 확보했다. 만약 너울이 계속 일면 버진 암초가 수면으로 튀어나올 거라고 경고하는 사람도 있었다. 그런데도 무모한 골웨이 사람 하나는 이런 경고를 무시하고 자기 조카와 함께 대뜸 닻을 끌어 올리고는 바로 그 암초를 향해 노를 저어 갔다. 여러 사람들이 그에게 돌아오라고 외쳤지만, 다른 사람들은 굳이 멈춰 서라고 말리지도 않았다. 매끈한 너울이 남쪽으로 지나가자 문제의 보트는 안개 속에서 점점 더 높아지더니, 결국 무시무시하게 물을 빨아들이며 잔물결을 일으키는 수면으로 뚝 떨어지고 말았다. 급기야 보트는 숨은 암초에서 겨우 50센티미터쯤 떨어진 곳에서 닻에 매달려 빙빙 돌게 되었다. 그야말로 단순히 허세 때문에 목숨을 놓고 장난을 치는 셈이었다. 다른 보트들이 불편한 침묵 속에서 그 모습을 가만히 지켜보고 있을 때, 롱 잭이 용감하게도 자기 동포들 뒤로 노를 저어 가서 조용히 닻줄을 잘라 주었다.

"파도 부딪치는 소리 안 들려? 그 하찮은 목숨이나마 건지고 싶으면 노를 저어! 노를 저으라고!"

롱 잭이 외쳤다.

닻줄이 잘린 쪽에서는 보트가 떠내려가는 상황에서도 입씨름을 하려고 들었다. 그때 다음번 너울이 마치 카펫 위에서 발을 헛디딘 사람처럼 약간 주춤하며 밀려왔다. 그러고는 깊은 울음소리와 으르렁대는 소리가 점점 커지더니, 거품 이는 8,000제곱미터의 면적에다 바닷물을 뿜어내면서 버진 암초가 여울 바다 위로 하얗고 격노하고 핼쑥한 모습을 드러냈다. 그러자 모든 보트에서 롱 잭을 향해 박수갈채를 보냈고, 골웨이 사람 두 명은 입을 굳게 다물었다.

"진짜 멋지지 않아?"

댄은 마치 보금자리에 있는 새끼 물개처럼 까불거리며

말했다.

"저 암초는 이제 30분 정도에 한 번씩은 저렇게 모습을 드러낼 거야. 너울에 완전히 파묻히지 않으면 말이야. 저게 보통 몇 분마다 나타나죠, 톰 플랫?"

"15분마다 한 번씩이야. 그래 봤자 잠깐이지만. 하비, 너는 지금 그랜드뱅크스에서 가장 대단한 걸 본 거다. 롱 잭이 아니었다면 죽은 사람을 몇 명 더 보게 되었을 테니까."

그때 안개가 더 짙게 깔린 곳에서 웃고 떠드는 소리가 들려오더니, 스쿠너선들이 각자 종을 치기 시작했다. 커다란 바크선 한 대가 안개 속에서 조심스레 모습을 드러내자, "어서 와라, 예쁜아!" 하는 고함과 외침이 아일랜드 사람들 쪽에서 들려왔다.

"또 프랑스 사람 배야?"

하비가 물었다.

"네 눈은 뒀다 뭐 하게? 저건 볼티모어 배야. 겁이 나서 덜덜 떨면서 들어오네. 우리가 저 배를 찍 소리 못 하게 놀려 줄 거거든. 아마 저 배의 선장도 이런 식으로 우리 어선단과 만나는 건 처음일걸."

댄이 말했다.

그 배는 800톤짜리 커다란 검은색 선박이었다. 큰돛은 말아 올린 상태였지만, 삼각돛은 마치 우물쭈물 망설이는 것처럼 가벼운 바람을 따라 펄럭이고 있었다. 이제 바크선은 바다의 다른 모든 딸들보다도 여성스러운 모습으로 들어왔다. 이 키 크고 머뭇거리는 피조물과 그의 하얗고 반짝이는 뱃머리 장식만 놓고 보면, 마치 당황한 젊은 여성이 치맛자락을 반쯤 들어 올린 채로 꼬마 악동들의 놀림을 받으며 진흙투성이 거리를 지나가는 모습과도 비슷했다. 그 배의 지금 상황이 딱 그러했다. 바크선에 탄 사람들은 지금 자기들이 버진 암초 인근 어디엔가 와 있음은 알았고, 으르렁대는 암초의 소리도 들었기에, 지금 자기들이 가는 방향을 물어보았다. 하지만 춤추는 보트들로부터 돌아온 답변은 이런 것들뿐이었다.

"버진 암초? 도대체 무슨 소리야? 지금 여기는 일요일 오전의 르하브라고. 얼른 집에 가서 정신이나 차려."

"집에나 가시지, 거북이 녀석아! 집에 가서 모두에게 전해. 우리가 금방 따라갈 거라고."

대여섯 명의 목소리가 다채로운 화음을 이루면서 떠드는 동안, 그 배의 선미는 흔들리고 거품을 내면서 너울과 너울 사이로 떨어져 버렸다.

"그렇지! 떨어진다!"

"키를 돌려! 살고 싶으면 키를 돌리라고! 지금 큰 물결 위에 있단 말이야."

"키를 놔! 키를 놓으라고! 전부 다 놔 버려!"

"어서 펌프질을 해!"

"지브돛을 내리고 장대로 배를 밀라고!"

가벼운 물결에도 마치 풍랑을 만난 것처럼 과장해 퍼붓는 조롱에 그 배의 선장도 결국 화가 치밀었는지 거친 말을 내뱉었다. 그러자 주위의 보트들은 즉각 고기잡이를 멈추더니 그 배를 향해 갖가지 말들을 퍼부어 댔다. 그 선장은 그 자리에서 자기 배와 다음번 들를 항구에 대해 여러 가지 기상천외한 악담을 듣게 되었다. 사람들은 그에게 혹시 보험은 들어 놓았느냐고 물었다. 저 닻은 분명 '캐리 피트먼' 호 것인데 어디서 훔친 거냐고 물었다. 그의 배를 평저선이라고 부르면서, 쓰레기를 물에 쏟아 넣어서 물고기가 놀라 도망가게 한다고 비난했다. 그의 배를 자기들이 육지까지 끌어다 주고, 비용은 그의 아내에게 청구하겠다고 말했다. 한 뻔뻔한 청년은 툭 튀어나온 선미 아래까지 다가가서 손바닥으로 배를 탕탕 치면서 외쳤다.

"비키라고, 이 사람아!"

그러자 그 배의 주방장은 프라이팬 하나 가득 담긴 재를 뿌려 보복했고, 청년도 대구 머리를 던져서 응수했다. 바크선의 선원들이 주방에서 꺼낸 작은 석탄 덩어리를 던지자, 보트들도 여차하면 그 배에 올라타서 갑판을 뜯어내 버리겠다고 위협했다. 물론 그 배가 정말로 위험한 상황이었다면 어부들도 곧바로 경고를 해 주었을 것이다. 하지만 그 배는 버진 암초에서 제법 멀리 떨어져 있었기에, 어부들도 이 기회를 최대한 이용해 장난을 쳤던 것이다. 그때 바람 불어오는 쪽으로 수백 미터쯤 떨어진 곳에서 바위가 또다시 소리를 냈고, 결국 홍이 깨져 버렸다. 그러자 괴롭힘을 당하던 바크선도 암초의 위치를 확인한 다음 돛을 모두 펼치고 그곳을 떠나 가던 길을 재촉했다. 하지만 보트들은 자기네들이 승리를 거두었다고 생각했다.

그날 밤 내내 버진 암초는 귀에 거슬리는 소리로 울어 댔다. 다음 날 아침에는 하얗게 거품이 이는 성난 바다 위로 울음소리가 울려 퍼졌다. 하비가 살펴보니, 어선단은 하나같이 돛을 돛대에 감아올린 채로 다른 누군가가 총대를 메기를 기다리고 있었다. 그러다가 10시가 되자 '데이즈 아이'호의 두 제럴드가 폭풍이 그쳤다고 넘겨짚고 먼저 나섰다. 그러자 불과 1분도 안 되어서 전체 보트 가운데 절반쯤이 따라 나와 높은 너울 속에서 위아래로 오르내렸다. 하지만 트루프는 위아히어호의 선원 모두에게 따라 나가지 말고 생선 손질만 하라고 지시했다. 저런 '무모함'을 발휘해 봤자 아무 의미도 없다고 생각했기 때문이다. 그날 저녁 폭풍이 점점 더 강해지자, 강풍 속에서 피할 곳을 찾던 흠뻑 젖은 손님들이 위아히어호에 오르기도 했다. 두 소년은 랜턴을 들고 도르래 옆에 서 있었고, 어른들은 보트를 끌어 올릴 준비를 하고 있었다. 그러면서도 한쪽 눈으로는 계속 거센 파도를 주시하고 있었다. 자칫하면 저 파도 때문에 모든 것을 내버리고 목숨만 간신히 건져서 도망쳐야 할 수도 있었기 때문이다. 때때로 어둠 속에서 "보트, 보트!" 하는 외침이 들려왔다. 그러면 선원들은 보트에 갈고리를 걸어서 흠뻑 젖은 어부와 반쯤 가라앉은 보트를 끌어 올렸다. 급기야 위아히어호의 갑판에 보트가 가득 찼고, 침상도 손님들로 가득 차게 되었다. 하비와 댄은 불침번을 서는 동안 다섯 번이나 아래활대에 묶여 있는 앞돛 쪽으로 달려가야 했다. 두 팔과 두 다리와 이까지 동원해서 밧줄과 가로대에 매달려야만 갑판을 쓸고 지나가는 큰 파도에 버틸 수 있었기 때문이다. 바다에 나갔던 보트 한 척은 산산조각 났고, 거기 타고 있던 사람은 파도에 휩쓸려 머리부터 갑판에 떨어지면서 이마가 깨지고 말았다. 새벽에는 폭풍 치는 바다가 차가운 물결마다 흰색으로 번뜩이는 가운데, 또 한 남자가 파랗고 핼쑥하게 질린 모습으로 한쪽 손이 부러진 채 기어 올라와서 자기 형제의 소식을 물어보았다. 급기야 아침에는 위아히어호의 선원들 외에도 일곱 명의 군식구가 더 식탁에 앉게 되었다. 스웨덴 사람 하나, 채텀의 선장 하나, 메인주 핸콕에서 온 소년 하나, 덕스베리 사람 하나, 프로빈스타운 사람 셋이었다.

다음 날이 되어서야 어선단 사이에서 전체적인 인원 정리가 이루어졌다. 비록 아무도 입 밖으로 내지는 않았지만, 어선마다 선원 전원이 돌아왔다는 보고를 받을 때마다 모두 한결 나은 입맛으로 식사를 했다. 포르투갈인 두 명과 글로스터에서 온 노인 하나만 물에 빠져 죽었고, 다른 여러 사람은 베이거나 멍든 상처만 입었을 뿐이었다. 스쿠너선 두 척은 닻줄이 끊어지면서 바람에 떠밀려 남쪽으로 사흘 돛길이나 떠내려갔다. 프랑스 국적 어선에서도 선원 한 명이 죽었다. 얼마 전에 위아히어호와 담배를 물물교환했던 바로 그 바크선이었다. 어느 습하고 안개 낀 아침, 그 배는 돛을 모두 올린 상태로 조용히 어선단을 빠져나가 깊은 물로 이동했다. 하비는 디스코의 쌍안경을 빌려서 장례식을 지켜보았다. 길쭉한 꾸러미를 배 너머로 떨어뜨리는 것뿐이었다. 일반적인 장례식의 형식은 전혀 갖추지 않았지만, 그날 밤에 닻을 내린 상태에서 하비는 별이 점점이 흩어진 검은 물 저편에서 마치 찬송가를 부르는 듯한 소리를 들을 수 있었다. 아주 느린 곡조였다.

범선 한 척이
빙그르 돌아서
아래로 기우네
나를 데려가려고

오, 성모마리아님,
저를 위해 중재하소서

잘 있어라, 조국아
잘 있어라, 퀘벡아*

톰 플랫은 문상차 그 배에 다녀왔는데, 고인 역시 프리메이슨으로 자기의 형제나 다름없기 때문이라고 했다. 알고 보니 그 불쌍한 사람은 파도에 떠밀려 기움돛대 아래쪽에 부딪히면서 척추가 부러졌다. 이 소식은 전광석화처럼 퍼져 나갔는데, 왜냐하면 일반적인 관습과 달리 저 프랑스 어선에서는 고인의 물품을 곧바로 경매에 부쳤기 때문이었다. 고인은 생말로나 미클롱 어디에도 지인이 없다고 했다. 붉은색 털모자부터 뒤쪽에 칼과 칼집이 달린 가죽 허리띠에 이르기까지, 경매 물품은 모두 뒷선실 지붕에 늘어놓고 전시되었다. 마침 '해티 S.'호를 타고 20패덤의 물에 나가 있던 댄과 하비도 자연스레 노를 저어서 사람들 사이에 끼어들었다. 이 파격 할인 행사를 구경하며 잠시 머무는 동안 댄은 독특한 놋쇠 손잡이가 달린 단도를 샀다. 그 배에서 나와 부슬부슬 내리는 비와 바다의 잔물결을 헤치며 나아가는 동안, 두 소년은 오늘 고기잡이를 등한시했다는 이유로 혼날지도 모른다는 생각이 들었다.

* 프랑스 시인 카시미르 들라비뉴(1793~1843)의 시를 토대로 만든 노래이다. 원문은 프랑스어로 실려 있다.

"지금이라도 좀 잡아 두는 게 좋겠어."

댄이 방수복 입은 몸을 부르르 떨면서 말했다. 그래서 두 소년은 보통 때처럼 아무런 경고도 없이 갑자기 주위를 에워싼 안개 한가운데로 노를 저어 갔다.

"이 근처는 망할 물살이 너무 세기 때문에 내 본능을 믿을 수밖에 없어. 닻을 내려, 하비. 안개가 걷힐 때까지 잠깐 여기서 낚시를 하자. 가장 큰 추를 달도록 해. 이렇게 빠른 물살에서는 1.3킬로그램짜리도 아무것도 아닐 거야. 닻줄이 벌써 얼마나 팽팽해졌는지 좀 봐."

보트의 뱃머리에는 거품도 약간 일었는데, 믿을 수 없이 센 그랜드뱅크스의 물살이 닻줄로부터 보트를 있는 힘껏 끌어당기기 때문이었다. 사방 몇 미터 밖으로는 아무것도 보이지 않았다. 하비는 능숙한 어부 같은 몸짓으로 옷깃을 세우고 얼레를 단단히 붙들었다. 이제는 안개에 휩싸여도 특별히 두려운 생각은 들지 않았다. 두 소년은 한동안 아무 말 없이 낚시를 했고, 대구도 상당히 많이 잡았다. 그러다가 댄이 아까 산 칼집 달린 단도를 꺼내서 난간에다가 칼날을 시험해 보았다.

"진짜 멋진데. 어떻게 그렇게 싸게 살 수 있었을까?"

하비가 말했다.

"이게 다 저 망할 놈의 가톨릭교 미신 때문이지."

댄이 반짝이는 칼날을 난간에 찌르며 말했다.

"저 사람들은 죽은 사람이 갖고 있던 쇠붙이를 가져가는 걸 좋아하지 않거든. 아까 내가 입찰하니까 아리샤에서 온 프랑스 사람이 한 걸음 물러나는 거 봤지?"

"하지만 경매는 죽은 사람의 물건을 그냥 가져가는 게 아니잖아. 그건 어디까지나 장사라고."

"물론 우리야 그게 아니라는 걸 잘 알지. 하지만 미신의 이빨 앞에서는 아무 소용 없다니까. 이거야말로 진보적인 나라에 살아서 얻는 이득 가운데 하나지."

그러고서 댄은 휘파람을 불기 시작했다.

오, 대처섬 쌍둥이 등대야, 어떻게 지내니?
이제 이스턴 포인트가 시야에 들어오고,
소녀들과 소년들을 우린 곧 보겠지
케이프앤에 닻을 내리고!*

"그런데 그 이스트포트 사람은 왜 입찰을 하지 않았을까? 그 사람도 장화는 샀잖아. 메인주도 별로 진보적이지는 않은 건가?"

"메인주? 흥! 그 사람들은 별로 아는 게 없어서 그런지, 돈이 충분하지 않아서 그런지는 몰라도, 메인주에 있는 자

* 뉴잉글랜드 어부의 노래이다.

기 집에 페인트칠도 안 하던걸. 그 이스트포트 사람이 나한테 한마디 하더라고. 이건 피를 본 칼이라고 말이야. 프랑스 배의 선장이 자기한테 그러더래. 작년에 프랑스 해안에서 제대로 한번 피를 봤다고."

"그러니까 사람을 찔렀다는 뜻이지? 그나저나 머클 좀 줘 봐."

하비는 자기가 낚은 물고기를 끌어 올린 다음, 미끼를 새로 끼워서 낚시를 다시 던졌다.

"사람을 죽였다니까! 당연히 그 이야기를 듣자마자 나는 이걸 갖고 싶어서 몸이 더 달아올랐지."

"세상에! 나는 전혀 몰랐어."

하비가 이렇게 말하며 친구를 돌아보았다.

"내가 1달러 줄 테니까 나한테 팔아라. 어…… 그러니까 내가 봉급을 받으면 말이야. 아니, 2달러 줄게."

"진짜? 그 정도로 이 칼이 마음에 들어?"

댄이 놀라며 물었다. 그러고는 얼굴이 빨개진 채 털어놓았다.

"음, 솔직히 말하면, 사실 이거 너 때문에 산 거야. 너한테 주려고 말이야. 하지만 네 반응을 보고 나서 그 얘기를 하려고 했었어. 자, 이제 이건 네 거야, 하비. 왜냐하면 우리는 같은 보트를 타는 동료고, 그것 말고도 기타 등등 이유는 많으니까 말이야. 자, 받아."

댄은 단도와 칼집 달린 허리띠 모두를 내밀었다.

"하지만, 저기, 댄, 나는……."

"그냥 받아. 나한테는 사실 쓸모도 없어. 그러니 네가 받아 주면 좋겠어."

하비는 그 유혹에 더 저항할 수가 없었다.

"댄, 너는 정말 좋은 녀석이야. 평생 소중하게 간직할게."

하비가 말했다.

"칭찬을 들으니까 좋은데."

댄이 신난 듯 웃음을 터뜨렸다. 곧이어 그는 갑자기 대화의 주제를 바꾸었다.

"그나저나 네 낚싯줄에 뭔가가 단단히 걸린 모양이다."

"내가 보기엔 암초에 걸린 것 같은데."

하비는 이렇게 말하며 낚싯줄을 잡아당겼다. 그러기에 앞서 댄이 준 허리띠를 찼는데, 칼집 끝이 보트의 의자에 부딪치면서 나는 탁 소리에 기분이 좋아졌다.

"뭔가 이상해! 딸기밭에 낚싯줄을 내린 것 같아. 하지만 여기는 모래밭이잖아, 안 그래?"

하비가 외쳤다.

댄은 팔을 뻗어서 시험 삼아 낚싯줄을 당겨 보았다.

"넙치라는 놈도 일단 한번 성이 나면 이런 식으로 움직일 수 있어. 물론 여기는 딸기밭이 아니야. 낚싯줄을 한두 번 더 잡아당겨 봐. 그러면 당연히 끌려올 거야. 일단 끌어 올려서 뭐가 걸렸는지 확실히 알아보는 게 낫겠어."

두 소년은 낚싯줄을 힘껏 잡아당겼고, 한 번 당길 때마다 밧줄 걸이에 감아서 붙들어 맸다. 그러자 알 수 없는 묵직한 것이 느릿느릿 떠올랐다.

"월척이다! 우와! 당겨!"

댄이 외쳤다. 하지만 그의 외침은 곧이어 비명으로, 공포에 질린 두 번의 찢어지는 고함으로 바뀌었다. 왜냐하면 바다에서 나온 것은 이틀 전에 수장한 프랑스인의 시체였기 때문이었다. 하비의 낚싯바늘이 시체의 오른쪽 겨드랑이에 걸려서, 시체는 머리와 어깨를 물 위로 내밀고 꼿꼿이 선 채로 무시무시하게 좌우로 흔들렸다. 양팔은 옆구리에 묶여 있었지만, 얼굴이 없었다. 두 소년은 보트 바닥에 한 덩어리가 되어 엎드렸다. 곧이어 시체는 보트 옆으로 다가와 꺼떡거렸고, 낚싯줄이 감겨 있어서 그곳에 계속 머물러 있었다.

"물살이…… 물살이 저 사람을 데려온 거야!"

하비는 입술을 떨면서 이렇게 말했고, 서둘러 허리띠의 죔쇠를 손으로 더듬었다.

"아, 세상에! 아, 하비! 빨리 해. 저 사람이 그걸 가지러 온 거야. 그걸 가지고 가라고 해. 어서 벗어."

댄이 신음했다.

"난 이거 필요 없어! 난 이거 필요 없다고! 죄, 죔쇠를 못

찾겠어!"

하비가 외쳤다.

"빨리 하라니까, 하비! 저 사람은 네 낚싯줄에 걸린 거잖아!"

하비는 똑바로 앉아서 허리띠를 풀었다. 그러는 동안 물을 뚝뚝 흘리는 머리카락 아래 얼굴 없는 시체의 머리를 마주 볼 수밖에 없었다.

"낚싯줄에 단단히 묶여 있어."

하비가 속삭이자, 댄이 자기 칼을 꺼내 낚싯줄을 끊었다. 그리고 하비는 단도와 칼집이 달린 허리띠를 저 멀리 바다에 던져 버렸다. 그러자 시체도 풍덩 소리와 함께 물속으로 빠졌고, 그제야 댄은 조심스레 무릎으로 일어나 앉았다. 그의 얼굴은 안개보다 더 하얗게 질려 있었다.

"칼을 가지러 온 거야. 칼을 가지러 온 거라고. 언젠가 썩어 빠진 시체 하나가 주낙에 걸린 건 본 적이 있지만, 별로 대단하다고 생각하지는 않았어. 하지만 저 사람은 우리를 콕 찍어서 찾아온 거야."

"차라리…… 차라리 내가 그 칼을 받지 않는 게 나을 뻔했어. 그랬다면 저 사람은 네 낚싯줄에 걸렸을 테니까."

"설사 그렇다 해도 그게 무슨 차이야? 우리 둘 다 엄청 무서워했잖아. 아, 하비, 너 그 사람 머리 봤어?"

"봤느냐고? 평생 잊지 못할 거야. 댄, 설마 그 시체가 무슨 의도가 있어서 우릴 찾아왔겠어? 그냥 물살에 떠밀려 온 거겠지."

"물살이라고? 그걸 찾으러 온 거라니까, 하비. 어선단에서 남쪽으로 10킬로미터나 떨어진 곳에 수장했는데, 어떻게 여기까지 온 거냐고. 게다가 지금 우리는 그 배가 있는 데서 3킬로미터나 떨어져 있잖아. 그 사람들 말로는 3미터나 되는 쇠사슬을 묶어서 추로 썼다고 하던데 말이야."

"그렇다면 그 사람은 그 칼을 가져가서 뭐에 쓰려는 걸까? 프랑스 해안까지 들고 가려는 걸까?"

"뭐든지 간에 좋지 않은 거겠지. 내 생각에는 심판을 받으러 가면서 그것도 가져가고 싶었던 것 같아. 아니면…… 그나저나 너 지금 뭐 하는 거야?"

"잡은 물고기를 버리고 있지."

하비가 말했다.

"왜 그래? 어차피 우리가 먹을 것도 아닌데."

"상관없어. 난 허리띠를 풀면서 그 사람 얼굴을 보고 있을 수밖에 없었다고. 네가 원한다면 네가 잡은 건 갖고 있어. 하지만 내가 잡은 건 쓸모가 없어."

댄은 아무 말도 하지 않았다. 하지만 그도 자기가 잡은 물고기를 도로 바다에 던졌다. 그러고는 입을 열었다.

"뭐니 뭐니 해도 안전한 게 제일이니까. 만약 이 안개가 걷히기만 한다면 나는 한 달 치 봉급이라도 내놓겠어. 안개가 끼면 맑은 날씨에는 결코 못 볼 일이 벌어진다니까. 우우우 이히히 하는 것들이 나타난다고. 그래도 아까 그 사람이 걸어오지 않고 이렇게 떠내려와서 다행이야. 여차하면 물 위를 걸어왔을 수도 있다고."

"하…… 하지마, 댄! 지금 우리는 그 사람 위에 떠 있다고. 나는 제발 무사히 배로 돌아갔으면 좋겠어. 차라리 솔터스 삼촌한테 야단맞는 게 더 낫겠어."

"그래, 잠시 후면 배에서도 우리를 찾을 거야. 그 나팔 좀 줘 봐."

댄은 저녁 식사 시간을 알리는 양철 나팔을 손에 들었지만, 곧바로 불지 않고 가만히 기다렸다.

"불어. 밤새 여기 있고 싶지는 않단 말이야."

하비가 말했다.

"하지만 아까 그 사람이 여기에 어떻게 반응할지 몰라서 그래. 해안 저 아래 사는 사람한테 예전에 들은 이야기인데, 자기가 타던 스쿠너선에서는 보트를 향해 나팔을 한 번도 불지 않았대. 왜냐하면 선장이, 그러니까 자기가 지금 모시는 선장이 아니라, 5년 전에 모시던 선장이 술에 취해 변덕을 부리다가 남자애 하나가 물에 빠져 죽었다는 거야. 그때 이후로 그 남자애도 다른 선원들하고 나란히 노를 저어 다니면서 이렇게 외친대. '보트! 보트!'"

"보트! 보트!"

갑자기 안개 속에서 먹먹한 목소리가 들려왔다. 두 사람은 다시 한 번 몸을 움츠렸고, 댄은 그만 나팔을 떨어뜨리고 말았다.

"정신 차려! 저건 주방장이잖아."

하비가 외쳤다.

"도대체 내가 무슨 생각으로 그 바보 같은 이야기를 떠올렸을까? 당연히 저건 우리 주방장 목소리인데."

댄이 말했다.

"댄! 대니! 어어어이, 댄! 하비! 하아비! 어어어이, 하아아비!"

"여기에요."

두 소년이 합창하듯 외쳤다. 노 젓는 소리가 들렸지만 처음에는 아무것도 보이지 않았다. 그러다가 주방장이 물을 뚝뚝 흘리며 마치 구세주처럼 이들을 향해 노를 저어 왔다.

"도대체 어떻게 된 거야? 배로 돌아가면 선장님께 맞을 줄 알아."

그가 말했다.

"우리도 제발 그랬으면 좋겠어요. 차라리 그게 낫겠다고요. 지금으로선 우리 배에서 하는 거라면 뭐든지 좋겠어요. 정말로 무시무시한 친구를 만났단 말이에요."

댄이 말했다. 주방장이 밧줄을 건네주자, 댄은 지금까지 있었던 일을 자세히 설명했다.

"맞아! 그 사람은 자기 칼을 가지러 온 거야."

주방장은 딱 이렇게만 말했다.

주방장이 안개 속에서도 능숙한 솜씨로 노를 저어 가는 동안, 두 소년에게 저 흔들거리는 위아히어호는 그 어느 곳보다도 더 훌륭한 집이었다. 뒷선실에서는 따뜻한 불빛이 흘러나왔고, 만족스러운 음식 냄새도 풍겼다. 디스코와 다른 선원들 모두 멀쩡하고도 쌩쌩한 모습으로 난간에 몸을 기댄 채 최상급 질책을 목청껏 퍼부어 대고 있었다. 하지만 지금은 이조차 천국처럼 느껴졌다. 주방장은 그야말로 최고의 전략가였다. 그는 곧바로 배에 올라가지 않고 물 위에 머무르면서 방금 두 소년이 겪은 일 중에서도 특히나 놀라운 내용을 일단 설명했고, 이 배의 행운의 상징인 하비가 모든 불운을 제거해 주었다면서 다른 선원들의 공격을 솜씨 좋게 물리치고 받아넘겼다. 그리하여 두 소년은 의외의 영웅이 되어 배 위에 올라섰고, 심지어 꾸지람 대신에 모두로부터 갖가지 질문을 받았다. 리틀 펜은 못마땅해하면서 미신의 어리석음에 관해 설교를 늘어놓았다. 하지만 여론은 그에게 불리했고, 오히려 거의 자정까지 무척이나 무시무시한 유령 이야기를 늘어놓은 롱 잭의 편이었다. 분위기가 그렇게 흘러가다 보니, 주방장이 촛불 하나와 밀가루와 물로 만든 반죽 하나와 소금 약간을 판자 위에 올려놓은 다음, 죽은 프랑스인이 부디 안식을 찾기를 바라면서 선미에서 물에 띄웠을 때에도, 솔터스와 펜만이 '우상숭배'네 뭐네 하며 불평을 했을 뿐이었다. 댄은 직접 촛불을 켰는데, 그가 바로 허리띠를 구입한 장본인이었기 때문이었다. 주방장은 촛불이 물에 가라앉아 사라질 때까지 계속해서 뭔가를 웅얼거리며 주문을 외웠다.

불침번 근무를 마치고 들어오면서 하비가 댄에게 말했다.

"그나저나 네가 말한 진보며, 가톨릭교의 미신이며 하는 것은 다 어떻게 된 거야?"

"하! 나야 당연히 누구보다 깨어 있고 진보적인 사람이지. 다만 이미 죽은 생말로의 선원 하나가 30센트짜리 칼 때문에 불쌍한 아이 두 명한테 겁을 주었으니, 주방장한테 다 알아서 처리하라고 맡긴 것뿐이야. 나야 외국인을 안 믿으니까. 산 사람이건 죽은 사람이건 간에 말이야."

다음 날 아침이 되자, 주방장을 제외한 모든 사람이 어제 있었던 미신적인 의식을 떠올리며 부끄러움을 느꼈다. 사람들은 괜히 서로 퉁명스럽게 대하면서 평소보다 두 배로 열심히 일했다.

위아히어호는 물고기를 끌어 올리는 마지막 몇 번의 과정에서 '패리 노먼'호와 앞서거니 뒤서거니 하면서 경쟁했다. 워낙 접전이다 보니 어선단 전체가 편을 갈라서 누가 이기는지를 놓고 담배 내기를 했을 정도였다. 모두 낚시와 생선 손질에 정신이 없었고, 급기야 선 채로 잠들어 버리기까지 했다. 일은 동트기 전부터 시작해서 앞이 보이지 않을 정도로 어두워지고 나서야 끝났다. 심지어 주방장까지 불러내 생선 던지는 일을 맡기고, 하비에게는 선창에 들어가 소금 건네주는 일을 맡겼으며, 댄에게는 생선 손질을 맡겼다. 공교롭게도 '패리 노먼'호의 선원 한 사람이 앞선실 사다리에서 떨어지며 발목을 삐는 바람에 위아히어호가 이기고 말았다. 하비는 어떻게 가득 찬 선창에 생선이 자꾸 들어가는지 도무지 이해할 수 없었다. 하지만 디스코와 톰 플랫은 계속해서 선창에 생선을 집어넣고 또 집어넣었으며, 바닥짐으로 쓰던 커다란 돌을 그 위에 올려놓아서 눌렀다. 그런 식으로 매일 '딱 하루치의 일거리'가 계속 생기곤 했다. 디스코는 소금을 다 적셨는데도 선원들에게 그 사실을 말해 주지 않았다. 대신 뒷선실 바로 뒤에 있는 창고로 들어가서 커다란 큰돛을 꺼낼 뿐이었다. 이때가 오전 10시였다. 마침내 정오에 위아히어호가 정박돛을 내리고 큰돛과 큰삼각돛을 올리자, 사방에서 다른 배의 보트들이 고향에 보내는 편지를 들고 찾아와 그들의 행운을 부러워했다. 우선 그들은 갑판을 청소했고, 그랜드뱅크스에서 맨 먼저 떠나는 배의 특권대로 깃발을 높이 단 다음, 닻을 올리고는 움직이기 시작했다. 디스코는 아직 편지를 건네지 않은 사람들을 위해서 우아하게 배를 몰아서 다른 스쿠너선 사이를 이리저리 돌아다녔다. 사실 그에게는 이것이야말로 작

은 승리의 행진이었으며, 무려 5년째 이런 승리를 거두었다는 사실은 그가 어떤 종류의 뱃사람인지를 잘 보여 주었다. 댄의 아코디언과 톰 플랫의 바이올린이 흥겹게 울리는 가운데, 소금을 다 적시기 전에는 부를 수 없었던 마법의 가사가 드디어 흘러나왔다.

히이! 이히! 요호! 편지를 이리 다오!
우린 소금을 다 적시고, 닻도 바닥에서 끌어 올렸다!
접어라, 오, 너희 큰돛을 접어라. 우리는 양키 나라로 돌아간다
무려 일천오백 퀸틀
그리고 일천오백 퀸틀
일천 퀸틀 가득
저 쿼로와 그랜드 사이에!

다른 배에서 석탄 덩어리에 둘둘 말아 던진 마지막 편지가 갑판에 떨어지고, 글로스터 사람 몇몇이 자기네 아내와 식구와 선주에게 전할 메시지를 직접 소리쳐서 알려 주는 사이, 위아히어호는 노래를 부르며 어선단 사이를 지나는 행진을 끝냈다. 위아히어호의 지브돛이 이리저리 흔들렸고, 그 모습은 마치 어선단에게 손을 흔들어 작별을 고하는 것 같았다.

곧이어 하비는 정박돛을 올린 채로 여기저기 정박하며 움직이던 위아히어호와, 최대한 돛을 펼친 채로 남서쪽으로 달리는 위아히어호는 전혀 다른 배라는 사실을 깨닫게 되었다. 심지어 잔잔한 날씨에도 타륜에는 뭔가 들썩이고 잡아채는 듯한 느낌이 있었다. 하비는 선창에 실린 화물의 엄청난 무게가 파도의 움직임에 맞춰서 앞으로 쏠리는 것을 실감할 수 있었다. 뱃전에 줄줄이 생겨나는 거품을 보고 있으면 마치 눈이 핑 도는 느낌이었다.

디스코는 계속해서 돛을 조절하며 선원들을 바쁘게 움직였다. 바람이 없을 때의 경주용 요트처럼 돛들이 납작해지면, 댄은 돛대에 올라가 커다란 삼각돛에 작은 바람이라도 일기를 기다리다가 매번 직접 손으로 돛을 펼쳐야 했다. 선원들은 남는 시간마다 펌프질을 했는데, 잔뜩 쌓인 생선에서 흘러나온 소금물이 선창 바닥에 고여 있으면 상품 가치가 떨어지기 때문이었다. 하지만 이제는 고기잡이를 더 하지는 않았기 때문에, 하비는 또 다른 시각에서 바다를 바라볼 기회를 얻었다. 스쿠너선은 양쪽 옆구리가 낮아서 자연스레 바다와 가장 가까운 곳에 있을 수 있었다. 간혹 너울 위에 올라설 때를 빼면 수평선에는 아무것도 보이지 않았다. 위아히어호는 계속해서 부글부글 솟아나는 거품들과 회색과 청회색과 검은색의 물방울들을 헤치며, 때로는 팔꿈치로 미는 듯, 때로는 조바심을 내는 듯, 때로는 달래는 듯이 꾸준히 나아갔다. 때로는 커다란 바닷물 언덕의 등성이를 따라 마치 어르는 듯 몸을 비벼 대기도 했다. 마치 배가 파도를 향해 이렇게 말하는 듯했다. "설마 나를 해치지는 않겠지, 응? 나는 그냥 작은 위아히어호일 뿐이니까." 그런 다음에 배는 혼자 킥킥거리면서 슬금슬금 그곳을 빠져나오고, 머지않아 또 새로운 장애물을 맞닥뜨리는 것이었다. 정말 둔한 사람이라면 오랫동안 많은 시간을 배에서 보낸다 해도 이 모든 것을 잘 알아채지 못했을 것이다. 하지만 하비는 둔한 것과는 거리가 먼 소년이었기 때문에 이 모두를 이해하고 즐겼다. 끝도 없이 부서지며 뒤집히는 파도들의 메마른 합창, 탁 트인 공간을 가로질러 불어오며 보랏빛 푸른 구름 그림자를 서둘러 몰고 가는 바람, 붉고도 아름답게 떠오르는 아침의 해, 한꺼번에 몰려왔다 어느새 사라지는 아침 안개, 하얀 물마루를 가로질러 물러나는 바다의 장벽, 한낮의 소금기 어린 섬광과 광휘, 수천 제곱킬로미터 면적에 떨어지는 비의 입맞춤, 하루가 끝나면서 내리는 서늘한 어스름, 달빛 아래 바닷속에서 나타나는 수백만 개의 반짝임을. 그리고 그렇게 하루가 다 가서 지브돛 활대가 낮게 떠오른 별들을 엄숙하게 가리킬 때면, 하비는 주방장에게 도넛을 하나 얻어먹으려고 아래로 내려가는 것이었다.

하지만 가장 재미있을 때는 두 소년이 함께 타륜을 조종

할 때였다. 물론 그때마다 톰 플랫이 바로 옆에서 지켜보며 잔소리를 퍼붓곤 했지만 말이다. 그럴 때면 위아히어호는 바람 불어 가는 쪽 난간을 파도치는 푸른 바다에 갖다 대다시피 했으며, 덕분에 닻감개 위로는 항상 작은 무지개가 떠 있었다. 그러고 나면 아래활대와 돛대가 맞부딪쳐 끽끽 소리를 냈고, 밧줄이 삐걱거리고 돛이 으르렁대는 소리로 가득 찼다. 배는 파도의 낭떠러지로 미끄러져 들어가면서 비단 드레스에 발이 걸린 여자처럼 비틀거렸다. 곧이어 배는 물에 젖은 지브돛을 반쯤 올린 상태로 거기서 빠져나와, 대처섬의 높은 쌍둥이 등대를 찾으며 두리번거렸다.

그랜드뱅크스의 차가운 회색빛 바다를 벗어나자, 세인트로렌스 해협을 지나서 퀘벡으로 향하는 목재 운반선이며 에스파냐와 시칠리아에서 오는 소금 운반용 쌍돛대 범선이 눈에 띄었다. 위아히어호는 아티먼뱅크 인근에서 친숙한 북동풍을 만났고, 그 바람을 타고 세이블섬의 동쪽 등대가 보이는 곳까지 갔다. 하지만 디스코는 그곳에 오래 머물지 않고, 계속해서 그 바람을 타고 웨스턴과 르하브를 지나 조지스뱅크의 북쪽 언저리까지 갔다. 거기서부터는 더 깊은 바다가 기다리고 있었고, 이때부터는 배가 신나게 달리도록 내버려 두었다.

"해티가 보고 싶어."

댄이 하비에게 고백했다.

"해티랑 우리 엄마 모두 보고 싶다고. 그나저나 너도 이제 바다 생활에 익숙해져서 육지 생활이 오히려 어색할걸. 다음 주 일요일이면 너도 아마 사람을 하나 사서 창문에다가 계속 물을 뿌려 대게 해야만 비로소 이 배에서처럼 편안히 잠들 수 있을 거야. 너네 부모님이 오실 때까지는 너도 우리랑 같이 있을 거잖아. 그나저나 다시 육지에 가게 되어서 가장 좋은 게 뭔지 알아?"

"더운 물에 목욕하는 거?"

하비가 말했다. 그의 눈썹에는 바닷물이 말라붙은 소금기가 하얗게 서려 있었다.

"그것도 좋긴 하지. 하지만 그보다 더 좋은 건 바로 잠옷이야. 나는 우리가 돛을 동여맬 때부터 줄곧 잠옷 생각을 해 왔어. 이젠 발가락을 꼼지락거릴 수도 있을 거야. 우리 엄마가 나 입으라고 새로 하나 해 주신다고 했어. 보들보들하게 잘 빨아서 말이야. 집에 온 거야, 하비. 집에 왔다고! 공기부터 다르다는 걸 너도 느낄걸. 이제 우리는 따뜻한 물에 목욕할 거고, 월계수 열매 냄새도 맡을 수 있어. 혹시 저녁에 그걸 먹을 수 있을지 모르겠네. 포트 트리플 케이크* 말이야."

점차 물이 얕아지고 파랗고 반짝이는 바다가 주위를 에

* 포트와인과 과일과 베리를 넣은 크림 케이크를 말한다.

워싸자, 머뭇거리던 돛 역시 후텁지근한 공기 속에 들어서면서 펄럭거리며 늘어졌다. 선원들은 바람이 불기를 바랐지만, 그 대신 장대비가 내리꽂히며 갑판을 두들겼다. 비가 지나간 다음에는 8월 중순의 천둥 번개가 찾아왔다. 두 소년은 팔을 걷어붙인 채 맨발로 갑판에 누워서, 육지에 도착해서 맨 먼저 뭘 먹을지 서로 이야기했다. 이제는 육지가 눈에 똑똑히 보였다. 글로스터의 황새치잡이 어선 한 척이 옆으로 다가오더니, 기움돛대 뒤의 작은 작살 발사대에 서 있던 한 남자가 벗어진 머리에 물이 묻어 번들거리는 채로 자기 작살을 흔들며 인사를 건넸다.

"만나서 반갑구먼! 그렇잖아도 우버먼이 자네를 기다리던 참이야, 디스코. 어선단에 새로운 소식은 없나?"

그가 신이 나서 외쳤다. 마치 어선이 아니라 커다란 정기선이라도 만난 듯 반기고 있었다.

디스코는 대답을 해 주고는 가던 길을 재촉했다. 마침 거친 여름 폭풍이 머리 위에서 몰아치더니, 사방에서 한꺼번에 번개가 번쩍이며 곶들을 비췄다. 덕분에 글로스터 항구 주위를 에워싼 낮은 언덕들이며, 텐파운드섬이며, 생선 창고며, 주택 지붕들의 들쑥날쑥한 윤곽이며, 물에 떠 있는 온갖 활대와 부표 등등이 마치 번쩍이는 사진처럼 1분 사이에도 열댓 번씩 나타났다 사라졌다. 그러는 사이 위아히어호는 부표의 신음을 뒤로하고 바닷물이 절반쯤 들어찬 항구로 들어갔다. 곧이어 폭풍이 심술궂은 청백색의 불길을 길게 내뿜고는 잦아들더니, 그 뒤를 이어 박격포의 포성처럼 긴 포효가 들렸다. 그러고는 뒤흔들렸던 공기가 별들 아래에서 자리를 잡더니 다시 고요해졌다.

"깃발, 깃발!"

디스코가 갑자기 돛대 위를 가리키며 말했다.

"그게 왜요?"

롱 잭이 물었다.

"오토를 기려야지! 조기弔旗로 게양해. 지금쯤은 해안에서도 우리를 볼 수 있잖아."

"저도 까맣게 잊고 있었네요. 하지만 그 녀석은 글로스터 사람도 아니었잖아요, 안 그래요?"

"그 녀석이 이번 가을에 결혼하기로 했던 여자가 글로스터 사람이라고."

"그 여자, 참 딱하게 됐네요!"

롱 잭이 이렇게 말하더니, 지금으로부터 세 달 전에 르하브에서 폭풍에 휩쓸려 익사한 오토를 기리는 뜻에서 작은 깃발을 조기로 게양했다.

디스코는 눈가의 물기를 닦아 내며 위아히어호를 우버먼 부두로 몰았고, 작은 목소리로 지시를 내렸다. 배가 부두에 정박한 예인선을 피해 가자, 야간 경비원이 칠흑같이 어두운 부두에서 이들을 알아보고 인사를 건네었다. 저 어둠

이며, 부두에 배를 대는 신비로운 과정 너머로, 하비는 육지가 다시 한 번 자기 주위로 좁혀 들어오는 것을 느낄 수 있었다. 저기 잠든 수천 명의 사람과, 비가 온 직후의 흙냄새와, 화물 야적장에서 혼자 쿨럭이며 시동을 거는 기관차의 친숙한 소리 같은 것들이 그 증거였다. 이 모두를 느끼는 순간, 앞돛대 밧줄 옆에 서 있던 하비의 가슴이 쿵쿵 뛰고 목이 바짝 말랐다. 등대 예인선 안에서 정박 당직자의 코 고는 소리가 들려오는 가운데, 위아히어호는 양쪽으로 불빛이 하나씩 가물거리는 어둠 속으로 뱃머리를 집어넣었다. 그러자 누군가가 끙 소리를 내며 잠에서 깨더니 밧줄을 던져 주었고, 일행은 조용한 부두에 단단히 배를 붙잡아 맸다. 그 언저리에는 커다란 철제 지붕이 달린 창고들이 따뜻하고도 공허한 모습으로 아무 소리 없이 서 있었다.

하비는 타륜 옆에 주저앉아서 가슴이 터지기라도 한 것처럼 울고 또 울었다. 그때 부두의 저울 위에 앉아 기다리던 키가 큰 여자가 스쿠너선에 오르더니 댄의 뺨에 입을 맞추었다. 그 사람은 바로 댄의 어머니였고, 번개의 섬광 속에서 일찌감치 위아히어호를 알아보았던 것이다. 하비가 어느 정도 마음을 추스르고, 디스코가 그의 이야기를 해 주고 나서야, 그녀도 이 소년의 존재를 비로소 알게 되었다. 동틀 녘이 되자 하비는 디스코의 집으로 갔다. 전신국이 문을 열어서 자기 부모님에게 전보를 보낼 수 있을 때까지 기다리는 동안, 하비 셰인은 미국에서 가장 외로운 소년이었다. 하지만 흥미롭게도 디스코와 댄 모두 그가 우는 모습을 그냥 자연스럽게 받아들였다.

우버먼은 디스코가 제시하는 가격을 받아들일 준비가 아직 되어 있지 않았다. 위아히어호가 다른 글로스터 어선들보다 최소한 일주일은 앞서 왔다고 확신한 디스코는 앞으로 며칠 시간을 줄 터이니 잘 생각해 보라고 상대방에게 여유롭게 권했다. 그리하여 모두가 당장은 일손을 쉴 수 있었다. 롱 잭은 자기 말마따나 나름의 원칙에 따라 로키넥 전차*를 멈춰 세우고는, 결국 차장으로부터 공짜로 태워 주겠다는 답변을 받아 냈다. 댄은 주근깨 박힌 코가 하늘로 치솟을 정도로 의기양양하게 다녔는데, 가족들이 보기에는 눈꼴사납고 이해도 안 가는 모습이었다.

"댄, 계속 그런 식으로 행동하면 너를 때려야 할 수도 있겠구나. 이번에 육지로 돌아와서는 좀 지나치게 쌩쌩한 것 같은데."

트루프가 근심스럽게 말했다.

"저 녀석이 내 새끼였다면 진작에 때렸을 거예요."

솔터스 삼촌이 신랄하게 한마디 거들었다. 그는 펜과 함께 트루프 가족의 집에서 머물고 있었다.

* 글로스터의 전차 노선

댄은 아코디언을 손에 들고 뒷마당을 이리저리 오가면서, 언제라도 적이 다가오면 곧바로 울타리를 넘어 도망칠 태세를 갖추고는 말했다.

"아하! 아빠는 항상 아빠의 판단이 옳다고 하셨지만, 제가 분명히 경고한 걸 기억하실 거예요. 아빠의 피를 물려받은 아들이 분명히 경고했다고요! 그러니 설령 아빠가 잘못 판단하셨다 해도 그건 제 탓이 아니에요. 물론 저는 앞으로도 계속해서 아빠를 위해서 갑판에서 불침번을 설 거예요. 그리고 솔터스 삼촌, 제가 분명히 말해 두는데, 삼촌은 파라오의 시종 중 잘못되는 쪽일 거예요!* 어떻게 되는지 두고 보세요. 삼촌은 저 망할 토끼풀처럼 쟁기에 갈려 버릴 거라고요. 하지만 저, 댄 트루프는 초록색 월계수처럼 무성할 거예요. 왜냐하면 저는 끝까지 고집을 부리지는 않았으니까요."

디스코는 육지에서 신는 멋진 카펫용 슬리퍼를 발에 걸친 채, 평소의 위엄을 고스란히 드러내며 담배를 피웠다.

"이제는 너도 저 불쌍한 하비처럼 정신이 점점 이상해지는 모양이구나. 그렇지 않아도 너희 둘이서 낄낄거리고 꼬집고 식탁 아래서 서로 발길질을 해 대는 통에 이 집구석이

* 구약성서 창세기 40장에서 모함을 받아 감옥에 갇힌 요셉이 함께 갇혀 있던 파라오의 시종 두 명의 꿈을 해석해 주면서, 사흘 안에 한 명은 복직되고 다른 한 명은 처형된다고 단언하자 실제로 그렇게 된 이야기를 가리킨다.

조용할 날이 없잖아."

"조용할 날은 앞으로도 더 없을걸요. 적어도 몇몇 사람들한테는요. 어떻게 되는지 기다려 보시면 알아요."

댄이 대꾸했다.

댄과 하비는 전차를 타고 이스트 글로스터로 갔다. 거기서 둘은 월계수 덤불을 헤치고 등대까지 가서는, 크고 붉은 자갈 위에 누워서 배가 고파지도록 실컷 웃어 젖혔다. 하비는 이미 댄에게 전보를 하나 보여 준 다음이었고, 두 소년은 폭탄이 터질 때까지 비밀을 지키기로 했다.

댄은 저녁 식사 후에도 태연한 얼굴을 유지했다.

"하비네 식구들요? 음, 제 생각에는 그냥 별거 없는 사람들인가 봐요. 아니면 지금쯤 우리한테 뭔가 소식이 왔겠죠. 걔네 아버지는 서부에서 무슨 가게를 운영한다나 봐요. 어쩌면 아빠한테 사례로 5달러쯤 줄지도 몰라요, 아빠."

"내가 뭐라고 했느냐? 식사할 때에는 떠드는 거 아니라고 했지, 댄."

솔터스가 말했다.

제9장

CAPTAINS COURAGEOUS

제아무리 슬픈 일이 있다고 해도 천만장자 역시 다른 사람들과 마찬가지로 자기 일을 계속해야 하는 법이다. 하비 셰인 1세는 6월 말에 동부로 가서 아내를 만났다. 아내는 반쯤 미쳐서 정신이 나간 상태로, 낮이고 밤이고 계속 자기 아들이 회색 바다에 빠져 죽는 꿈만 꾸었다. 남편은 여러 의사들과 뛰어난 간호사와 마사지사, 심지어 신앙요법 치료사까지도 아내 곁에 불렀지만, 아무도 도움이 되지 못했다. 셰인 부인은 여전히 자리에 누워 한숨을 쉬며 슬퍼할 뿐이었고, 혹시나 자기 이야기를 들어줄 사람이 곁에 있으면 아들 이야기만 늘어놓았다. 아들이 살아 있으리라는 희망은 전혀 없었다. 과연 누가 그녀에게 희망을 줄 수 있었겠는가? 그녀에게 조금이라도 도움이 되는 것이라고는 익사가 그리 괴롭지는 않았으리라는 말뿐이었다. 남편은 혹시 아내가 자기도 익사를 경험해 보겠다며 섣부른 짓을 하지 않을까 걱정되어 주의 깊게 지켜보았다. 셰인 역시 슬픔에 빠진 채 말수가 줄어들었다. 하지만 그 슬픔이 얼마나 깊은지 제대로 실감하지 못하다가, 어느 날인가 책상 위에 놓인 달력을 바라보며 혼잣말을 하고 말았다.

"이렇게 계속 살아가는 게 무슨 의미가 있을까?"

셰인의 머릿속에는 항상 한 가지 유쾌한 생각이 자리하고 있었다. 언젠가는, 즉 자기가 모든 일을 완성하고 아들도 대학을 졸업하면, 그때부터 본격적으로 아들에게 사업을 맡겨 가르치겠다는 계획이었다. 그때가 되면 자기처럼 바쁜 아버지들이 흔히 그렇듯이, 아들이야말로 아버지의 친구이자 동료이자 협력자가 될 것이며, 이후 부자는 멋진 일을 함께 해내며 경이로운 세월을 만들어 갈 것이라는 게 그의 구상이었다. 노련한 머리에 젊은 열정이 더해진다면 그 이상 좋을 것이 어디 있겠는가. 그런데 그의 아들은 이제 죽어 버렸다. 바다에서 실종된 것이다. 예전에 셰인 소유의 거대한 차茶 수송선에서 일하던 스웨덴 선원이 바다에 빠져 실종된 것처럼 말이다. 게다가 아내는 지금 죽어가고 있었다. 아니 어쩌면 그보다 더 나쁜 상태였다. 심지어 남편도 수많은 여자들과 의사들과 하녀들과 간병인들이 오락가락하는 통에 진이 빠진 상태였다. 가여운 아내의 쉴 새 없는 변덕으로 모든 것이 흔들리고 변했고, 남편의 걱정도 이제 한계를 넘어가고 있었다. 한마디로 희망이 없었고, 그로선 자신의 수많은 적들을 상대할 마음조차도 들지 않았다.

셰인은 아내를 데리고 샌디에이고에 갓 지은 새로운 저택으로 갔다. 아내는 매우 값비싼 건물 하나를 차지하고 누워 여러 사람들의 보살핌을 받았고, 그사이 남편은 베란다 있는 방에서 비서 한 명과 전신電信과 타자를 담당하는 직원 한 명을 데리고 매일의 업무를 처리하며 힘든 나날을 보냈다. 마침 서부의 철도 회사 네 군데에서 요금 전쟁을 벌이고 있었는데, 평소였다면 셰인 역시 이에 관심을 가졌을 터였다. 오리건주에 있는 그의 벌목장에서는 대규모 파업이 일어났고, 자기네 지역의 제조업자들에게 우호적이지 않은 캘리포니아주 입법부는 셰인에게 일종의 전쟁을 선포했다.

평소의 그라면 이런 결투 신청을 곧바로 받아들이고, 신이 나서 처절한 전투를 치렀을 것이다. 하지만 지금 셰인은 부드러운 검은 모자를 코 있는 데까지 내려 쓴 채 자리에 축 늘어져 있었다. 그의 커다란 덩치는 헐렁한 옷 안에서 잔뜩 쪼그라들어 있었다. 그는 자기 구두 끝을 바라보거나 항구에 있는 중국 범선을 바라볼 뿐이었고, 간혹 비서가 질문하면 멍하니 그렇다고만 대답하면서 토요일에 도착한 편지를 뜯어 보았다.

셰인은 지금까지 하던 모든 일을 정리하고 물러나는 데

얼마나 많은 비용이 들지를 생각하고 있었다. 그는 막대한 금액의 보험을 들어 놓았고, 상당한 연금을 받을 수도 있었다. 콜로라도주의 자택과 워싱턴주나 사우스캐롤라이나주의 섬들을 오가며 아내에게 도움이 될 만한 소소한 사교 활동을 하다 보면, 결국 물거품으로 돌아간 여러 가지 계획도 쉽게 잊을 수 있을 것이다. 게다가…….

바로 그때 타자기 소리가 뚝 끊기더니, 여성 타자수가 비서를 뚫어져라 바라보았다. 비서는 얼굴이 새하얗게 질려 있었다.

그는 샌프란시스코에서 온 전보를 가져와 셰인에게 보여주었다.

여객선에서 떨어진 후 어선 위아히어호에 구조됨. 그랜드뱅크스에서 고기잡이하며 잘 지냄. 매사추세츠주 글로스터에 있음. 디스코 트루프에게 사례 바람. 향후 전보 바람. 엄마는 어떤지 궁금함.

하비 N. 셰인

아버지는 전보를 손에서 내려놓은 다음, 여닫이식 책상의 꼭대기에 머리를 갖다 대고 깊은 숨을 몰아쉬었다. 하지만 비서가 달려가서 셰인 부인의 주치의를 불러왔을 때, 이 사업가는 이미 자리에서 일어나 이리저리 거닐고 있었다.

"어떻게…… 어떻게 보십니까? 이런 일이 가능할까요?

여기에 무슨 의미가 있기는 할까요? 저는 도무지 이해할 수가 없군요."

셰인이 외쳤다.

주치의가 대답했다.

"저는 이해하겠는데요. 한마디로 이제 제가 연봉 7,000달러를 못 받게 되었다는 거죠. 그것뿐입니다."

한때 뉴욕에서 개인 병원을 어렵게 운영하던 그는 셰인의 절박한 제안을 받자마자 기꺼이 이곳으로 자리를 옮겨 왔다. 주치의는 예전 생각을 잠시 떠올리고는 한숨을 쉬며 전보를 다시 건네주었다.

"그렇다면 선생님께서는 제 아내에게 말씀하실 겁니까? 사기일 수도 있지 않을까요?"

"굳이 왜 이런 사기를 치겠습니까? 이 정도면 오히려 확실하다고 봐야겠죠. 당연히 아드님일 겁니다."

주치의는 냉정하게 대답했다.

프랑스인 하녀가 불쑥 들어오더니, 비싼 봉급을 받고서만 일하는 직원답게 사무적인 태도로 말했다.

"사모님께서 당장 오시랍니다. 사장님께서 편찮으신지 걱정하십니다."

3,000만 달러의 재산가는 힘없이 고개를 끄덕이더니 수잔을 따라갔다. 그때 크고 하얀 나무 계단 위쪽에서 가늘고도 높은 목소리가 들려왔다.

"뭐예요? 무슨 일 있어요?"

잠시 후, 꼭꼭 닫아 놓은 문들 너머에서도 똑똑히 들릴 정도로 커다란 비명이 집 안에 메아리쳤다. 남편이 방금 전 소식을 아내에게 전했기 때문이었다.

"괜찮을 거예요. 소설에 나오는 의학적 주장 가운데 유일하게 정확한 게 있다면, 그건 바로 기뻐서 죽는 사람은 없다는 거니까요, 킨제이 양."

주치의는 태연하게 타자 치는 여성에게 말했다.

"그건 저도 알아요. 하지만 이제 우리는 할 일이 태산이겠네요."

밀워키 출신인 킨제이 양은 말투가 꽤 직설적이었다. 그녀는 비서에게 은근히 호감을 갖고 있었던 까닭에, 비서의 모습을 보고 지금부터 할 일이 생겼음을 예감했다. 지금 비서는 벽에 걸린 커다란 두루마리 지도를 열심히 들여다보고 있었기 때문이다.

마침 셰인이 계단 위에서 외쳤다.

"밀섬, 지금 당장 대륙 횡단 여행을 떠나야겠네. 전용 객차로, 곧장, 보스턴까지. 연결을 준비해 주게."

비서는 알았다고 대답하고는 혼잣말로 중얼거렸다.

"그럴 줄 알았지."

그가 타자수 쪽으로 고개를 돌리자, 두 남녀의 눈이 딱 마주쳤다(물론 여기서부터 또 하나의 이야기가 나오기는 하지만, 지금 우리가 하는 이야기와는 무관하니 생략하도록 하자). 그녀는 그의 능력을 의심이라도 하는 듯 뭔가를 물어보려는 눈길을 보냈고, 그는 장군이 여단들을 배치하는 것처럼 그녀에게 전신기 쪽으로 가라고 손짓했다. 곧이어 그는 마치 음악가처럼 한쪽 손을 머리카락에 꽂아 넣은 채 천장을 바라보며 지시에 돌입했다. 이에 응답해서 킨제이 양의 새하얀 손가락도 미국 대륙 전역을 호출하기 시작했다.

"이렇게 보내세요. 'K. H. 웨이드 귀하, 로스앤젤레스……' 그런데 콘스턴스호는 지금 로스앤젤레스에 있죠, 안 그래요, 킨제이 양?"

"맞아요."

킨제이 양이 전신을 치면서 고개를 끄덕이자, 비서는 자기 시계를 바라보았다.

"준비됐죠? '전용 객차 콘스턴스호 여기로 보내 주기 바람. 특별 열차 편성 요망. 일요일 출발, 다음 주 화요일 시카고 16번가 도착 후 뉴욕 리미티드 철도와 정시 연결 바람.'"

딸깍딸깍…… 딸깍딸깍…… 딸깍딸깍!

"그보다 더 빨리 갈 수는 없을까요?"

"경사가 있는 지형이라서 안 돼요. 여기서부터 시카고까지는 60시간이 걸릴 거예요. 그쪽 사람들도 동쪽으로 가는 특별 열차를 편성한다고 해서 딱히 돈을 더 벌지는 못하니까요. 준비됐죠? '레이크 쇼 앤드 미시간 서던 철도 연락,

버펄로에서 올버니까지 콘스턴스호 연결 바람. 보스턴 앤드 올버니 철도에도 똑같이 연락, 올버니에서 보스턴까지 연결 바람. 수요일 저녁 필히 보스턴에 도착해야 함. 캐니프, 투시, 반스에게도 송신 완료.' 서명, 세인."

킨제이 양이 고개를 끄덕이자, 비서가 계속 말했다.

"그러면 이번에는 방금 말한 대로 캐니프, 투시, 반스에게도 보냅시다. 준비됐죠? '시카고, 캐니프 귀하, 샌타페이에서 출발한 전용 열차 콘스턴스호 다음 주 화요일 오후 16번가 도착, 이후 뉴욕 리미티드 철도 연결 바람. 이후 해당 노선 이용 버펄로 도착, 뉴욕시 경유 올버니 도착.' 혹시 뉴욕 가 봤어요, 킨제이 양? 우리도 언젠가 같이 갑시다. 준비됐죠? '수요일 오전 리미티드 철도 이용 버펄로 출발 올버니 도착, 준비 바람.' 이건 투시에게 보내는 거예요."

"뉴욕에 가 본 적은 없지만 알긴 알죠!"

그녀가 고개를 뒤로 홱 젖히면서 말했다.

"실례했군요. 이제 보스턴 앤드 올버니 철도의 반스한테 보내는 거예요. 올버니부터 보스턴까지고, 지시 사항은 똑같아요. 수요일 오후 3시 5분에 출발해서, 아, 이건 송신 안 해도 돼요. 9시 5분에 도착하도록요. 물론 이건 웨이드가 다 알아서 할 일이지만, 그래도 관리자들한테 직접 연락해서 각별히 신경 쓰도록 하는 게 우리한테는 도움이 되죠."

"대단해요."

킨제이 양이 감탄한 듯한 표정으로 말했다. 이 사람이야말로 딱 그녀가 이해하고 인정하는 종류의 남자였다.

밀섬은 겸손하게 대꾸했다.

"그냥 나쁘지 않은 정도죠. 사실 나 말고 다른 사람이었다면 일주일 내내 30시간을 투자해야만 이런 열차 편 계획을 세울 수 있었을 거예요. 이렇게 샌타페이에서 시카고까지 곧바로 열차를 보내기는 어렵죠."

"하지만, 저기요, 뉴욕 리미티드 철도에 관해서 말인데요. 천시 드퓨* 본인조차도 전용 열차를 이렇게 쉽게 연결하지는 못했을 거예요."

킨제이 양이 어느 정도 정신을 추스르며 말했다.

"맞아요. 하지만 이건 천시의 일이 아니죠. 이건 바로 셰인의 일이라고요. 그러니 이렇게 번개처럼 빨리 진행되는 거예요."

"설령 그렇더라도 우선 그 아이한테도 전보를 치는 것이 좋겠네요. 비서님도 그걸 잊어버리신 것 같아서 말씀드리는 거예요."

"제가 사장님께 여쭤 보죠."

셰인은 하비에게 열차가 도착할 시간에 맞춰 보스턴으

* 미국의 기업가 겸 정치가로, '뉴욕 센트럴 앤드 허드슨 리버 철도 회사'의 대표이사로 재직한 철도업계의 거물이다.

로 오라는 전보를 보내라고 지시했다. 비서가 지시를 받고 돌아와 보니, 킨제이 양이 전신기 앞에서 웃음을 짓고 있었다. 곧이어 밀섬 역시 웃음을 터뜨리고 말았다. 로스앤젤레스에서 다음과 같이 당황한 빛이 역력한 메시지가 날아왔기 때문이었다.

"이유를 설명해 주기 바람. 왜, 왜, 왜? 점점 불안해지고 있음."

그로부터 10분 뒤에는 시카고에서도 킨제이 양에게 다음과 같은 말을 건네 왔다.

"만약 이것이 세기의 범죄 사건과 관련됐다면 우리에게 미리 알려 주기 바람. 우리 모두 지시대로 하기 위해 노력 중."

곧이어 토피카에서도 이런 메시지가 날아왔다(그나저나 토피카가 도대체 이번 일과 무슨 관계가 있는지는 밀섬조차도 짐작하지 못했다).

"발포 중지, 대령, 알아서 내려가겠음.*"

셰인은 이런 전보가 왔다는 보고를 받고, 지금 자기 적들이 느끼는 당혹감을 상상하며 씁쓸한 미소를 지었다.

"저쪽에서는 우리가 지금 어딘가로 싸우러 간다고 생각하는 모양이군. 지금 당장은 우리도 싸울 기분이 아니라고

* 미국의 전설적인 사냥꾼 데이비 크로켓의 이야기로, 사냥꾼을 피해 나무 위로 도망간 너구리가 상대방이 명사수 크로켓이라는 사실을 알자 항복하며 하는 말이다.

전하게, 밀섬. 우리가 무엇 때문에 가는지 알려 주라고. 자네와 킨제이 양도 함께 가는 게 낫겠군. 물론 이동 중에 내가 업무를 볼 가능성은 없어 보이지만 말이야. 여하간 이번만큼은 저쪽에다가 사실대로 말해 주라고."

그리하여 사실이 세상에 알려지게 되었다. 킨제이 양이 들떠서 전신을 보내는 사이, 비서는 기억에 남을 만한 한마디를 덧붙였다.

"부디 우리를 가만히 내버려 두길 바람."

그리하여 이곳에서 3,000킬로미터 떨어진 한 철도 회사의 회의실에서는 무려 6,300만 달러의 가치가 있는 다양한 철도 관련 이권들의 대리인들이 좀 더 편하게 숨을 쉴 수 있었다. 셰인은 기적처럼 살아 돌아온 아들을 만나러 달려가는 것뿐이었다. 어미 곰이 새끼 곰을 찾으러 가는 것이지, 황소와 싸우러 가는 것은 아니었다. 이에 각자의 경제적 생명을 지키기 위해서 선뜻 칼을 뽑아 들었던 거친 남자들도 곧바로 무기를 치우고 안전한 여행을 기원했다. 하지만 공포에 사로잡혔던 소규모 철도 회사 몇 군데는 여전히 고개를 빳빳이 든 채로, 만약 이번에 셰인이 대결을 피하지 않았다면 자기네가 이런저런 조치를 취했을 거라고 공연히 허세를 부렸다.

전신을 받은 측에서는 그야말로 정신없이 바쁜 주말이었다. 일단 근심이 사라지자, 사람들과 도시들은 모두 지시를 따르기 위해서 서둘렀다. 로스앤젤레스에서는 샌디에이고와 바스토에 연락해서 서던 캘리포니아 철도 소속 기관사들에게 이 사실을 전하고, 각자의 외로운 기관차고에서 대기하도록 했다. 바스토에서는 또다시 이 소식을 애틀랜틱 앤드 퍼시픽 철도에 전했다. 그리고 앨버커키에서는 애친슨 토피카 앤드 샌타페이 철도의 관리부서 전체에는 물론이고 심지어 시카고에도 이 소식을 전했다. 기관차 한 량과 승무원이 탑승한 합조차合造車*, 그리고 커다랗고 번쩍이는 전용 객차 콘스턴스호는 이제 3,780킬로미터를 달리는 여행을 떠나게 될 것이었다. 이 특별 열차는 여러 곳의 교차점과 합류점에서 무려 177편의 다른 열차들을 앞질러 갈 예정이었다. 이 다른 열차들의 배차원과 승무원 모두는 그 사실을 반드시 숙지해야 할 것이었다. 이번 여행에는 모두 합쳐 기관차 16대, 기관사 16명, 화부 16명이 필요할 것이었다. 그것도 현재 동원 가능한 열차와 사람들 중에서 최고만을 불러 모을 것이었다. 각각의 기관차 교체 작업에는 2분 30초씩 걸릴 예정이었고, 급수에는 3분씩, 석탄 보급에는 2분씩 걸릴 예정이었다.

다음과 같은 내용의 전신이 송신되었다.

"물탱크 및 석탄 낙하 장치 제대로 준비할 것. 담당자 숙

* 객차와 화차, 또는 객차와 식당차처럼 두 개 이상의 설비를 갖춘 차량을 말한다.

지 요망. 하비 셰인을 위해 서두르고, 서두르고, 또 서두를 것. 시속 65킬로를 유지할 것. 각 분기점에 도착하면 담당 감독관도 함께 특별 열차에 탑승하기 바람. 샌디에이고에서 출발해 시카고 16번가에 도착할 때까지 마법의 양탄자를 탄 듯 날아갈 것. 빨리, 최대한 빨리!"

셰인은 일요일 동틀 녘에 샌디에이고를 출발하자마자 아내에게 말했다.

"아주 대단할 거예요. 우리 최대한 빨리 갑시다, 여보. 하지만 벌써부터 모자를 쓰고 장갑을 낄 필요는 없어요. 차라리 자리에 누워서 약을 먹는 게 나을 거예요. 도미노 게임이나 한판 할래요? 물론 오늘은 일요일이긴 하지만."

"잘될 거예요. 아, 나는 괜찮아요. 하지만…… 이 모자를 벗고 있으면 우리가 절대 목적지까지 가지 못할 것 같다는 느낌이 들어요."

"일단 잠을 좀 자 둬요, 여보. 눈을 뜨기도 전에 시카고에 도착해 있을 테니까."

"하지만 보스턴까지 가야 하잖아요, 여보. 제발 좀 서둘러 달라고 사람들한테 얘기해 주세요."

지름 1.8미터짜리 바퀴들이 선로를 두들기며 샌버너디노부터 모하비사막까지 달려갔지만, 이 구간은 경사가 있어서 속도를 내기가 힘들었다. 이곳을 지나야만 제대로 속도를 낼 수 있을 것이었다. 뜨겁게 타는 사막을 지나자 열기를 내뿜는 언덕이 나왔고, 이들은 니들스와 콜로라도강이 있는 동쪽으로 향했다. 극도로 건조하고 햇빛이 작열하는 곳이다 보니 열차에서도 연신 삐걱거리는 소리가 났다. 셰인 부인은 얼음 조각이 든 주머니를 목에 갖다 댔다. 열차는 길고도 긴 경사로를 힘들게 올라가서 애시포크를 지난 다음, 건조하고 외딴 하늘 아래 숲과 채석장이 펼쳐진 플래그스태프로 향했다. 속도계의 바늘은 앞뒤로 계속 왔다 갔다 했다. 지붕 위에서는 타다 남은 석탄이 덜그럭거렸고, 굴러가는 바퀴 뒤로는 먼지바람이 일었다. 승무원들은 각자의 자리에 앉아서 소매를 걷어 올리고 숨을 헐떡였고, 셰인은 그 사이에서 승무원이라면 누구나 알고 있을 법한 고리타분한 철도 이야기를 열차의 소음 속에서 큰 목소리로 떠들어 댔다. 그는 자기 아들에 관해서, 그리고 바다에 빼앗겼던 아들을 돌려받게 된 일에 관해서 이야기했다. 승무원들도 고개를 끄덕이고 감탄을 내뱉으며 그와 함께 기뻐했다. 그러고는 '저 뒤에 계신 사모님'에 대해서 물어보면서, 기관사가 전속력으로 달려도 사모님께서 버티실 수 있겠느냐고 물었다. 셰인은 괜찮을 거라고 대답했다. 이에 거대한 기관차는 플래그스태프에서부터 윈슬로까지 '전속력으로' 달렸고, 급기야 역마다 감독관들이 항의하는 소동까지 벌어졌다.

하지만 정작 셰인 부인은 특실 안에서 프랑스인 하녀와

함께 두려움으로 얼굴이 하얗게 질린 채 은색 문손잡이를 꼭 붙잡고 있었다. 그녀는 끙끙대는 신음만 약간씩 내뱉으며, 사람들이 서두르게끔 남편에게 부탁할 뿐이었다. 그리하여 이들은 애리조나주의 메마른 모래와 달빛 머금은 바위를 뒤로하고 달렸고, 머지않아 연결 장치가 부딪치는 소리와 브레이크의 끽끽대는 소리가 들리자 대륙 분수령 근처의 쿨리지라는 마을에 도착했음을 알게 되었다.

대담하고도 숙련된 남자 세 명이 바퀴들을 조작하고 기차를 몰았다. 일을 시작할 때에는 냉정하고 자신감 넘치고 몸도 말라 있었지만, 저 무시무시한 바퀴들을 조작하고 나서는 얼굴이 새하얗게 질리고 땀에 잔뜩 젖어 몸을 떨었다. 기차는 고지대를 지나 앨버커키부터 글로리에타까지 가더니, 다시 스프링어를 지나 오르고 또 올라서 주 경계선에 있는 래턴 터널에 도달했다. 열차는 여기서 덜컹거리며 아래로 내려가서 라훈타에 도착해 아칸소주를 내려다보았으며, 긴 경사로를 따라 내려가서 도지시티에 도착했다. 여기서 셰인은 시차에 따라 자기 시계를 한 시간 빠르게 맞춰 놓고 한시름 놓았다.

객차에서는 대화가 거의 없다시피 했다. 비서와 타자수는 뒤쪽 끝 판유리 관측창 옆에 놓인 무늬가 새겨진 에스파냐제 가죽 쿠션 위에 나란히 앉아 있었다. 이들은 저 뒤로 사라지는 선로의 잔물결을 지켜보면서, 아마도 인근의 풍경에 관해 이런저런 이야기를 나누는 듯했다. 셰인은 신경이 곤두선 듯 엽궐련을 입에 물고 불도 붙이지 않은 채, 호화로운 전용 객차와 꼭 필요한 설비만 있는 다른 객차를 오갔다. 승무원들도 그가 딱해 보였는지, 이 사업가가 자기들 공동의 적이라는 사실은 잠시 잊어버리고 기운을 북돋워 주려고 최선을 다했다.

밤이 되면 갖가지 사치품과 걱정들로 가득한 이 궁전에 환한 전깃불이 들어왔고, 일행은 삭막한 황무지의 공허 속을 흔들대며 지나가면서 배불리 식사를 했다. 이제는 물탱크를 채우는 콸콸 소리며, 특이한 발음의 중국인 목소리며, 독일제 강철 바퀴를 검사하는 망치의 땡그랑땡그랑 소리며, 부랑자가 뒤쪽 승강대에 올라탔다가 쫓겨나며 욕하는 소리를 들을 수 있었다. 곧이어 석탄이 탄수차炭水車에 우당탕 쏟아지는 소리며, 대기 중인 기차 옆을 쉭쉭 지나가는 소음도 들을 수 있었다. 이제 일행은 바퀴 아래에서 윙윙 울리는 철교 밑 거대한 심연을 내려다보거나, 하늘의 별 절반을 가려 버린 커다란 바윗덩어리를 올려다보았다. 어느 순간 낭떠러지와 협곡이 모습을 감추며 물러나더니 울퉁불퉁한 산맥이 지평선을 가렸고, 열차는 언덕을 뚫고 점점 더 아래로 내려가다가 마침내 진짜 평야에 들어섰다.

앞서 도지시티에 정차했을 때, 누군가가 캔자스주에서 간행된 신문 한 부를 객차 안으로 던져 주었다. 거기에는 하비의 인터뷰 기사가 실려 있었는데, 아마도 모험심 많은 기자 한 명이 직접 소년을 만난 이야기를 보스턴에서 전신으로 알려 온 모양이었다. 신문 특유의 쾌활한 문장을 읽고 그 소년이 자기 아들이라는 사실이 확실해지자, 셰인 부인은 잠시나마 마음의 안정을 되찾았다. 서두르라는 그녀의 한마디는 승무원들을 통해서 니커슨, 토피카, 마르셀린에 있는 기관사들에게 연이어 전해졌고, 이 지역은 비교적 평탄한 길이었기 때문에 열차는 대륙을 쏜살같이 가로질렀다. 도시며 마을은 이제 완전히 다닥다닥 붙어 있어서 마치 사람들 사이를 지나가는 것 같았다.

"눈이 너무 아파서 주행계가 안 보여요. 우리 지금 잘 가고 있어요?"

"우리는 지금 최선을 다하고 있어요, 여보. 하지만 리미티드 철도에는 정해진 시간보다 먼저 들어가 봤자 아무 소용이 없어요. 제시간이 될 때까지 기다려야 해요."

"아무래도 상관없어요. 그냥 계속 움직인다는 느낌만 받았으면 좋겠어요. 거기 앉아서 지금 몇 킬로미터나 왔는지만 말해 줘요."

셰인은 자리에 앉아서 아내에게 주행계를 읽어 주었다 (객차 안에는 오늘 몇 킬로미터를 달렸는지 알 수 있는 주행계가 달려 있었다). 길이 20미터의 객차는 긴 증기선처럼 계속해서 흔들렸고, 커다란 꿀벌처럼 윙윙 소리를 내며 열기 속을 지나갔다. 하지만 셰인 부인에게는 이 속도가 영 마음에 차지 않았다. 게다가 혹독한 8월의 열기에 현기증까지 느꼈고, 시곗바늘은 전혀 움직이지 않는 것 같았다. 오, 언제쯤, 도대체 언제쯤 시카고에 도착한단 말인가?

포트매디슨에서 기관차를 교체할 때, 셰인은 미국 철도 기관사 노조 지부에 들렀다. 그리고 이 노조원들이 앞으로 영원히 대등한 조건에서 자신을 비롯한 철도업계 사주들과 맞서기에 충분한 기부금을 내놓았다. 그는 기관사들과 화부들이야말로 보답을 받을 만한 사람들이라고 생각했다. 또한 그를 안타깝게 여기고 잘 대해 준 승무원들도 보답을 받았는데, 구체적인 내용은 오로지 그의 거래 은행만이 아는 일이었다. 기록에 따르면 16번가에서의 기관차 교체 작업은 승무원 가운데 가장 신참이 처음부터 끝까지 담당했다. 왜냐하면 때마침 '사모님'께서 마침내 꾸벅꾸벅 졸기 시작했고, 누구든지 간에 사모님을 깨우는 사람은 천벌을 면치 못할 것 같았기 때문이다.

이제 레이크 쇼 앤드 미시간 서던 리미티드 철도에서도 높은 봉급을 받는 전문가가 시카고부터 엘크하트까지 기관차를 담당하게 되었다. 그는 모든 일을 독단적으로 처리했기 때문에 기관차를 어떻게 후진해서 객차와 연결할지에 대해 남에게 지시받는 것은 거부했다. 그런 그조차도 콘스턴스호가 마치 다이너마이트를 실은 화차라도 되는 것처럼 조심스레 다루었다. 승무원들도 그를 욕할 때에는 손짓 발짓을 섞어 가면서 조용조용히 속삭였다.

애친슨 토피카 앤드 샌타페이 철도 사람들은 훗날 이렇게 말했다.

"쳇! 우리는 기록을 세우려고 달린 게 아니에요. 마침 하비 셰인의 부인이 아파서 뒤에 누워 있었기 때문에, 굳이 덜컹거려서 그 양반을 놀라게 하고 싶지가 않았어요. 그래서 오히려 천천히 달린 편이었죠. 생각해 보세요. 우리가 샌디에이고에서 시카고까지 가는 데 걸린 시간이 57시간 54분이에요. 동부의 보통 열차한테는 일단 그렇게만 말해 주세요. 우리가 나중에 진짜로 기록을 세우려고 할 때 미리 알려 드릴게요."

서부 사람들이 보기에 시카고와 보스턴은 사실상 나란히 붙어 있다고 할 수 있을 정도로 가까워 보였고(물론 양쪽 도시 사람들 모두 이런 평가를 탐탁하게 생각하지는 않을 것이다.) 일부 철도들이 이런 착각을 오히려 더 부추겼다. 리미티드 철도에서는 콘스턴스호를 버펄로까지 재빨리 끌고 가서, 뉴욕 센트럴 앤드 허드슨 리버 철도에 인계했다(바로 여기서 흰 턱수염을 기르고 시곗줄에 순금 부적을 매단 저명한 사업가 몇 명이 셰인과 사업 이야기를 조금 나누기 위해 객차에 올라탔다). 새로운 노선은 이 특별 열차를 올버니까지 우아하게 데려다주었으며, 여기서부터는 보스턴 앤드 올버니 철도가

서쪽 해안부터 동쪽 해안까지의 질주를 마무리했다. 여기까지 걸린 시간은 모두 합쳐 87시간 35분, 다시 말해 사흘하고도 15시간 반이었다. 그리고 종착역에서는 하비가 기다리고 있었다.

격렬한 감정을 한바탕 쏟아 내고 나자, 소년은 물론이고 어른들도 배고픔을 느끼고 음식을 달라고 아우성쳤다. 다른 열차들이 요란한 소리를 내며 오가는 와중에, 일행은 전용 객차 안에서 커튼을 내리고 자기들만의 큰 행복에 잠겨 돌아온 탕자를 위한 잔치를 열었다. 하비는 먹고 마시면서 자기가 겪었던 일들을 단숨에 모조리 이야기했다. 하비의 한 손이 아무 일도 하지 않을 때면 그의 어머니가 얼른 붙잡아 어루만지곤 했다. 하비의 목소리는 탁 트이고 소금기 어린 바다의 공기 속에서 지내는 사이에 제법 굵어져 있었다. 손바닥은 거칠고 단단했으며, 손목에는 생선 종기의 흔적이 군데군데 나 있었다. 고무장화와 초록색 셔츠에는 대구 냄새가 찌들어 있었다.

사람 판단하는 데 도가 튼 그의 아버지는 아들을 유심히 바라보았다. 이 녀석이 도대체 얼마만큼 계속 고생을 했는지는 알 수 없었다. 그는 문득 자기가 아들에 관해서 사실상 아는 게 거의 없다는 사실을 실감했다. 하지만 그가 분명히 기억하는 예전의 소년은 둥글둥글한 얼굴에 불만이 가득했고, '아버지 흉보기'를 즐겨 하며 엄마를 울리기 일쑤였던 소년이었다. 또한 부유한 집의 영리한 자녀들이 급사를 골탕 먹이거나 욕 먹이곤 하는 것처럼, 이 아이도 호텔 라운지나 회랑에서 사람들을 웃기는 역할을 도맡았었다. 그런데 이 튼튼해 보이는 어부 소년은 우물쭈물하지 않았고, 아버지의 눈을 태연하고 솔직하고 용감하게 똑바로 쳐다보았으며, 분명하고도 심지어 놀라우리만치 예의 바른 태도로 말했다. 그의 달라진 목소리야말로 이 변화가 일시적인 변화가 아니라고, 계속 새로운 하비로 남아 있을 것이라고 약속하는 듯했다.

셰인은 생각했다.

'누군가가 이 녀석 기를 꺾어 놓았군. 하지만 이제는 콘스턴스가 아무도 아들을 건드리지 못하도록 또다시 감싸고 돌겠지. 이 항해야말로 유럽에 가는 것보다 훨씬 더 효과가 좋았는데, 이 사람은 이걸 보고도 모르는 걸까.'

"그나저나 그 사람, 그러니까 트루프라는 사람한테 네가 누군지 왜 얘기 안 했니?"

어머니가 또다시 물었다. 이미 하비가 자기가 겪은 일을 적어도 두 번쯤은 자세히 설명한 이후였다.

"디스코 트루프 선장님이에요, 엄마. 지금까지 갑판 위를 걸어 다닌 사람 중 최고죠. 물론 그 다음가는 사람이 누군지는 별 관심 없지만요."

"그러니까 왜 그 사람한테 너를 육지까지 데려다 달라고 얘기하지 않았느냐고? 그랬다면 아빠가 그 사람한테 평소 버는 돈의 열 배는 줬을 텐데 말이야."

"당연히 그랬겠죠. 하지만 그분은 제가 미쳤다고 생각했어요. 심지어 저는 주머니에 있던 지폐가 사라진 걸 보고, 성급하게도 그분에게 도둑놈이라고 욕까지 했었다니까요."

"그 지폐는 깃대 옆에서 어떤 선원이 찾아다 줬어. 그날 밤에 말이야."

셰인 부인이 울먹이며 말했다.

"그럼 앞뒤가 딱 들어맞네요. 저는 트루프 선장님이 전혀 원망스럽지 않아요. 제가 대구잡이 어선에서 일하지 않겠다고 하니까, 그분이 제 콧등을 한 대 때리더라고요. 아! 돼지 잡을 때처럼 피가 철철 났다니까요."

"불쌍한 내 새끼! 그럼 그 사람들이 너를 무지막지하게 학대한 게로구나."

"전혀 아니에요. 음, 오히려 한 대 맞고 나니까 정신이 확 들던데요."

셰인은 한쪽 다리를 손바닥으로 철썩 때리며 껄껄댔다. 이건 결국 자신의 공허한 마음을 뒤쫓아 간 한 소년의 이야기였다. 아버지는 하비의 눈이 이처럼 반짝이는 모습을 이전까지 한 번도 본 적이 없었다.

"선장님은 저한테 한 달에 10달러 50센트를 봉급으로 주기로 했어요. 아직 절반밖에 못 받았지만요. 저는 댄한테 일을 배워서 곧바로 실전에 뛰어들었어요. 물론 아직 한 사람 몫을 하지는 못해요. 대신 보트만큼은 거의 댄만큼 잘 몰 수 있어요. 물론 안개 속에서는 아직 시원찮지만요. 그리고 바람이 잔잔하게 불 때는 키를 잡기도 해요. 그러니까 배를 조종한다는 뜻이에요, 엄마. 그리고 주낙에 미끼 끼우는 것도 제법 잘하고, 당연히 밧줄 다루는 법도 알고요. 그리고 한도 끝도 없이 물고기를 찍어 던질 수도 있고, 물고기 비늘로 커피 위에 뜬 찌꺼기를 걷어 낼 수도 있어요. 그리고 또…… 음, 일단 커피 한 잔만 더 주세요. 세상에, 한 달에 10달러 50센트를 받고 무슨 할 일이 그렇게 많은지 정말 상상도 못 하실 거예요!"

"나는 8달러 50센트로 시작했단다, 얘야."

셰인이 말했다.

"진짜로요? 저한테는 한 번도 그런 이야기를 해 주신 적 없잖아요, 아빠."

"네가 물어보지도 않았잖니, 하비. 언젠가 때가 되면 다 이야기해 주마. 네가 듣고 싶다면 말이야. 여기 올리브 좀 먹어 봐라."

"트루프 선장님이 그러셨어요. 이 세상에서 가장 흥미로운 것은 다음 세대가 어떻게 밥벌이를 하는지 알아내는 거라고요. 이렇게 깔끔한 음식을 다시 먹으니 정말 좋네요.

물론 우리도 잘 먹기는 했어요. 그랜드뱅크스에서 가장 좋은 음식을 먹었죠. 디스코 선장님은 우리한테 일등급 음식을 주셨어요. 정말 대단한 분이에요. 그리고 댄은, 그러니까 선장님 아들이요, 제 짝꿍이에요. 그리고 거름을 좋아하는 솔터스 아저씨가 있는데, 그분은 『요세푸스』를 읽어요. 그분도 제가 미쳤다고 확신했었죠. 그리고 불쌍한 리틀 펜이 있는데, 그 사람이야말로 정말 제정신이 아니에요. 나중에 아빠도 그 사람이랑 존스타운 이야기를 꼭 해 보셔야 해요. 왜냐하면……. 아, 그리고 톰 플랫이랑 롱 잭이랑 마누엘도 꼭 알아 두셔야 해요. 마누엘은 제 목숨을 구해 준 사람이에요. 그 사람이 포르투갈 사람이라서 무척 아쉬워요. 말은 많이 못 해 봤지만, 그래도 뛰어난 음악가예요. 제가 바다에 빠져서 떠내려가는 걸 그 사람이 보고 건져 준 거예요."

"그래도 네 정신이 완전히 망가진 것 같지는 않구나."

셰인 부인이 말했다.

"왜 그랬겠어요, 엄마? 저는 말처럼 열심히 일했고, 돼지처럼 열심히 먹었고, 시체처럼 열심히 잤다고요."

셰인 부인으로서는 듣기 괴로운 말이었다. 왜냐하면 그녀는 곧바로 바닷물에 둥둥 떠서 꺼떡거리는 시체의 모습을 떠올렸기 때문이다. 급기야 어머니는 자기 객실로 쉬러 들어가 버렸고, 하비는 아버지 옆에 앉아서 자기가 갚아야 할 것들에 관해서 설명했다.

"그 사람들을 위해서 내가 해 줄 수 있는 건 뭐든지 해 주마, 하비. 네 이야기를 듣고 보니 모두 좋은 사람들인 것 같구나."

"어선단에서도 최고였어요, 아빠. 글로스터에 가서 한번 물어보세요. 하지만 디스코 선장님은 당신이 제 정신을 제대로 돌려놓았다고 확신하고 계세요. 제가 아빠랑 우리의 전용 객차, 그리고 그 밖에 모든 것에 관해서 이야기했을 때, 그걸 유일하게 믿어 준 사람은 댄 하나뿐이었어요. 하지만 저도 댄이 정말로 믿는 건지는 잘 모르겠어요. 저는 내일 그 사람들을 모두 깜짝 놀라게 해 주고 싶어요. 혹시 우리 콘스턴스호를 글로스터까지 끌고 갈 수 있을까요? 어쨌거나 엄마도 지금 당장 움직이기는 어려워 보이고, 또 내일은 우리도 청소를 마무리해야 하거든요. 우리가 잡은 물고기를 우버먼이 결국 사기로 했단 말이에요. 아시다시피 우리는 이번 조업 철에 그랜드뱅크스에서 돌아온 첫 번째 어선이니까, 1퀸틀에 4달러 25센트씩 받기로 했어요. 돈을 받을 때까지는 우리가 물고기들을 그냥 갖고 있었는데, 이제 저쪽에서 빨리 가져가고 싶대요."

"그러니까 내일도 네가 가서 일을 해야 한다 이거냐?"

"트루프 선장님한테 그러겠다고 약속했어요. 저는 저울을 맡을 거예요. 장부도 이렇게 가지고 왔어요."

기름때 묻은 공책을 아들이 어찌나 중요한 물건처럼 바라보던지, 아버지는 웃음을 참기 위해 헛기침을 할 수밖에 없었다.

"제가 보기에는 아직 선창에 300퀸틀, 아니, 294퀸틀이나 295퀸틀 정도가 남은 것 같아요."

"그럼 사람을 하나 사서 대신 일하라고 하지."

셰인은 하비가 뭐라고 말하는지 보려고 이렇게 말했다.

"그건 안 돼요, 아빠. 저는 지금 그 스쿠너선의 계수원이라고요. 트루프 선장님 말씀으로는 제가 댄보다 숫자 세는 머리가 더 좋대요. 그분은 정말이지 공평한 분이라니까요."

"음, 내가 보기에 오늘 밤 당장은 콘스턴스호를 옮길 수 없을 것 같은데. 너는 어떻게 할래?"

하비는 시계를 바라보았다. 밤 11시 20분이 지난 시간이었다.

"그러면 여기서 3시까지 잠깐 눈을 붙였다가, 4시에 출발하는 화물차를 얻어 타고 갈게요. 우리 같은 어선단 사람들은 공짜로 태워 준다고 하더라고요."

"그것도 방법이겠구나. 내 생각에는 네가 타고 가겠다는 화물차와 비슷한 시간에 콘스턴스호를 움직일 수 있을 것 같구나. 그러니 이제 좀 자라."

하비는 소파 위에 누워서 장화를 벗더니, 아버지가 전깃불을 어둡게 할 틈도 주지 않고 곯아떨어져 버렸다. 셰인은 한쪽 팔을 이마에 올려놓은 채 잠들어 있는 아들의 젊은 얼굴을 바라보았다. 그러자 그에게 여러 가지 생각들이 떠올랐다. 그중 하나는 자기가 아버지로서 아들에게 너무 무관심했을지도 모른다는 자책이었다. 그가 중얼거렸다.

"사람이 인생에서 가장 큰 위험을 맞닥뜨릴 때가 언제인지는 아무도 모르지. 어쩌면 네가 겪은 일이 물에 빠져 죽는 것보다 더 힘들었을 수도 있어. 하지만 나는 그렇다고는 생각 안 한다. 그렇게는 생각 안 해. 내 추측이 사실이라면, 나로선 트루프라는 양반에게 차마 갚을 수도 없는 빚을 진 셈이지. 그래서 당혹스러운 거고. 여하간 나는 네가 힘들었다고 생각 안 한다."

아침이 되자 창밖으로 맑은 바닷바람이 불어왔다. 콘스턴스호는 화물 열차들 사이 한쪽에 정차해 있었고, 하비는 벌써 일하러 가 버린 뒤였다.

"저러다가 또다시 바다에 빠져서 이번에는 영영 못 돌아오면 어쩌려고 그러는지."

어머니가 씁쓸한 듯 말했다.

"우리가 직접 가서 살펴봅시다. 여차하면 밧줄이라도 던져 주게 말이에요. 저 녀석이 제 손으로 밥벌이를 하는 모습은 당신도 본 적 없을 테니까."

아버지가 말했다.

"말도 안 되는 일이에요! 아무도 그러라고 한 사람 없는

데…….”

“음, 저 녀석을 고용한 선장이란 양반은 딱 그러길 바란 것 아니겠어요. 그 양반이 옳아요.”

두 사람은 어부용 방수복이 한가득 늘어서 있는 가게들을 지나서 위아히어호가 정박해 있는 우버먼 부두로 갔다. 어선에는 여전히 그랜드뱅크스의 깃발이 매달려 있었고, 모두 찬란한 아침 햇빛 속에서 비버처럼 바쁘게 움직이고 있었다. 디스코는 선창 뚜껑문 옆에 서서 도르래를 맡고 있는 마누엘과 펜과 솔터스 삼촌을 감독하고 있었다. 댄이 생선 싣는 바구니를 선창에 내리면, 롱 잭과 톰 플랫이 바구니를 가득 채웠다. 장부를 든 하비는 선장을 대신해 소금이 흩뿌려진 부두 가장자리의 저울 담당 직원 앞에 서 있었다.

“준비!”

아래에서 목소리가 들렸다.

“당겨!”

디스코가 외쳤다.

“하이!”

마누엘이 말했다.

“여기!”

댄이 소리치며 바구니를 내렸다. 그러자 하비가 맑고도 선명하게 무게를 외쳤다.

“297퀸틀에 선창이 싹 비었습니다!”

맨 마지막 남은 물고기까지 비우고 나자, 하비는 2미터 위의 들보에서 줄사다리로 뛰어내리며 디스코에게 소리쳤다. 그 길이 디스코에게 장부를 건네주러 가기에 가장 가까운 길이었기 때문이다.

"그러면 모두 합쳐 얼마지, 하비?"

디스코가 물었다.

"모두 합쳐 865퀸틀요. 금액으로는 3,676달러 25센트예요. 저도 봉급에 더해서 지분까지 얻었으면 좋았을걸 그랬네요."

"음, 나 역시 네가 그럴 자격이 없다고는 딱 잘라 말할 수 없겠구나, 하비. 그럼 이제 우버먼의 사무실에 우리 장부를 좀 갖다주겠니?"

"저 친구는 누군가?"

셰인이 댄에게 물었다. 마치 여름철 관광객처럼 게으른 바보가 질문을 던지는 듯한 어조였다.

"어, 재는 일종의 화물 관리인이에요. 그랜드뱅크스에서 물에 둥둥 떠다니는 걸 우리가 우연히 발견해서 건져 냈어요. 여객선에서 떨어졌다고 하더라고요. 재는 원래 여객선 승객이었대요. 하지만 지금은 어부가 되어 가는 중이에요."

소년의 대답이었다.

"그러면 저 친구가 밥값은 제대로 하나?"

"그럼요."

그러고서 댄은 디스코를 불렀다.

"아빠, 여기 계신 분이 하비가 밥값은 제대로 하느냐고 물어보시는데요."

그러고는 다시 셰인에게 말했다.

"저기, 혹시 배에 한번 타 보실래요? 아주머니도 타실 수 있게 사다리를 놓아 드릴게요."

"나도 한번 타 보고 싶구먼. 당신도 괜찮을 거예요, 여보. 그러면 당신도 직접 볼 수 있겠지."

불과 일주일 전만 해도 상심한 나머지 머리조차 들지 못했던 여성이 이제는 사다리를 타고 내려가서 잔뜩 어질러진 후갑판에 내려섰다.

"혹시 저 하비란 친구한테 관심이 있으십니까?"

디스코가 말했다.

"어…… 예, 그렇습니다."

"아주 괜찮은 녀석입니다. 물고기도 딱 예상한 만큼은 잡아 올렸고요. 저희가 저 녀석을 어떻게 발견했는지 혹시 들으셨습니까? 제가 보기에는 아마 신경쇠약인지 뭔지로 고생했거나, 아니면 어디에 머리를 부딪쳐서 그런 것 같은데, 저희가 처음 이 배에 건져 올렸을 때는 정신이 온전치 않았죠. 물론 지금은 다 나았지만요. 예, 여기가 뒷선실입니다. 많이 어수선하긴 하지만, 둘러보시는 건 얼마든지 괜찮습니다. 저기 스토브 연통에 새겨져 있는 숫자도 바로 저 녀석이 적어 놓은 거랍니다. 우리는 여기다가 계산한 것들을 적어 놓곤 하거든요."

"그럼 여기서 잠을 잔 건가요?"

셰인 부인은 노란색 사물함에 걸터앉아 어질러진 침상을 살펴보며 물었다.

"아닙니다. 저 녀석은 앞선실에서 잤습니다. 물론 잠을 자야 할 시간에 제 아들 녀석하고 한통속이 되어서 파이를 훔쳐 먹기도 했죠. 물론 그게 특별히 큰 잘못은 아니지만요."

그때 솔터스 삼촌이 계단을 내려오면서 말했다.

"하비는 잘못한 게 하나도 없어요. 물론 제 장화를 돛대 꼭대기에 갖다 걸어 놓기도 하고, 특히 농업에 관해서라든가 자기보다 뭔가를 더 많이 아는 사람한테 아주 공손하지는 않았죠. 하지만 대부분은 댄이란 녀석이 잘못 이끌어 줘서 그런 거예요."

그 와중에 댄은 이날 아침에 하비가 살짝 귀띔해 준 것을 이제야 떠올리고는 갑판 위에서 덩실덩실 춤을 추고 있었다. 그는 뚜껑문 아래를 향해 속삭였다.

"톰, 톰! 걔네 부모님이 오셨어요. 그런데도 아빠는 아직 눈치를 못 채고 계시다고요. 지금 뒷선실에 들어가서 뭐라 뭐라 이야기를 하고 있어요. 걔네 엄마는 진짜 멋지고, 걔네 아빠도 겉모습만 보면 딱 하비가 말한 그대로예요."

롱 잭이 소금과 물고기 비늘로 온몸이 뒤덮인 채 기어 나오며 말했다.

"이런 세상에! 그럼 너는 그 돈 많은 꼬맹이랑 네 마리 말이 끄는 마차 이야기 같은 것들을 진짜라고 믿었던 거냐?"

"저는 처음부터 알고 있었어요. 얼른 와 보세요. 우리 아빠가 드디어 뭔가를 잘못 판단했다는 게 밝혀질 테니까요."

이들이 즐거워하며 뒷선실로 가 보니, 마침 셰인이 이렇게 말하고 있었다.

"저 아이가 좋은 성격을 기르게 되어서 무척이나 다행이군요. 왜냐하면…… 저 아이는 제 아들이니까요."

디스코가 놀란 나머지 입을 딱 벌렸다. 훗날 롱 잭은 자기가 선장의 턱뼈 빠지는 딱 소리를 분명히 들었다고 맹세했다. 곧이어 디스코는 자기 앞에 서 있는 남자와 여자를 번갈아 가며 바라보았다.

"나흘 전에 샌디에이고에서 전보를 받았습니다. 그래서 달려온 겁니다."

"전용 객차로요? 하비는 부모님이 그걸 타고 오실 거라고 하던데요."

댄이 물었다.

"당연히 전용 객차로 왔지."

댄은 아버지를 바라보며 불손하기 짝이 없는 태도로 한쪽 눈을 깜박였다.

"그렇잖아도 그 녀석이 조랑말 네 마리가 끄는 자기 마차가 있다는 이야기를 했었거든요. 그럼 그게 정말입니까?"

이번에는 롱 잭이 물었다.

"아마 그럴 겁니다. 그렇죠, 여보?"

셰인이 대답했다.

"우리가 톨레도에 살 때 작은 마차를 하나 갖고 있었던 것 같네요."

어머니가 말했다.

롱 잭이 놀랍다는 듯 휘파람을 불었다.

"거봐요, 선장님!"

이걸로 끝이었다.

"그래, 맞아. 이번에는 내가 잘못 판단했구먼. 마블헤드 사람들보다 훨씬 더 잘못 판단했어."

디스코가 수긍했다. 마치 닻감개로 그의 몸에서 단어들을 억지로 감아올린 듯한 말투였다.

"솔직히 인정하겠습니다, 셰인 씨. 저는 댁의 아드님이 미쳤다고 잘못 생각했었습니다. 돈에 관해서 좀 기묘한 이야기를 하기에요."

"제 아들 녀석도 그렇게 말하더군요."

"혹시 다른 이야기도 하던가요? 사실은 제가 딱 한 번 주먹질도 했거든요."

이렇게 말하면서 선장은 약간 근심스러운 표정으로 셰인을 바라보았다.

"아, 그럼요. 제가 보기에는 그 일이야말로 그 녀석에게는 세상 그 무엇보다도 좋은 효과를 발휘한 것 같습니다."

셰인이 대답했다.

"저로선 그게 필요하다고 판단했었습니다. 그렇지 않았다면 애초부터 하지 않았겠지요. 다만 저희가 이 배에서 아이들을 항상 그렇게 학대한다고 오해하시지는 말았으면 좋겠습니다."

"저 역시 그렇다고 생각하지는 않습니다, 트루프 씨."

셰인 부인은 거기 모인 사람들의 얼굴을 찬찬히 훑어보았다. 디스코는 누런 상아색 얼굴에 수염을 말끔히 깎고, 강철 같은 표정을 짓고 있었다. 솔터스 삼촌의 얼굴에는 농부 특유의 수염이 가장자리에 돋아나 있었다. 펜의 얼굴은 당혹스러울 만큼 천진난만해 보였다. 마누엘의 얼굴에는 조용한 미소가 깃들어 있었고, 롱 잭의 얼굴에는 기쁨의 함박웃음이, 톰 플랫의 얼굴에는 상처가 드러나 있었다. 그녀의 기준에서는 당연히 거칠기 짝이 없는 얼굴들이었다. 하지만 그녀는 어머니로서의 눈빛을 띠고 자리에서 일어나 양손을 내밀었다.

"아, 말씀해 주세요, 누가 누구신지? 여러분께 감사와 축복을 드리고 싶어요. 여러분 모두한테요."

그녀는 반쯤 울면서 말했다.

"믿음이 있으면 백배의 복이 되어 돌아오게 마련이지요."

롱 잭이 말했다.

디스코는 예의를 갖춰 이들 모두를 소개했다. 경험이 풍부한 중국인 선장조차도 그보다 더 잘하지는 못했을 것이다. 이에 셰인 부인은 앞뒤도 안 맞는 말을 횡설수설 늘어놓았다. 특히 하비를 처음 구한 사람이 마누엘이라는 사실을 알자, 아예 끌어안으려고 들었다. 딱한 마누엘은 당황해 하면서 말했다.

"어떻게 개를 물에 그냥 떠내려가게 내버려 두겠어요? 어머님이라면 그런 상황에서 어떻게 하셨겠어요? 어, 그렇죠? 덕분에 저희도 좋은 아이를 하나 구한 셈이죠. 그게 마침 댁의 아드님이라니 저도 무척 기쁘네요."

"그리고 우리 아이 말로는 댄이 자기 짝꿍이라던데요!"

그녀가 외쳤다. 댄은 이미 충분히 얼굴이 붉어져 있었지만, 셰인 부인이 사람들 보는 앞에서 양쪽 뺨에 입을 맞추자 더 새빨갛게 변하고 말았다. 곧이어 선원들이 앞선실을 구경시켜 주자, 그녀는 또다시 울음을 터뜨렸다. 그들은 하비가 쓰던 침상까지 굳이 내려가 보았는데, 아래에서는 흑인 주방장이 스토브를 닦고 있다가 마치 몇 년째 만나기를 고대했던 누군가라도 맞이하는 듯 태연히 고개를 끄덕이며 인사를 건넸다. 선원들은 한 번에 두 명씩 앞다퉈 가면서 어선 생활을 셰인 부인에게 설명했다. 그녀는 멈춤쇠 고정대에 기대앉아 기름때 묻은 식탁 위에 장갑 낀 손을 올리고는, 떨리는 입술로 웃음을 터뜨리고 흔들리는 눈으로 눈물을 떨구었다.

"이러다가 앞으로 우리 위아히어호를 영영 못 타게 되는 거 아냐? 하비네 어머님이 이 배를 통째로 가져다가 예배당으로 삼으실 기세인데."

롱 잭이 말했다.

톰 플랫이 비웃었다.

"예배당 좋아하시네! 아, 이렇게 쓸모없는 배가 아니라 어업 위원회의 배라도 됐다면 그럴 수 있었겠지. 하비네 어머님이 오셨을 때, 우리가 옛날 오하이오호에서처럼 버젓한 모습으로 질서 정연하게 대열 맞춰 서서 환영했다면 그랬을지도 몰라! 하비네 어머님이 숙녀답게 사다리를 타고 배에 오르시면, 우리가 멋지게 돛대 양쪽에 정렬해서 맞이했더라면 말이야!"

"그러면 하비는 미친 게 아니었군요."

펜이 셰인을 향해 천천히 말했다.

"당연히 아니었죠. 하느님께 감사드릴 일입니다."

덩치 큰 백만장자가 부드럽게 허리를 굽히며 대답했다.

"사람이 미친다는 건 끔찍한 일이 분명해요. 물론 제가 아는 한 그보다 더 끔찍한 일이 있다면, 그건 바로 자기 자녀를 잃는 일이겠지요. 하지만 댁의 자녀는 살아 돌아온 셈이지요? 그러니 우리 하느님께 감사 기도를 올립시다."

"저 왔어요!"

하비가 부두에서 아래를 내려다보며 신이 나서 외쳤다.

"내가 실수했구나, 하비. 내가 실수했어. 내 판단이 잘못되었던 거야. 이제 청소는 안 해도 된다."

디스코가 재빨리 말하며 한 손을 내밀었다.

"청소는 이제 내가 알아서 할게."

댄이 나지막이 말했다.

"그러면 지금 바로 떠나겠구나, 그렇지?"

"어, 일단 제 봉급을 다 챙기기 전에는 못 가죠. 물론 봉급 대신에 위아히어호를 압류해도 된다고 하시면 또 모르겠지만요."

"그래, 맞다. 내가 까맣게 잊고 있었구나."

선장은 남은 지폐를 세었다.

"너는 계약을 충실히 이행했어, 하비. 네가 보여 준 일솜씨만 보면 마치 애초부터 태어나기를……."

여기서 디스코는 말을 뚝 끊고 말았다. 자기 말을 어떻게 마무리해야 할지 몰랐던 까닭이었다.

"전용 객차 밖에서 태어난 것 같다고요?"

댄이 짓궂게 말했다.

"가자, 우리가 타고 온 전용 객차를 보여 줄게."

하비가 말했다.

셰인은 뒤에 남아 디스코와 이야기를 나누었지만, 다른

사람들은 셰인 부인의 뒤를 따라서 기차 정거장으로 향했다. 프랑스인 하녀는 갑자기 들이닥친 사람들을 보고 기겁했다. 하비는 콘스턴스호의 휘황찬란한 모습을 아무 말 없이 모두에게 보여 주었다. 이들은 하나같이 입을 꾹 다문 채 내부를 구경했다. 무늬가 새겨진 가죽 제품이며, 은제 문손잡이와, 난간, 벨벳, 판유리, 니켈, 놋쇠, 연철 장식들과, 정교하게 조각된 대륙의 갖가지 희귀 목재들을 말이다.

"제가 진짜라고 그랬잖아요. 다 진짜라고요."

하비가 말했다. 이것이야말로 최고의 복수였다. 이것으로 충분했다.

셰인 부인이 식사를 대접했다. 훗날 롱 잭이 자기 하숙집에서 늘어놓을 체험담에서 뭔가 부족한 것이 하나도 없게끔, 그녀는 계속해서 손님들 곁을 지켰다. 선원들 모두 거센 강풍 속에서 작은 식탁에 모여 식사하는 데 익숙하다 보니, 이들의 식사 습관은 기묘할 정도로 깔끔하고 깍듯했다. 이런 상황을 알 리 없었던 셰인 부인은 깜짝 놀랐다. 그녀는 마누엘이 깨지기 쉬운 유리그릇과 섬세한 은 식기를 너무나도 조용하고 편안하게 다루는 모습을 보고 그를 집사로 고용하고 싶어 했다. 톰 플랫은 옛날 오하이오호에서 좋았던 시절에 장교들과 식사를 하던 외국 부자들의 행동거지를 기억해 내서 따라 했다. 롱 잭은 아일랜드인답게 이런 저런 이야기를 끌어 내서 모두의 마음을 편안하게 만들어

주었다.

위아히어호의 뒷선실에서는 두 아버지가 엽궐련을 피우면서 서로를 견줘 보고 있었다. 셰인은 돈으로 환심을 살 수 없는 사람을 상대하는 방법을 충분히 잘 알고 있었다. 또한 디스코가 하비에게 해 준 일은 차마 돈으로 갚을 수 없는 일이라는 것을 잘 알고 있었다. 그는 계속해서 이런저런 생각을 하며 상대방이 먼저 말을 꺼내기를 기다렸다.

"저야 댁의 아드님에게, 또는 아드님을 위해서 특별히 해 준 게 아무것도 없습니다. 기껏해야 일하는 방법 조금하고, 사분의 다루는 법을 가르쳐 준 것뿐이죠. 그래도 숫자 다루는 머리는 하비가 제 아들놈보다 두 배는 더 뛰어나더군요."

디스코가 말했다.

"그나저나 말입니다, 댁의 아드님의 장래에 관해서는 어떻게 계획하고 계십니까?"

셰인이 태연하게 물었다.

디스코는 엽궐련을 입에서 떼더니, 뭔가를 곰곰이 생각하는 듯 뒷선실 곳곳으로 연기를 휘저었다.

"우리 댄은 그냥 평범한 아이일 뿐입니다. 그래서 저도 딱히 뭔가를 생각해 본 적은 없습니다. 제가 은퇴하면 그 녀석이 이 배를 가질 수야 있겠지요. 그 녀석은 이 일을 하기 싫어서 발버둥 치는 것까지는 아니니까요. 그건 저도 확실히 압니다."

"음! 혹시 서부에 가 보신 적 있습니까, 트루프 선장님?"

"언젠가 한번 배를 타고 뉴욕에 가 본 게 전부죠. 저는 기차 타는 데 익숙하지가 않아서요. 댄도 마찬가지입니다. 트루프 가문 사람들에게는 소금물이 잘 맞나 봅니다. 저도 여기저기 다녀 보기는 했습니다만, 어디까지나 자연이 만든 길을 따라서 갔을 뿐이죠."

"그렇다면 댁의 아드님에게 필요한 만큼 소금물을 잔뜩 드리면 어떻겠습니까? 선장으로 만들어 드리죠."

"어떻게요? 제가 듣기로는 철도 쪽으로 큰 사업을 하고 계시다던데요. 하비가 그러더군요. 그게 언제냐 하면……음, 제가 아드님을 잘못 판단했을 때였죠."

"사람은 누구나 뭔가를 잘못 판단하게 마련이죠. 여하간 제가 갖고 있는 사업체 가운데 차茶 수송선 쪽도 있습니다. 샌프란시스코에서 요코하마까지 오가는 배가 여섯 척이고, 하나같이 철제 선박에, 각각 1,780톤짜리입니다."

"이런 세상에! 하비는 전혀 그런 말을 안 하던데요. 철도의 객차니 조랑말 마차니 하는 이야기 대신에 방금 말씀하신 그 이야기를 했더라면 저도 귀를 기울였을 겁니다."

"제 아들 녀석은 미처 모르는 일이죠."

"그 정도면 너무 사소한 일이라서 아마 기억을 못 하는 모양입니다."

"아뇨, 제가 얼마 전에야 매입한 사업체라서 그렇습니다.

'블루 M.' 화물선, 그러니까 모건 앤드 매퀘이드의 예전 노선을 이번 여름에 매입했거든요."

스토브 옆에 앉아 있던 디스코는 갑자기 온몸에 힘이 죽 빠져 버렸다.

"세상에 그럴 수가! 아무래도 제가 처음부터 끝까지 완전히 속고만 살아온 것 같네요. 이 동네에 살다가 지금으로부터 6년 전에, 아니 7년 전인가, 하여간 여기 살다가 떠난 필 에어하트라는 친구가 있었습니다. 지금은 '새너제이'호에서 항해사로 일하고 있다더군요. 휴가가 무려 26일이나 된다고 하더라고요. 그 누이가 아직 이 동네에 사는데, 제 마누라한테 그 친구가 보낸 편지를 읽어 주더랍니다. 그런데 댁이 바로 그 '블루 M.' 화물선의 소유주란 겁니까?"

셰인이 고개를 끄덕였다.

"그것만 알았어도 저는 이야기를 듣자마자 돛을 내릴 새도 없이 곧장 위아히어호를 돌려서 항구로 돌아왔을 겁니다."

"만약 그랬다면 하비도 지금처럼 좋은 결과를 얻지는 못했겠지요."

"그것만 알았어도! 그 어마어마한 노선에 관해서 그 녀석이 한마디만 꺼냈더라면 저는 곧바로 이해했을 겁니다! 이제 저는 두 번 다시 저의 판단을 신뢰할 수가 없을 것 같군요. 두 번 다시 말입니다. 여하간 댁의 선단은 정말 잘 조직되어 있다고 하더군요. 필 에어하트가 그랬어요."

"칭찬해 주시니 감사합니다. 에어하트는 현재 새너제이호의 선장으로 일하고 있습니다. 그나저나 제가 궁금한 것은, 선장님께서 1, 2년쯤 댄을 저한테 좀 빌려주실 수 있나 하는 겁니다. 그러면 아드님이 항해사가 될 만한 실력인지 아닌지 알아보도록 하겠습니다. 아드님을 에어하트한테 부탁하는 게 어떻겠습니까?"

"하지만 저렇게 버릇없는 녀석을 데려가신다면……."

"비슷한 상황에서 더 큰일을 해 주신 분이 이 앞에 계시지 않습니까."

"그건 상황이 다르죠. 분명히 말씀드리지만, 저는 댄을 특별한 아이라고 추천하지는 않을 겁니다. 그 녀석은 제 혈육이니까요. 물론 그랜드뱅크스의 방식과 상선의 방식이 다르다는 건 저도 압니다. 그래도 저 녀석은 아직 배워야 할 게 너무 많아요. 물론 조타는 가능하고, 웬만한 아이들보다는 더 낫다고 할 수 있죠. 나머지 일이야 타고난 것이니 알아서 터득해야 하겠지만요. 대신 항해 중에 체력이 달리면 어떻게 하나 걱정은 되는군요."

"그야 에어하트가 신경 써서 돌봐 줄 겁니다. 처음에는 항해 경력 1, 2년 정도로 치고 배에 태워 보고, 나중에 더 나은 자리로 승진할 수 있을 겁니다. 올겨울에 아드님을 빌려주시면, 제가 내년 초봄에 돌려 드리도록 하겠습니다. 물론 태평양이 여기서 멀리 떨어져 있기는 합니다만……."

"허! 우리 트루프 가문 사람으로 말하자면, 살았거나 죽었거나 간에 세상 곳곳의 땅과 바다에 퍼져서 살고 있답니다."

"대신 한 가지 부탁드리고 싶은 것이 있습니다. 그러니까 이런 겁니다. 혹시 아드님이 보고 싶으시다면 언제라도 곧바로 저한테 연락해 주시기 바랍니다. 그러면 제가 차편을 준비하도록 하겠습니다. 선장님께서는 땡전 한 푼 쓰지 않으셔도 됩니다."

"제가 선생님 말에 승낙하기 전에, 일단 집에 가서 마누라와 이 문제를 상의해 봐야 할 것 같습니다. 지금까지 제 판단이 계속해서 완전히 빗나가 버리는 바람에, 저로선 이게 진짜인지 아닌지도 잘 판단이 서지 않거든요."

두 사람은 푸른 금련화가 잘 손질되어 있는 트루프의 1,800달러짜리 하얀 집으로 향했다. 앞마당에는 못 쓰게 된 보트들이 가득했고, 덧문을 닫아 놓은 거실에는 외국에서 가져온 갖가지 기념품들이 박물관처럼 진열되어 있었다. 두 사람 앞에는 덩치 큰 여성이 아무 말도 없이 굳은 표정으로 앉아 있었다. 그 눈빛은 가족이 돌아오기를 바라며 오랫동안 바다를 응시한 사람답게 침침해 보였다. 셰인이 제안을 내놓자, 그녀는 지친 듯 동의하며 말했다.

"이곳 글로스터에서만 한 해에 죽는 사람이 100명이나 됩니다, 셰인 선생님. 어른뿐만 아니라 아이까지 합쳐서

100명이지요. 그래서 저는 급기야 저 바다를 미워하게 되었답니다. 마치 바다가 살아 있고 귀가 달린 사람이라도 되는 것처럼 말이에요. 하느님께서는 인간이 닻을 내리라고 바다를 만드신 것은 아니겠지요. 제가 이해한 바에 따르면, 선생님께서 갖고 계신 선단은 곧장 목적지로 떠났다가 곧장 집으로 돌아온다고요?"

"바람이 허락하는 대로 곧장 떠날 겁니다. 그리고 항해시간을 단축하면 보너스도 지급됩니다. 차라는 물건은 바다에 오래 있으면 좋지 않으니까요."

"우리 아이는 어렸을 때 가게에서 장사하는 놀이를 하곤 했었죠. 그래서 저도 아이가 그쪽으로 나아갔으면 좋겠다는 기대를 했었어요. 하지만 아이가 보트에 타고 노를 저을 수 있게 되자, 저는 이런 기대가 결국 깨지게 되었음을 깨달았지요."

"이분이 말씀하시는 배는 가로돛배예요, 여보. 철제로 튼튼하게 만든 배라니까. 필의 누이가 동생한테 받은 편지를 읽어 주던 것 기억 안 나요?"

"나야 생각도 못 했죠. 필은 거짓말도 했으니까요. 필은 너무나도 모험심이 강했어요. 바닷사람들이 대부분 그렇듯이요. 만약 우리 댄이 그 일에 맞는다고 생각하신다면 그 애를 데려가서 쓰셔도 좋습니다, 셰인 선생님. 저는 전적으로 찬성이에요."

"이 사람은 그저 바다가 싫은 것뿐이랍니다. 그리고 저는…… 저로선 어떻게 해야만 정중하게 행동하는 건지 잘 모르겠군요. 그것만 알았어도 선생님께 더 감사드릴 수 있을 텐데."

디스코가 말했다.

"제 친정아버지랑 오빠, 조카 둘이랑 제 둘째 언니의 남편까지도 바다에서 죽었어요. 이 사람들을 모두 앗아 간 바다를 도대체 어떻게 좋아할 수 있겠어요?"

부인은 이렇게 말하며 양손에 얼굴을 묻었다.

마침 댄이 나타나자 셰인은 어색한 분위기를 벗어나게 된 것에 안도해 마지않았다. 소년은 차마 말로 표현할 수 있는 것보다 더 큰 기쁨을 드러내면서 이 제안을 수락했다. 사실 이 제안이야말로 그가 바라는 모든 것들로 나아가는 쉽고도 확실한 길이었다. 하지만 댄이 이 순간에 가장 많이 생각한 것은 넓은 갑판에서 당직 업무를 서며 멀리 떨어진 항구를 바라보는 자신의 모습이었다.

셰인 부인은 속내를 알 수 없는 마누엘을 붙잡고 하비를 어떻게 구조했는지 자세한 이야기를 들었다. 마누엘은 금전적 대가를 전혀 바라지 않는 듯했다. 여러 번 재촉하자, 마누엘은 딱 5달러만 받겠다고 했다. 어떤 여자한테 선물을 사 주고 싶기 때문이라고 했다. 하지만 그 이상은 안 된다고 했다.

"제가 먹을 것이며 피울 담배를 이렇게 손쉽게 벌 수 있는데, 왜 굳이 돈을 받아야 하나요? 제가 좋건 싫건 꼭 주시겠다고요? 어, 그렇죠? 그렇다면 주셔도 되는데, 저한테는 아니에요. 차라리 좋은 데에 원하시는 만큼 주세요."

그러면서 그는 부루퉁한 표정의 포르투갈인 사제를 한 명 소개해 주었다. 그 사제는 가난한 과부들의 이름이 자신의 사제복만큼이나 길게 적힌 명단을 내밀었다. 신실한 유니테리언교도인 셰인 부인은 비록 그 신조에는 공감하지 못했지만, 결국 이 갈색 피부의 말 잘하는 작은 남자를 존경하게 되었다.

성실한 신앙인인 마누엘은 그녀의 자선에 온갖 축복을 늘어놓았다.

"덕분에 저도 편해졌어요. 앞으로 6개월 동안은 아무 일 없을 거예요."

그러고서 마누엘은 자기가 점찍어 둔 아가씨에게 선물할, 그리하여 다른 모든 아가씨들의 마음을 아프게 할 손수건을 한 장 사러 갔다.

솔터스는 한 철 동안 펜과 함께 서부에 머문다면서 떠났고, 그러면서 아무런 연락처도 남기지 않았다. 이렇게 호화로운 전용 객차까지 소유한 백만장자 가족이 혹시나 자기 동료에게 부당한 관심이라도 가지게 될까 걱정했던 것이다. 그래서 해안이 조용해질 때까지 내륙의 친척들을 찾아다니는 게 좋겠다고 생각했다.

솔터스는 차를 타고 가면서 이렇게 말했다.

"돈 많은 양반들의 눈에 들 생각일랑 하지 말라고, 펜. 만약 그랬다가는 내가 이 체커 판으로 자네 머리를 내려칠 거야. 그리고 자네 성은 '프랫'이야. 자네가 또다시 성을 잊어버리면, 그때는 솔터스 트루프와 같이 다닌다는 것만 기억하라고. 그리고 그 자리에 가만히 있으면 돼. 그럼 내가 찾으러 갈 테니까. 살이 쪄서 눈이 툭 튀어나온 사람들* 뒤를 절대 따라다니지 마. 성경 말씀대로 말이야."

* 구약성서 시편 73장 7절 내용을 인용한 것이다.

제10장

CAPTAINS COURAGEOUS

하지만 위아히어호의 말 없는 주방장은 사정이 달랐다. 그는 자기 물건을 손수건에 싸 가지고 나오더니, 대뜸 콘스턴스호에 올라탔다. 그는 딱히 급료를 받기를 바라지도 않았고, 자기 잠자리가 어딘지도 전혀 관심이 없었다. 그의 관심사는 자기 꿈에 나온 대로 남은 평생 하비를 따라다니는 것뿐이었다. 사람들은 그를 논리로 설득하려고 했고 나중에는 애원하기까지 했다. 하지만 케이프브레턴섬의 흑인 한 명과 기존에 일하던 앨라배마주의 흑인 두 명의 입장 차이는 좁혀지지 않았다. 결국 기존의 주방장과 짐꾼은 고용주인 셰인에게 이 문제를 해결해 달라고 부탁했다. 이에 백만장자는 웃기만 할 뿐이었다. 언젠가는 하비에게도 시종이 하나 필요할 거라고 생각하던 참이었고, 그 자리에 자원하는 사람이 있다면 보통 직원 다섯 명의 가치는 있을 거라고 생각했다. 따라서 주방장은 소원대로 취직하게 되었다. 비록 이름이 맥도널드이고 게일어로 욕을 하는 특이한 흑인이긴 했지만 말이다. 전용 객차는 일단 보스턴으로 돌아갈 예정이었으며, 거기 머무는 동안 그의 마음이 바뀌지 않는다면, 주방장도 셰인 가족과 함께 서쪽으로 갈 예정이었다.

내심 걸리적거리던 콘스턴스호를 떠나보내자, 백만장자 왕국의 마지막 잔재도 사라진 셈이었다. 셰인도 활기를 찾고 글로스터에서의 유유자적한 삶을 홀가분하게 만끽하고자 했다. 글로스터는 새로운 땅에 건설된 새로운 도시였다. 그는 이제 이곳에 '스며들기'로 작정했다. 스노호미시부터 샌디에이고에 이르는 전국의 모든 도시에서도 그는 마찬가지 방법으로 어딜 가나 환영을 받았다. 이 도시에서 돈이 오가는 구불구불한 거리의 절반은 부두였고, 나머지 절반은 선박용품점이었다. 전문가답게 그는 돈벌이라는 고귀한 경기의 운영 방식을 항상 궁금해했다. 흔히 하는 말에 따르면, 뉴잉글랜드 전역의 일요일 아침식사에 나오는 생선 완자 다섯 개 중 네 개는 바로 이곳 글로스터에서 오는 것이었다. 셰인은 이를 입증하는 갖가지 숫자에 압도당하고 말았다. 그건 바로 선박, 장비, 부두 부지, 투자된 자금, 소금 절이기, 포장하기, 공장, 보험, 임금, 수리비, 수익 등에 관한 통계였다. 그는 대형 어선단의 소유주들과 직접 이야기를 나누었는데, 그 휘하의 선장들은 기껏해야 고용된 사람들일 뿐이었고, 선원들은 대부분 스웨덴인이나 포르투갈인이었기 때문이었다. 곧이어 그는 어선을 직접 소유한 극소수의 선장 중 하나인 디스코와 대화하면서, 자신의 방대한 두뇌 안에서 그 내용들을 비교해 보았다. 그는 중고 선박용품점의 사슬 닻줄 위에 걸터앉아서, 쾌활하고도 끝없는 서부 사람 특유의 호기심을 가지고 이런저런 질문을 던졌다. 급기야 부두의 모든 사람들이 "도대체 저 양반은 뭐를 알아내고 싶은 거야?"라고 궁금해하며 숙덕대기에 이르렀다. 그는 날마다 상호보험회사의 사무실을 찾아가서 칠판에 적혀 있는 수수께끼를 설명해 달라고 요구했다. 그는 곧 이 도시 안에 있는 각종 어업 종사자 유가족 후원 단체의 사무총장들을 모조리 만나게 되었다. 그들은 저마다 다른 단체의 기록을 깨고 싶어서 안달하며 대놓고 기부를 요청했다. 그러면 셰인은 턱수염을 잡아당기며 그들 모두를 아내에게로 떠넘겼다.

셰인 부인은 이스턴 포인트 인근의 한 하숙집에 머물고 있었다. 약간 기묘한 곳이었는데, 주인이 아니라 하숙인들이 알아서 꾸려 나가고 있었기 때문이었다. 이곳의 식탁보는 붉은색과 흰색의 체크무늬였고, 이미 서로 몇 년쯤은 알고 지낸 듯한 하숙인들은 배가 고프다 싶으면 한밤중에 일어나서 치즈 토스트를 해 먹었다. 거기서 지낸 둘째 날 아침에 셰인 부인은 다이아몬드 장신구를 벗어 놓고 아침 식사를 하러 내려왔다.

"세상에서 가장 재미있는 사람들이에요. 무척 친절하고 소박하기도 하고요. 물론 거의 대부분은 보스턴 사람들이지만요."

그녀가 남편에게 말했다.

"이건 소박한 게 아니에요, 여보. 좀 다른 거라고요. 그러니까…… 내가 갖지 못한 거라고 할 수 있죠."

셰인은 그물 침대를 매달아 놓은 사과나무 너머의 바위를 바라보며 말했다.

그러자 셰인 부인이 조용히 대꾸했다.

"그럴 리 없어요. 여기 사는 여자들 중에는 100달러가 넘는 드레스를 가진 사람이 하나도 없다고요. 그런데 우리는 왜……."

"나도 알아요, 여보. 우리는 가진 게 많은 편이죠. 많이 가졌다고요. 다만 이건 동부 사람들의 방식이 아닐까 하는 생각이 들 뿐이에요. 그나저나 당신은 좋은 시간 보내고 있어요?"

"하비를 많이 못 보네요. 걔는 당신하고 항상 함께 있잖아요. 하지만 나도 예전처럼 신경이 곤두서 있는 것은 아니에요."

"나로선 윌리가 죽은 이후로* 이렇게 좋은 시간은 또 처음이에요. 이번 일이 있기 전까지는 내가 아들이 있다는 사실을 제대로 이해하지 못했었지. 하비는 대단한 녀석이 될 거예요. 그나저나 내가 뭐라도 갖다줄까요, 당신? 머리 밑에 쿠션이라도 받쳐 줄까요? 음, 우리는 다시 부두에 내려가서 또 한 바퀴 구경이나 하고 올게요."

그 며칠 동안 하비는 아버지를 그림자처럼 따라다녔다. 두 사람이 나란히 걸어갈 때면, 셰인은 길이 경사졌다는 핑계로 한 손을 소년의 딱 벌어진 어깨에 올려놓곤 했다. 하비는 이전까지 한 번도 생각해 보지 못했던 아버지의 능력을 깨닫고 그를 존경하게 되었다. 아버지는 길에서 만난 사람들로부터 새로운 문제를 배우고, 그 문제의 핵심을 파고드는 놀라운 능력이 있었다.

"도대체 어떻게 하시는 거예요? 정작 아빠 생각은 밝히지도 않고서, 남들이 아빠한테 모조리 털어놓게 만드시잖아요."

부자가 나란히 한 삭구 판매상에서 나올 때 아들이 말했다.

"나야 예전부터 여러 사람하고 거래를 해 봤잖니, 하비.

* 미국의 작가 맥스 애들러(본명은 찰스 히버 클라크)의 「추도시」에 나오는 한 구절을 인용한 것이다.

사람들은 어찌어찌 서로를 견줘 보곤 하는 것 같더구나. 나 역시 나 자신을 잘 알고 말이야."

그러고는 잠시 침묵이 이어졌고, 두 사람은 부두 가장자리에 나란히 앉았다.

"사람들은 누군가가 어떤 일을 혼자서도 제대로 해낼 수 있는지 거의 대부분 한눈에 알아보지. 그리고 그런 사람은 선뜻 자기 사람으로 대하는 거야."

"우버먼의 부두에서 사람들이 저를 대하던 것과 똑같은 거네요. 저도 이제는 그 무리 가운데 하나예요. 디스코 선장님이 제가 봉급 받는 값을 한다고 모두에게 말씀하셨거든요. 그런데 이제는 다시 손바닥이 말랑말랑해졌어요."

하비는 양손을 펼치고는 손바닥을 비비며 안타깝다는 듯 말했다.

"앞으로 몇 년 동안은 계속 그 상태로 유지해라. 네가 공부를 다 마칠 때까지는 말이야. 손바닥은 그다음에 가서도 단단하게 만들 수 있으니까."

"네, 제가 생각하기에도 그런 것 같아요."

하비가 대답했지만, 썩 기쁜 목소리는 아니었다.

"그건 다 너한테 달렸어, 하비. 예전에 너라면 엄마 치마폭 뒤에 숨어서, 네 불안하고 예민한 성격이며 온갖 허튼짓들에 대해 법석을 떨며 엄마를 안달복달하게 했겠지."

"제가 언제 그랬어요?"

BAI

하비가 부루퉁하게 되물었다.

아버지는 앉은 자리에서 몸을 돌려 기다란 손을 내밀었다.

"물론 너도 나만큼 잘 알고 있을 거다. 네가 내 앞에서 행동거지를 똑바로 하지 않는다면, 나조차도 너를 제대로 써먹을 수 없다는 걸 말이야. 네가 혼자서 똑바로 설 수 있다면, 나는 너만큼은 제대로 다룰 수 있어. 하지만 너와 네 엄마, 두 사람 모두를 내가 다 관리할 수 있다고 말하고 싶지는 않구나. 어쨌거나 인생은 너무 짧으니까 말이야."

"제가 별로 뛰어나지 못하다는 뜻이죠, 안 그래요?"

"물론 이 문제는 상당 부분 내 잘못도 있지. 하지만 네가 진실을 듣고 싶다면, 너는 지금까지 딱히 뛰어나다고 할 만한 게 하나도 없었어. 그럼 앞으로는 어떨까?"

"으음! 디스코 선장님 말씀으로는……. 아, 아빠 생각에는 이때까지 저를 키우는 데 비용이 얼마쯤 든 것 같아요? 그러니까 처음부터 끝까지 다 해서요."

셰인이 미소를 지었다.

"그건 나도 따져 본 적은 없지만, 그래도 대략적으로 계산은 해 볼 수 있겠지. 아마 4, 5만 달러는 족히 될 거다. 어쩌면 6만 달러일 수도 있고. 젊은 세대는 비용이 많이 든단 말이야. 이것저것 갖고 싶어 하는 것도 많고, 게다가 금방 질려 버리고……. 결국 부모가 그 비용을 지불하는 거지."

하비는 놀랍다는 듯 휘파람을 불었지만, 자신이 자라는

데 그렇게 많은 비용이 들었다고 생각하니 오히려 즐겁기도 했다.

"그러면 그 모든 금액은 일종의 묻어 놓은 자본인 셈이네요, 그렇죠?"

"투자한 자본이지, 하비. 나는 투자했다고 믿고 싶구나."

"일단 3만 달러라고 가정해 봐도, 제가 이번에 번 30달러는 기껏해야 1,000분의 1밖에 안 되네요. 이 정도라면 이번 조업은 완전 허탕인 셈이에요."

하비는 심각한 표정으로 고개를 저었다.

셰인은 어찌나 웃어 댔는지 그만 부두에서 떨어져 바다에 빠질 뻔했다.

"디스코 선장님만 해도 댄이 열 살 때부터 투자금을 더 많이 받아 내셨대요. 게다가 댄은 1년의 반은 학교에도 다니거든요."

"아, 너도 그런 걸 바라는 거구나, 안 그러냐?"

"아니에요. 저는 아무것도 바라지는 않아요. 지금 당장은 나 자신조차도 생각하지 않고 있다고요. 그래요……, 전 좀 맞아야 했어요."

"아니란다, 얘야. 나는 널 때리지 않았을 거야. 물론 내가 그런 식으로 살아온 사람이라면 또 모르지만."

"만약 저를 때렸다면 저는 평생 그 일을 기억할 거예요. 그리고 아빠를 절대 용서하지 않을 거고요."

양손을 모으고 그 위에 턱을 올린 채로 하비가 말했다.

"맞아. 나라도 그럴 거다. 알겠니?"

"알아요. 문제는 다름 아닌 저한테 있어요. 항상 그랬어요. 그러니 이제는 뭔가를 해야만 해요."

셰인은 조끼 주머니에서 엽궐련을 하나 꺼내더니 끄트머리를 깨물어 떼어 낸 다음 자리에 앉은 채 담배를 피웠다. 아버지와 아들은 아주 많이 닮아 있었다. 셰인의 입은 수염에 가려 있었지만, 하비는 아버지의 은근한 매부리코며, 가까이 붙은 검은 눈이며, 좁고 두드러진 광대뼈를 꼭 빼닮았다. 갈색 물감만 덧칠해 놓으면 그는 이야기책에 나오는 인디언의 모습과 상당히 비슷해질 수도 있었다.

셰인이 천천히 입을 열었다.

"지금처럼 계속 갈 수도 있지. 그렇다면 네가 투표권을 얻을 때까지 1년에 6,000달러에서 8,000달러쯤 비용이 들 거다. 음, 그때가 되면 너도 어른이 되는 거니까. 그때부터 너는 나한테 빌붙어서 1년에 4만에서 5만 달러를 얻어 쓰고, 거기다가 네 엄마가 주는 용돈에다가 시종에다가 요트까지 두고, 멋진 목장에서 말이나 기르는 척하면서 너 같은 녀석들하고 카드놀이만 하겠지."

"그러니까 로리 턱 같은 애들이랑요?"

하비가 끼어들었다.

"그래, 아니면 드비트레네 형제라든지, 아니면 매퀘이드 영감의 아들 같은 녀석들하고 말이야. 캘리포니아주에는 그런 녀석들이 널려 있지. 마침 우리가 이야기하는 사이에 동부의 비슷한 사례도 저기 나타났구나."

번쩍이는 검은색 증기 요트 한 대가 지나가고 있었다. 마호가니로 만든 선실과 니켈 도금된 나침함에, 분홍색과 흰색이 섞인 줄무늬 차양을 펼쳐 놓고, 뉴욕 어느 클럽의 깃발을 달고 있었다. 젊은 남자 두 명이 제 딴에는 바다에 어울리는 차림을 하고 햇빛 아래에서 카드놀이를 하고 있었다. 여자 두 명은 붉은색과 파란색 양산을 펼쳐 들고 남자들을 보며 요란하게 웃어 댔다.

"저 배는 바람을 받기 위해 털끝만치도 신경 쓸 필요 없겠네요. 가로대도 없고요."

요트가 부표를 건져 올리려고 속도를 늦추는 걸 보면서 하비가 비판적으로 말했다.

"저 사람들이야 자기네들 딴엔 즐거운 시간을 보내고 있는 거지. 저 정도라면 나도 너한테 줄 수 있다. 아니, 저것보다 두 배로 더 많이 줄 수 있지, 하비. 그러면 네 마음에 들겠니?"

"이런, 세상에! 보트를 내릴 때에는 저렇게 하는 게 아닌데."

하비는 여전히 문제의 요트에 정신이 팔려 있었다.

"솔직히 제가 저 사람들보다 갈고리를 더 못 끼운다고 하면, 저는 앞으로 영영 육지에 남아 있을 거예요……. 그런데 제가 안 하겠다면요?"

"영영 육지에…… 아니, 뭐를 안 하겠다는 말이냐?"

"요트랑, 목장이랑, 아빠한테 빌붙는 거랑, 그리고…… 말썽이 생길 때마다 엄마 치마폭 뒤에 숨는 거요."

하비는 눈을 반짝거리며 말했다.

"음, 그렇다면 너는 곧바로 나랑 같이 일하게 될 거다, 아들아."

"한 달에 10달러씩 받고요?"

그의 눈이 다시 반짝거렸다.

"네가 봉급 값을 하기 전까지는 1센트도 더는 안 줄 거다. 그리고 앞으로 몇 년 동안은 그나마도 만져 보지도 못할 줄 알아라."

"그럼 전 사무실 청소부터 시작할게요. 거물들도 처음에는 다 그렇게 시작하는 거 아니에요? 그러다가 우연히 뭔가를 건드리게 되면서……."

"나도 안다. 우리 모두 그렇게 시작한다고 생각하지. 하지만 내 생각에 청소할 사람이 필요하면 얼마든지 고용하면 될 것 같구나. 나 역시 너무 일찍 시작하는 실수를 저지른 사람이니까 말이야."

"결과적으로 보면 300만 달러의 가치가 있는 실수였겠네요, 안 그래요? 저라면 그 정도는 충분히 위험을 무릅쓸 거예요."

"하지만 나는 잃어버린 것도 많아. 물론 얻은 것도 있지만. 그게 뭔지 내가 이야기해 주마."

셰인은 턱수염을 잡아당기며 미소를 지은 채 잔잔한 바다 너머를 바라보며 이야기를 시작했다. 하비는 아버지가 이제껏 살아온 이야기를 해 주고 있다는 사실을 곧바로 알아차렸다. 셰인은 낮고도 차분한 목소리로 말했고, 몸짓이나 표정은 전혀 곁들이지 않았다. 셰인의 인생 이야기야말로 유명 잡지 열두 곳에서 기꺼이 많은 고료를 지불하고 사들일 만한 이야기였다. 무려 40년에 걸친 이야기였으며, 아직 역사가 쓰이지도 않은 새로운 서부의 이야기였다.

그 이야기는 일가친척이라곤 없는 소년이 텍사스주에 도착하는 것으로 시작했다. 그는 인생의 변화와 일격을 믿을 수 없을 만큼 많이 겪었다. 무대는 여러 주를 거쳐 서부의 주들로 바뀌더니, 불과 한 달 만에 건설된 도시들을 거치고, 또 완전히 돈줄이 말라붙었던 계절을 지나서, 지금은 사람들이 부지런히 움직이는 포장도로가 깔린 마을이지만 예전에는 황량한 야영지였던 곳에서의 황당한 모험으로 바뀌었다. 세 개의 철도 노선을 건설한 이야기며, 네 번째 철도 노선을 의도적으로 부순 이야기도 나왔다. 증기선, 마을, 숲, 광산, 그리고 그런 곳들에서 일하고, 만들고, 베고, 파내기 위해 하늘 아래 온갖 나라에서 몰려온 사람들에 관한 이야기도 나왔다. 거대한 부의 기회가 눈앞에 나타났지만 아무도 보지 못한 이야기며, 어긋난 시간과 잘못된 여행으로 놓친 것에 관한 이야기도 나왔다. 정신없이 펼쳐지는 변화 속에서, 때로는 말에 올라타고 때로는 걸어서, 어떨 때는 부자였다가 어떨 때는 다시 가난해져서, 이쪽저쪽 엎치락뒤치락하면서, 셰인은 선박의 선원, 기차의 승무원, 도급업자, 하숙집 주인, 언론인, 기술자, 드럼 연주자, 부동산 중개업자, 정치인, 빈털터리, 럼주 판매상, 광산업자, 투기업자, 목축업자, 떠돌이 등의 다양한 직업을 전전했다. 그는 눈에 불을 켜고 입을 꾹 다문 채 자기 자신의 목표를 향해 갔으며, 동시에 자기 조국의 영광과 발전을 위해 노력했다고 말했다.

절망의 가장자리로 내몰렸을 때조차도 그는 믿음을 버리지 않았다. 그 믿음은 사람과 사물에 대해 아는 것에서부터 나왔다. 셰인은 마치 스스로에게 말하듯이 자신의 큰 용기와 재간에 관해서 자세히 설명했다. 머릿속에서 워낙 분명하게 자리 잡은 내용이었기에 어조도 바꾸지 않고 말했다. 셰인은 무모하던 시절에 적들이 그에게 했던 방식 그대로 자기 적들을 물리치거나 용서했다. 그는 여러 도시와 기업과 단체를 설득하고 구워삶고 괴롭히기도 했는데, 이는 모두 그들이 꾸준히 잘되길 바라는 마음에서였다고 말했다. 산과 계곡을 에두르고, 뚫고, 땅 밑으로 지나가면서, 선로와 쇠 발굽을 가진 철도를 놓았다. 결국에 가서는 이런저런 단체들이 그의 인내심을 산산조각 냈지만, 그 상황에서도 태연하게 버텼다고 설명했다.

아버지의 이야기를 듣고 하비는 거의 숨이 멎을 뻔했다. 하비는 머리를 한쪽으로 기울인 채 두 눈으로는 아버지의 얼굴을 응시했다. 그사이에 어스름이 깊어져서, 붉은색 엽궐련 끄트머리가 빛을 내면서 아버지의 홀쭉한 뺨과 짙은 눈썹을 비추었다. 마치 어둠 속에서 시골을 가로지르는 기관차를 보는 것 같았다. 1킬로미터에 한 번씩 석탄 투입구가 열리면서 불빛이 새어 나오는 것처럼 말이다. 하지만 이 기관차는 말을 할 수 있었으며, 그 말은 소년의 영혼을 저 깊은 곳까지 흔들어 놓았다. 마침내 셰인이 엽궐련 꽁초를 내던졌고, 두 사람은 철썩이는 바다 위의 어둠에 조용히 앉아 있었다.

"이런 이야기는 아직 아무한테도 해 본 적이 없단다."

아버지가 말했다.

"이 이야기야말로 세상에서 가장 대단한 이야기예요."

아들은 숨을 몰아쉬며 소리쳤다.

"지금까지는 내가 '가진' 것들에 대해서 이야기했지. 이제는 내가 미처 갖지 못한 것들에 관해 이야기할 차례야. 너는 별것 아니라고 생각하겠지만, 너 역시 나만큼 나이가 들면 비로소 알게 될 거다. 물론 나는 사람들을 다룰 수 있고, 절대 바보도 아니야. 그래도…… 그래도 배운 사람들하고는 차마 경쟁이 안 된다는 거야! 나는 지금껏 이것저것 귀동냥하면서 살아왔어. 그게 아마 내 몸에 덕지덕지 달라붙어 있을 거다."

"저는 한 번도 그렇게 생각한 적 없어요."

아들이 분한 듯이 말했다.

"하지만 네 눈에도 보일 거다, 하비. 네 눈에도 보일 거야. 일단 네가 대학을 졸업하고 나면 말이야. 설마 내가 모르겠니? 그 사람들이 나를 얕잡아 볼 때의 그 표정을 내가 모르겠느냐고? 그 사람들 말마따나 나를 무슨…… 무식쟁이로 생각하는데 말이야. 물론 나는 그 사람들을 산산조각 낼 수 있지. 아무렴. 하지만 그 사람들이 사는 곳으로 찾아가 해코지를 할 수는 없단다. 그들이 아주아주 위에 있다고는 생각하지 않지만, 대신 내가 아주아주 밑에 있다는 생각은 들더라 이거지. 이제 너는 나름의 기회를 잡은 거야. 너는 주위에 있는 배움의 기회를 모조리 흡수해야 하고, 너랑 똑같이 배우려는 사람들과 어울려서 살게 될 거다. 기껏해야 1년에 수천 달러면 그렇게 할 수 있으니까. 하지만 결국은 그게 수백만 달러가 될 거라는 것을 잊지 마라. 네 재산을 알아서 관리할 만큼은 법률을 충분히 알아야 할 거고, 또 시장에서 가장 뛰어난 사람들과 친해져야만 할 거다. 그래야 나중에 그 사람들이 너한테도 쓸모가 있을 테니까. 그리고 다른 무엇보다도 너는 일반적인, 보통의 지식을 잔뜩 쌓아야 한다. 그러니까 자리에 앉아서 팔꿈치에 턱을 괴고 배우는 식의 교과서적 지식 말이야. 그보다 더 이득이 되는 일은 없어. 그리고 이 나라에서도 매년 점점 더 그게 필요해질 거다, 하비. 사업에는 물론이고 정치에도 마찬가지야. 너도 훗날 알게 될 거란다."

"하지만 제 입장에서는 딱히 끌리지 않는다고요. 대학에서 4년이나 보내야 한다니! 차라리 시종을 거느리고 요트를 갖는 편을 선택하겠어요."

하비가 말했다.

"걱정하지 마라, 아들아. 가장 좋은 수익을 가져올 곳에다가 자본을 투자하는 셈이니까. 내 생각에는 네가 우리 재산을 관리할 때가 되어도 우리의 재산은 줄어들지 않을 것 같구나. 그러니 다시 한 번 잘 생각해 보고, 내일 아침까지 대답해 주렴. 어서 가자! 저녁 식사에 늦겠다!"

이것은 어디까지나 사업에 관한 대화였기 때문에, 하비로선 굳이 어머니에게 그 이야기를 할 필요가 없었다. 셰인 역시 같은 생각이었다. 하지만 두 부자의 모습을 지켜보던 셰인 부인은 겁이 나면서도 약간 질투가 일었다. 엄마한테 버릇없게 굴기 일쑤였던 금쪽같은 아들은 사라져 버렸고, 대신 뭔가에 열중한 얼굴의 청년이 나타났기 때문이었다. 이 청년은 이상하리만치 말이 없어졌고, 그나마 대화를 할 때에도 주로 아버지에게만 말했다. 그녀는 부자지간에 사업 이야기가 오간다는 것을 알았으며, 이는 자기 영역 밖의 문제라고 생각했다. 혹시 셰인 부인이 뭔가 의구심을 품었다 치더라도, 나중에 남편이 보스턴에 가서 다이아몬드 반지를 새로 하나 사 주고 나면 말끔히 해결될 일이었다.

"단둘이서 지금까지 어디서 뭘 하고 있었던 거예요?"

그녀는 힘없이 엷은 미소를 띠며 단도직입적으로 물어보았다.

"이야기를 했어요. 그냥 이야기요, 여보. 하비가 무슨 잘못을 한 것은 아니에요."

물론 잘못한 것이야 없었다. 소년은 자기 자신과 일종의 협상을 했다. 하비는 자기가 무엇에 관심이 있는지 진지하게 생각해 봤다. 그는 철도에는 별로 관심이 없었고, 목재나 부동산이나 광산에도 관심이 없기는 마찬가지였다. 그의 영혼이 지금 가장 열망하는 것은 바로 아버지가 새로 매입한 선단을 관리하는 일이었다. 만약 합당한 기간 안에 선단을 소유할 수 있다는 약속을 받아 낼 수만 있다면, 그 역시 4년 내지 5년 동안 대학에서 열심히 진지하게 공부할 의향이 있었다. 방학이 되면 선박 운항 노선에 관한 세부 내용을 모조리 배울 수 있을 것이다. 벌써 이에 관해 하고 싶은 질문만 해도 거의 2,000개에 가까웠다. 하지만 자세한 내용이 담긴 아버지의 기밀문서는 현재 샌프란시스코 항구에 있는 예인선의 금고 안에 보관되어 있었다.

마침내 세인이 말했다.

"그러면 계약을 한 거다. 아마 너는 대학을 졸업하기 전까지 마음이 스무 번쯤은 바뀔 거야. 당연히 그렇겠지. 대신 네가 그 사업을 제법 잘 유지할 수 있다는 생각이 들면, 그래서 스물세 살 이전에 말아먹지 않을 것 같으면, 내가 그걸 너한테 넘겨주마. 어떠냐, 하비?"

"안 되죠. 한창 잘되고 있는 사업을 나누는 건 좋지 않다고요. 이미 이 세상에는 경쟁이 너무 많아요. 게다가 디스코 선장님 말씀처럼 '혈육끼리는 뭉쳐야 하는 법'이잖아요. 선장님의 선원들은 절대 선장을 배신하지 않아요. 선장님 말씀으로는 선원들에게 봉급을 후하게 주기 때문이래요. 그나저나 위아히어호는 월요일에 조지스뱅크로 떠나요. 육지에 오래 머물지는 않나 봐요."

"음, 우리도 이젠 돌아가야 할 것 같구나. 나만 해도 지금 두 바다 사이에 사업을 놔두고 이리로 달려온 거니까. 이제 다시 가서 마무리를 지어야겠다. 솔직히 가기는 싫지만 말이다. 이렇게 휴가 비슷한 걸 즐겨 본 것도 20년 만에 처음이니까."

"디스코 선장님이 출항하는 걸 배웅하고 가셔야죠. 게다가 월요일은 추모일*이라고요. 어쨌거나 우리도 거기 참석해야죠."

하비가 말했다.

"그나저나 그 추모일 행사는 도대체 뭐냐? 하숙집에서도 다 그 이야기뿐이던데."

셰인이 힘없이 물었다. 그 역시 중요한 날을 굳이 망치고 싶지는 않았다.

"음, 제가 보기엔 여름철 관광객을 위해서 노래하고 춤추고 하는 그런 행사인가 봐요. 디스코 선장님은 그 행사를 별로 대단하게 생각하지 않으시더라고요. 거기서 과부랑 고아를 위한 모금 행사도 벌인다고 하거든요. 디스코 선장님이 원래 좀 고집이 있잖아요."

"음…… 그래. 좀 그렇지. 어느 정도는 말이야. 그럼 그 행사는 동네 축제인가?"

"지금처럼 여름에 벌어지는 행사는 딱 그런가 봐요. 일단 지난번 행사 이후로 사망하거나 실종된 사람들 명단을 읽어 준 다음에, 설교를 듣고, 찬송을 부르고 그런대요. 디스코 선장님 말로는, 행사가 끝나면 자선단체의 사무총장들이 뒤뜰로 나가서 이날 걷은 돈을 더 많이 차지하려고 서로 주먹다짐까지 한대요. 봄에 열리는 행사는 정말 대단한 구

* 글로스터에서 매년 8월에 열리는 해난 사고 사망자 추모식을 말한다.

경거리랬어요. 목사들도 죄다 한몫씩 챙기려고 달려드는데, 여름처럼 관광객도 없으니까 본색을 드러내는 거래요."

"무슨 말인지 알겠다."

이제껏 살면서 터득한 도시민 특유의 자부심 섞인 목소리로, 명민하고도 완벽한 이해를 드러내며 세인이 말했다.

"그러면 우리도 추모일까지 머물렀다가 그날 오후에 출발하도록 하자."

"저는 디스코 선장님한테 가서 출항 전에 선원들을 모두 데리고 행사에 참석해 달라고 부탁드릴 거예요. 물론 저도 그 사람들하고 같이 참석할 거고요."

"아, 그렇지, 그래. 나로 말하자면 별 볼 일 없는 여름철 관광객일 뿐이지만, 너로 말하자면……."

"그랜드뱅크스 어부…… 뼛속까지 그랜드뱅크스 어부니까요."

하비는 이렇게 말하면서 전차에 올랐고, 세인은 즐거운 미래를 꿈꾸며 숙소로 향했다.

디스코는 모금을 하는 공공 행사를 쓸모없다고 보았지만, 하비는 위아히어호 선원들이 참석하지 않는다면 이날의 영광을 잃어버리는 셈이라며 간청했다. 그러자 디스코가 조건을 내걸었다. 자기가 듣기로는(부둣가를 따라서 세상 모두가 세상 모든 소식을 듣게 된다는 사실은 정말 놀라운 일이었다.) "필라델피아에서 온 어떤 여배우"가 이날 행사에 참석하는데, 그 배우가 자신이 그토록 싫어하는 「아이어슨 선장의 처벌」이라는 노래를 부를 가능성이 높다고 했다. 개인적으로 선장은 여배우 역시 여름철 관광객 못지않게 쓸모없다고 보았다. 비록 자기가 딱 한 번 판단을 잘못한 적이 있긴 하지만(이 대목에서 댄이 킥킥거렸다.) 정의는 정의이게 마련이므로 이 일만큼은 분명 잘못 판단한 게 아니라고 했다. 그래서 하비는 이스트 글로스터로 직접 찾아가서, 미국 전역에서 명성이 자자한 그 여배우가 깜짝 놀라 듣는 가운데 반나절 동안 설명을 했다. 지금 저지르려고 하는 실수가 얼마나 심각한 것인지 설명해 준 것이다. 결국 그녀는 디스코의 말마따나 그 노래를 부르지 않는 것이 옳은 일이라는 데 동의했다.

셰인은 오랜 경험으로 무슨 일이 벌어질지 알고 있었다. 하지만 대중 행사라는 것은 사람들의 영혼에 자양분이 되는 법이다. 그는 무덥고 안개 낀 아침에 서쪽으로 바삐 달려가는 전차들을 지켜보았다. 가벼운 여름 옷차림의 여자들이며, 방금 보스턴의 사무실 책상에서 나온 듯한 흰 얼굴에 밀짚모자를 쓴 남자들이 가득 타고 있었다. 우체국 밖에는 자전거가 잔뜩 세워져 있었고, 공무원들은 서로 인사를 나누며 바쁘게 오갔다. 깃발이 무거운 공기 중에서 천천히 펄럭이고 흔들렸다. 한 저명인사는 호스를 끌고 나와 벽돌 보도를 물로 씻고 있었다.

셰인이 갑자기 말했다.

"여보, 혹시 그거 기억나요? 시애틀이 모조리 불타 버렸을 때, 사람들이 그 도시를 결국 다시 일으켰잖아요."

셰인 부인은 고개를 끄덕이면서 저 아래 구불구불한 거리를 유심히 바라보았다. 남편과 마찬가지로 그녀 역시 이 행사의 성격을 제대로 이해하고 있었기에, 서부에서 있었던 비슷한 행사들과 서로 비교해 보는 중이었다. 시청 문간에 모여 있던 사람들 사이로 어부들이 섞여 들기 시작했다. 턱이 푸르스름한 포르투갈 남자들, 대부분 모자를 쓰지 않고 숄을 두르고 있는 포르투갈 여자들, 눈매가 또렷한 노바스코샤주 사람들과 다른 해안 지역 사람들도 있었다. 프랑스인, 이탈리아인, 스웨덴인, 덴마크인 등 현재 정박 중인 스쿠너선의 온갖 지역 출신 선원들이 모였다. 곳곳에서는 검은 옷을 입은 여성들이 우울한 자부심을 드러내며 서로 인사를 나누었는데, 오늘이야말로 그들이 주인공인 날이었기 때문이다. 여러 종파의 성직자들도 있었다. 휴가차 바닷가를 찾은 대형 교회의 목사들도 있었고, 여전히 평소처럼 일하고 있는 목자들도 있었다. 언덕 위의 성당의 사제들도 있었고, 여러 선박의 선원들과 친한 선원 출신의 수염 덥수룩한 루터교 목사도 있었다. 지역사회에 큰 기부를 하는 스쿠너선 어선단의 선주들도 있었고, 이미 돛대 끝까지 저당 잡힌 선박 몇 척을 소유한 보잘것없는 선주들도 있었다. 그

외에도 은행가와 해양 보험회사 대리인, 예인선과 급수선 선장들, 삭구 판매업자, 정비업자, 하역 인부, 염전업자, 조선공, 통 제조업자, 그리고 부두에서 생활하는 여러 사람들이 한데 모였다.

이들이 앉은 자리 사이사이마다 관광객들의 화사한 옷차림이 두드러졌다. 시청 관리 한 사람은 공무원의 순수한 자부심으로 얼굴을 빛내면서 땀을 뻘뻘 흘리며 이리저리 돌아다니고 있었다. 셰인은 며칠 전에도 이 사람을 만나 5분간 대화한 적이 있어서, 두 사람은 서로를 무척이나 잘 알고 있었다.

"아, 셰인 선생님, 저희 도시를 어떻게 생각하십니까? 예, 사모님, 어디든지 편하신 곳에 앉으시면 됩니다. 서부에서도 이와 비슷한 행사에 참석해 보신 적이 있으시겠지요, 아마도요?"

"예, 하지만 그곳 행사는 여기처럼 유서 깊지는 않았습니다."

"그야 물론이지요. 이 행사의 250주년 기념식 때 한번 오셨어야 했는데 아쉽군요. 제가 장담합니다만, 오래된 도시에는 그 나름의 명예가 있는 법이지요, 셰인 선생님."

"제가 듣기에도 그렇더군요. 게다가 수익도 꽤 좋고요. 그나저나 이 도시에 일급 호텔이 없는 건 도대체 어떤 이유인지 모르겠군요."

"아…… 왼쪽으로 가, 페드로. 자네랑 자네 식구들이 앉을 자리는 넉넉히 남아 있어……. 아, 그렇지 않아도 그 문제 때문에 늘 이야기하고 있습니다, 셰인 선생님. 그런 걸 지으려면 막대한 돈이 들어가거든요. 물론 선생님께는 전혀 부담이 되지 않는 금액이겠지만요. 저희가 원하는 것은……."

바로 그때, 누군가가 그의 브로드 천 어깨 위에 커다란 손을 올려놓았다. 그러더니 포틀랜드의 석탄 얼음 운반선 선장이 불쾌한 얼굴로 그를 반쯤 뒤로 돌려세웠다.

"자네들은 도대체 무슨 생각으로 제대로 된 사람들이 모두 바다에 나가 있는 동안 이 도시에 그따위 법을 서둘러 만들어 놓은 건가? 응? 졸지에 도시가 완전히 메말라 버렸잖아. 내가 돌아온 이후에 훨씬 더 냄새가 고약해졌단 말이야. 그래도 가벼운 마실 거리는 팔 수 있게끔 술집 하나는 남겨 놓아야 할 것 아닌가."

"그런 조치로도 오늘 아침 자네가 마신 한 잔까지는 막지 못한 모양이로군, 카슨. 정치 이야기는 나중에 하자고. 일단 문 옆에 앉아서 내가 다시 올 때까지 무슨 주장을 펼칠지나 생각해 보고 있어."

"나한테 주장 따위가 무슨 소용이야? 미클롱에서는 샴페인 한 상자에 18달러인데……."

바로 그때 오르간 전주가 울려 퍼지자 선장도 입을 다물고 자기 자리에 털썩 주저앉았다.

"이번에 새로 마련한 오르간입니다."

공무원이 자랑스레 셰인에게 말했다.

"무려 4,000달러나 들인 물건입니다. 그 비용을 마련하기 위해서 다음 해에 주류 면허세를 다시 올릴 수밖에 없었죠. 모두의 의견을 수용할 수는 없는 법이니까요. 이제 여기 고아들이 자리에서 일어나 찬송을 부를 겁니다. 제 아내가 직접 가르쳤죠. 그럼 이따 또 뵙겠습니다, 셰인 씨. 저도 무대에 올라갈 차례라서요."

높고 또렷하고 진실한 아이들의 목소리가 자리를 찾아가는 사람들의 마지막 소음까지 덮어 버렸다.

"오, 너희 모든 주님의 피조물아, 주님을 찬양하라. 주님을 찬양하고 찬미하라, 영원히!"

반복되는 가락이 행사장을 가득 채운 가운데, 곳곳에서 여자들이 앞으로 몸을 숙인 채 이쪽저쪽을 살폈다. 셰인 부인도 다른 사람들처럼 가쁜 숨을 몰아쉬었다. 이 세상에 이렇게 과부가 많을 줄은 상상도 하지 못했기 때문이었다. 그녀는 본능적으로 하비를 찾아보았다. 하비는 위아히어호 선원들이 모여 있는 뒤편에서 댄과 디스코 사이에 서 있었다. 바로 전날 펜과 함께 팜리코사운드 호수에서 돌아온 솔터스 삼촌은 하비를 만나자마자 미심쩍은 눈으로 바라보며 투덜거렸다.

"너네 식구들은 아직도 안 갔냐? 도대체 여기서 뭘 하고 있는 거야, 젊은 친구?"

찬송가가 계속 들려왔다.

"오, 너희 바다와 물들아, 주님을 찬양하라. 주님을 찬양하고 찬미하라, 영원히!"

"얘는 여기 있으면 안 돼요? 얘도 바다에 다녀왔잖아요. 우리랑 마찬가지로요."

댄이 대꾸했다.

"하지만 이런 옷을 입고 다녀온 건 아니지."

솔터스가 다시 투덜거렸다.

"입 다물고 있어, 솔터스. 그 성질머리하고는. 넌 그냥 여기 있어라, 하비."

디스코가 말했다.

곧이어 이 지역사회의 또 다른 거물이 자리에서 일어나 연설을 시작했다. 먼저 글로스터에 오신 여러분을 환영한다고 인사를 건네고는, 글로스터가 다른 곳들보다 뛰어난 점들을 말하기 시작했다. 곧이어 그는 이 도시가 바다를 자산으로 살아가고 있으며, 매년 얻는 수확에는 지불해야 할 대가가 있기 마련이라고 했다. 그러고는 117명이라는 사망자 및 실종자 숫자를 말했다(이 대목에서 과부들은 눈을 더 크게 뜨고 서로를 바라보았다). 글로스터는 자랑할 만한 압도적인 공장이나 작업장은 없었다. 이곳의 아들들은 바다가 주는 임금을 받기 위해 일했다. 그리고 이들은 조지스뱅크나 그랜드뱅크스가 조용한 목초지가 아니라는 것을 잘 알고 있었다. 육지에서는 남편을 잃은 과부와 고아를 돕기 위해 최대한 노력하고 있다면서 몇 가지 개괄적인 설명을 한 뒤에, 그 밖에 좋은 일에 참여하기로 한 공공심이 투철한 사람들에게 이번 기회를 빌려 시 행정부의 이름으로 감사를 표시했다.

"이 행사에서 저렇게 구걸하는 대목은 정말 못 봐주겠다니까. 저거는 공정한 처사가 아니라고."

디스코가 투덜거렸다.

"사람이란 기회 있을 때 앞날을 준비해 둬야 해요. 안 그러면 분명 창피를 당한다고요."

솔터스가 받아치더니 하비에게 화살을 돌렸다.

"자네도 단단히 새겨 두란 말이야, 젊은 친구. 아무리 부자라도 삼대는 못 가는 법이니까. 자네가 온갖 사치품에 돈을 펑펑 쓰다 보면……."

"결국 모조리 잃게 되는 거지, 모조리. 그러면 네가 뭘 할 수 있겠어? 예전에 내가……."

펜이 끼어들더니 물기 어린 푸른 눈으로 마치 의지할 만한 뭔가를 찾는 듯 위아래를 연신 살펴보았다. 그러고는 계속 이야기했다.

"예전에 내가 읽은…… 그러니까 책에서 읽은 내용을 보면…… 어떤 배에서 모두가 빠져 죽었는데…… 단 한 사람만 살아남아서…… 그 사람 말이……."

"젠장!"

솔터스가 그의 말을 막았다.

"자네는 마음의 양식은 좀 덜 먹고, 육신의 양식이나 더 많이 먹으라고. 그러면 자네도 좀 더 제대로 밥벌이를 할 수 있을 테니까 말이야, 펜."

어부들 사이에 끼어 있던 하비는 무언가가 스멀스멀, 살금살금, 간질간질 기어가는 듯한 느낌이 목 뒤에서부터 시작해서 신발 끝까지 이어지는 것 같았다. 무더운 날씨인데도 하비는 몸이 떨리는 듯했다.

"저게 그 필라델피아에서 온 여배우인가?"

디스코 트루프가 무대를 향해 인상을 찡그리며 말했다.

"아이어슨 영감 이야기는 단단히 일러두었겠지, 하비? 왜 그런지는 이제 자네도 알 테니까."

그 여자가 낭송한 시는 「아이어슨 선장의 처벌」이 아니었다. 브릭섬이라는 어떤 어업 항구와 한밤중에 폭풍을 만난 주낙 어선들, 그리고 그들에게 길을 안내하기 위해 주위의 모든 물건을 가져다가 부두 끝에 불을 피운 여자들에 관한 시였다.*

* 영국의 시인 메넬라 뷰트 스메들리(1820~1877)의 시 「브릭섬의 어부 아내들」을 말한다.

그들이 할머니의 이불을 집어 들자
할머니는 추위에 떨면서도 가라고 말했네
그들이 갓난아기 요람을 집어 들자
아기는 차마 안 된다고 말할 수도 없었네

"후유! 정말 대단한데요! 제법 값이 나가는 것이었을 텐데."

댄이 롱 잭을 어깨 너머로 바라보며 말했다.

"정말 대책 없는 경우라니까. 등대 시설이 제대로 안 된 항구라서 그런 거야, 대니."

골웨이 사람이 대꾸했다.

내내 그들은 전혀 알 수가 없었다네
자기들이 피운 모닥불이 길잡이용인지
아니면 단지 화장용인지

여배우의 멋진 목소리가 사람들의 심금을 울렸다. 곧이어 그녀는 물에 흠뻑 젖은 선원들이 해안가로 밀려와서, 결국 산 자와 죽은 자 모두가 돌아왔다고 말했다. 사람들은 시신을 모닥불로 운반해 가서 이렇게 물었다. "얘야, 이분이 네 아버지가 맞으시냐?" 또는 "아주머니, 이분이 댁의 남편이 맞습니까?" 그 순간 객석 곳곳에서 거친 숨소리가 들려왔다.

그러니 브릭섬의 어선들이
바다에 나가 강풍에 맞서는 걸 보면
그들의 돛 위에 빛처럼 드리운
사랑이 함께함을 기억하시오

여배우가 낭송을 마쳤지만 박수는 거의 나오지 않았다. 여자들은 하나같이 손수건을 찾느라 분주했고, 남자들은 대부분 물기 어린 두 눈으로 천장만 응시했기 때문이었다.

"흠, 저 정도의 낭송을 극장에서 보려면 1달러는 내야 할 것 같은데. 어쩌면 2달러일 수도 있고. 세상에는 그 정도 입장료를 거뜬히 낼 수 있는 사람도 있긴 하겠지. 물론 내가 보기에는 낭비일 뿐이지만……. 그나저나 무슨 바람이 불어서 바트 에드워즈 선장이 여기 얼씬거리고 있는 거지?"

솔터스가 말했다.

"저 양반 무시하지 말라고. 저 양반은 시인이란 말이야. 오늘 자기 작품 하나를 낭송하기로 되어 있어. 당연히 우리 삶에 관한 이야기지."

이스트포트 사람 하나가 뒤에서 말했다. 하지만 그 사람은 저 시인이 글로스터 추모일에 자기 작품을 낭독할 수 있게 해 달라고 5년이나 간청해 왔다는 사실은 이야기하지 않았다. 주최 측도 당황하고 지쳐 버려서 마침내 그의 소원을 이뤄 주기로 했던 것이다. 이 노인이 주일에만 입는 가장 좋은 정장을 입고 무대에 올라오자, 관객은 그가 입을 열기도 전에 그의 천진난만하고 행복에 겨운 표정에 주목할 수밖에 없었다. 사람들이 아무 말 없이 앉아 있는 가운데, 일흔세 살의 노인은 서투른 자작시를 처음부터 끝까지 낭송했다. 그 내용은 1867년에 조지스뱅크에서 강풍에 침몰한 스쿠너선 '조앤 해스킨' 호의 이야기였다. 그가 낭송을 마치자 관객은 한목소리로 갈채를 보냈다.

눈썰미 좋은 보스턴의 한 신문기자는 이 서사시의 전문을 입수하고 시인과 인터뷰도 했다. 일흔세 살의 전직 고래잡이 겸 선박공 겸 고참 어부 겸 시인인 바트 에드워즈 선장에게 이보다 더 영예로운 일은 없었다.

"이제야 알겠군. 지금까지 나는 저 양반이 방금 읽은 저 시를 내 양손에 들고서 저 어장을 돌아다녔던 셈이야. 내가 장담할 수 있어. 저 양반이 말한 게 다 여기 있었다고."

이스트포트 사람이 말했다.

"여기 있는 댄은 아침 식사 전에 한 손만 가지고도 저것보다 더 잘 쓸 수 있을걸. 아니면 이 녀석을 딴 녀석으로 바꿔 버려야지. 물론 이 녀석도 문학적 재능이 있다고는 나도 장담하지 못하지만, 그래도 메인주에 비하자면 뭐……."

솔터스 삼촌이 매사추세츠주 사람의 기본 소양을 치켜세

우며 말했다.

"솔터스 삼촌이 이번 항해에서 돌아가신다고 쳐요. 그거야말로 삼촌이 나한테 주는 최고의 칭찬이 될 테니까."

댄이 빈정거렸다. 그러고는 하비에게 시선을 돌렸다.

"그나저나 왜 그래, 하비? 오늘따라 아무 말도 없고 얼굴이 파랗게 질렸잖아. 혹시 속이 안 좋아?"

"나도 지금 내가 뭐가 문제인지 모르겠어. 마치 내 안쪽이 바깥쪽에 비해서 너무 커져 버린 것 같아. 온통 속이 울렁거리고 몸이 떨려."

하비가 대답했다.

"소화가 안 되나? 후유…… 안됐네. 이제 명단만 낭독하면 끝이야. 그러고 나면 출항이지."

그곳에 모인 과부들 대부분이 이번 조업 철에 남편을 잃은 사람들이었다. 그들은 마치 냉혹한 총알 세례를 기다리는 사람처럼 바짝 몸을 긴장했다. 다음 차례가 무엇인지 누구보다 잘 알았기 때문이었다. 분홍색과 파란색 블라우스를 입은 여성 관광객들은 에드워즈 선장의 멋진 시에 관해 떠들다 말고, 갑자기 주위가 왜 이렇게 조용해졌는지 궁금해하며 뒤를 돌아보았다. 어부들은 앞으로 몸을 숙였고, 아까 셰인과 이야기를 나누었던 시청 공무원이 무대로 올라가서 올해의 희생자 명단을 월별로 나눠 읽기 시작했다. 작년 9월의 희생자는 대부분 독신이거나 외지인이었다. 하지만 그의 목소리는 행사장의 침묵 속에서 매우 크게 들렸다.

9월 9일, 스쿠너선 '플로리 앤더슨'호, 전원 실종, 조지스뱅크 근해.

루벤 피트먼, 선장, 50세, 독신, 글로스터 메인 스트리트 거주.

에밀 올센, 19세, 독신, 글로스터 해먼드 스트리트 거주, 덴마크 국적.

칼 스탠버그, 28세, 독신, 글로스터 메인 스트리트 거주.

오스카 슈탄드베리, 25세, 독신, 스웨덴 국적.

페드로, 성姓은 마데이라로 추정, 독신, 글로스터 킨스 하숙집 거주.

조지프 웰시, 일명 조지프 라이트, 30세, 뉴펀들랜드주 세인트존스 거주.

"아니에요. 메인주 오거스타에요."

행사장 한가운데서 누군가가 외쳤다.

"세인트존스에서 승선한 것으로 되어 있는데요."

낭독자가 방금 말한 사람을 찾으려고 두리번거리며 말했다.

"그건 알아요. 하지만 원래는 오거스타에 산다고요. 제 조카거든요."

낭독자는 명단 여백에다가 연필로 내용을 수정했다. 그러고는 계속 읽어 나갔다.

같은 스쿠너선, 찰리 리치, 33세, 독신, 노바스코샤주 리버풀 거주.

앨버트 메이, 27세, 독신, 글로스터 로저스 스트리트 267번지 거주.

9월 27일, 오빈 덜라드, 30세, 기혼, 이스턴 포인트 근해에서 보트를 타다가 익사.

이 대목에서 총알이 드디어 과녁에 명중하고 말았다. 과부들 가운데 한 사람이 앉은 자리에서 움찔하더니 손을 쥐었다 풀었다 했기 때문이었다. 휘둥그레진 눈으로 명단 발표를 듣고 있던 셰인 부인은 고개를 들더니 숨 막히는 듯한 소리를 냈다. 셰인 부인 오른쪽 몇 자리 건너에 앉아 있던 댄의 어머니가 그 모습을 보더니 재빨리 그 곁으로 옮겨 앉았다. 명단 발표는 계속되었다. 1월과 2월의 침몰 사고에 관한 내용을 읽을 즈음, 총알은 쉴 새 없이 빠르게 쏟아졌으며, 과부들은 악다문 이 사이로 간신히 숨을 들이쉬었다.

2월 14일, 스쿠너선 '해리 랜돌프'호, 뉴펀들랜드섬에서 귀항 중에 돛대가 부러짐. 에이사 뮤지, 32세, 기혼, 글로스터 메인 스트리트 거주, 배 밖으로 떨어짐.

2월 23일, 스쿠너선 '길버트 호프'호, 로버트 비번, 29세, 기혼, 노바스코샤주 푸브니코 출신, 보트에 타고 있다가 실종.

고인의 아내가 행사장에 와 있었다. 사람들은 마치 총에 맞은 작은 짐승이 내는 듯한 낮은 울음소리를 들을 수 있었다. 소리가 잠깐 멈추더니, 젊은 여자 하나가 비틀거리며 행사장을 빠져나갔다. 여러 달 동안이나 그녀는 희망의 끈을 놓지 않고 있었다. 보트에 탄 채로 실종된 사람들 가운데 일부는 대양을 항해하는 선박에 기적적으로 구조되는 경우도 있었기 때문이다. 하지만 이제 그녀는 자신의 운명을 확실히 알게 되었다. 하비는 보도에 서 있던 경찰관이 그녀를 위해 마차를 붙잡아 주는 모습을 볼 수 있었다.

"기차역까지 50센트입니다."

마부가 말을 꺼냈지만, 경찰관이 한 손을 들어서 그를 제지했다. 그러자 마부도 상황을 눈치챈 듯 이렇게 둘러댔다.

"뭐, 하지만 지금 마침 거기 가는 길이니까 무료로 태워드리죠. 어서 타세요. 저기요, 앨프. 그 대신 나중에 내 램프가 꺼져 있어도 한 번은 넘어가 주는 겁니다, 알았죠?"

밝은 햇빛이 쏟아져 들어오던 행사장 옆문이 닫히자, 하비는 다시 무대 위의 낭독자와 그가 들고 있는 끝없는 명단을 바라보았다.

4월 19일, 스쿠너선 '메이미 더글러스'호, 그랜드뱅크스에서 전원 실종.

에드워드 캔턴, 선장, 43세, 기혼, 글로스터 거주.

D. 호킨스, 일명 윌리엄스, 34세, 기혼, 노바스코샤주 셸번 거주.

G. W. 클레이, 유색인, 28세, 기혼, 글로스터 거주.

이런 식으로 명단은 계속되었다. 하비의 목에 커다란 덩어리가 치밀어 올랐다. 그의 배 속은 여객선에서 떨어졌던 바로 그날을 떠올리며 요동치고 있었다. 그리고 다음 희생자의 이름을 듣는 순간, 하비의 몸속 곳곳에서는 피가 응어리지는 것 같았다.

5월 10일, 스쿠너선 위아히어호, 오토 스벤손, 20세, 미혼, 글로스터 거주, 배 밖으로 떨어짐.

다시 한 번 행사장 뒤쪽 어디선가 낮고도 찢어지는 듯한 울음소리가 들렸다.

"저 여자는 여기 오지 말았어야 했는데. 여기 오지 말았어야 했다고."

롱 잭이 딱하다는 듯 중얼거렸다.

"정신 차려, 하비."

댄이 말했다. 하비는 온통 어둠 속에서 불빛이 빙빙 도는 느낌을 받았고, 더는 아무것도 듣지 못했다. 디스코가 몸을 앞으로 굽히더니 아내에게 뭐라고 말했다. 트루프 부인은 자리에 앉은 채 한쪽 팔로 셰인 부인을 끌어안고, 다른 한쪽 손으로는 상대방의 꽉 움켜쥔 반지 낀 손을 붙잡고 있었다.

"머리를 좀 기대 보세요. 일단 기대요! 행사는 금방 끝날 거예요."

그녀가 속삭였다.

"못 하겠어요! 난 못 하겠다고요! 아, 제발 저 좀……."

셰인 부인은 자기가 무슨 말을 하는지도 모른 채 소리쳤다.

트루프 부인이 다시 말했다.

"제 말대로 하세요. 댁의 아드님은 잠시 정신을 잃은 것뿐이에요. 애들이 자라다 보면 간혹 저럴 때도 있어요. 아드님 곁으로 가고 싶으세요? 그러면 이쪽 옆으로 해서 나갈 수 있어요. 대신 조용히 하세요. 그냥 저를 따라 나오시면 돼요. 후유, 부인, 우리 둘 다 여자잖아요, 그렇죠? 그러니 우리가 남자들을 돌봐 줘야죠. 자, 가세요!"

위아히어호의 선원들이 곧바로 경호원 노릇을 하면서 사람들 사이를 뚫고 지나갔고, 이들은 아주 창백한 얼굴로 몸을 떠는 하비를 옆방의 의자 위에 앉혔다.

"어머니가 계시는 게 더 나을 거예요."

트루프 부인은 이렇게만 말했다. 셰인 부인이 아들 위로 몸을 숙였다.

"애가 어떻게 견딜 수 있을 거라고 생각했던 거예요?"

그녀는 남편을 향해서 다짜고짜 소리를 질렀다. 셰인은 이런 비난에도 아무 대답이 없었다.

"정말로 끔찍해요! 끔찍하다고요! 우리는 차라리 여기 오지 말았어야 했어요. 이건 정말 잘못되고도 사악한 일이에요! 이건…… 이건 올바르지 않다고요! 왜…… 도대체 왜 이걸 각 지역의 신문에다 그냥 싣고 끝내지 않는 거죠? 어때, 좀 나아졌니, 우리 아가?"

하비는 엄마의 말에 크나큰 부끄러움을 느끼며 대답했다.

"아, 저는 괜찮은 것 같아요."

그는 자리에서 일어서려고 하면서 힘없이 웃음을 터뜨리더니 다시 말했다.

"아마 오늘 아침에 먹은 게 좀 잘못된 모양이에요."

"커피 때문이겠지, 아마. 어쨌거나 행사장에는 다시 들어가지 않을 거다."

셰인은 마치 청동을 깎아 만든 듯 무표정한 얼굴로 말했다.

"부두에 잠깐 내려가 보는 게 나을 것 같군요. 여기는 남유럽 사람들이 잔뜩 있어서 비좁지만, 거기서 신선한 공기를 마시면 셰인 부인도 기운을 차릴 겁니다."

디스코가 말했다.

하비는 우버먼 부두에서 일꾼들이 깨끗이 청소해 놓은 위아히어호를 보았다. 그러자 자부심과 서글픔이 기묘하게 섞인 감정 속에서 아까의 불편한 느낌은 모두 날아가 버렸다. 하비는 평생 이보다 더 기분이 좋은 적은 없었다고 말했다. 관광객들을 비롯한 다른 사람들은 그곳에서 작은 돛배를 타고 놀거나, 부두 끝에서 바다를 들여다보고 있었다. 하지만 하비는 모든 것을 마음속 깊이 이해했다. 자기가 생각할 수 있는 것보다도 더 많은 것을 이해했다. 그럼에도 불구하고 저 작은 스쿠너선이 떠난다는 생각에 그는 그 자리에 앉아서 목 놓아 울 뻔했다. 셰인 부인은 한 걸음 내디딜 때마다 울고 또 울었으며, 자기를 '달래 주는' 트루프 부인을 향해서 알 수 없는 이야기들을 떠들어 댔다. 트루프 부인은 하물며 친아들조차 여섯 살 때 이후로는 달래 준 적이 없었기에, 댄은 놀랍다는 듯 크게 휘파람을 불었다.

그렇게 해서 정든 무리는 낡아 빠진 보트들 사이에 있는 낡은 스쿠너선에 모두 모였다. 문득 하비는 자기야말로 선원 중에서도 가장 나이가 많은 것 같은 기분이 들었다. 하비는 부두 끝에서 선미 밧줄을 빼냈고, 선원들은 직접 배를 끌어다가 부두에 나란히 세워 놓았다. 모두 할 말이 너무나도 많았기 때문에, 어느 누구도 차마 말을 꺼내지 못했다. 하비는 솔터스 삼촌의 장화와 펜의 보트 닻을 잘 돌봐 주라고 댄에게 당부했고, 롱 잭은 자기가 기껏 들여 준 뱃사람물이 빠지면 안 된다고 당부했다. 하지만 이런 농담조차도 두 여자가 지켜보는 앞에서는 맥이 빠질 수밖에 없었다. 게다가 항구의 초록색 물이 정든 친구들을 서로 갈라놓는 상황에서는 더더욱 재미있을 수가 없었다.

"지브돛하고 앞돛 올려!"

디스코가 외쳤다. 곧이어 돛이 바람을 받자, 선장은 타륜 쪽으로 향했다.

"그럼 나중에 또 보자, 하비. 나도 장담은 못 하겠다만, 그래도 너랑 너희 부모님 생각이 많이 날 것 같구나."

곧이어 배는 말소리가 안 들릴 정도까지 멀어졌고, 일행은 자리에 앉아서 배가 항구에서 떠나는 모습을 지켜보았다. 그러는 내내 셰인 부인은 울기만 했다.

트루프 부인이 말했다.

"후유, 부인, 우리 둘 다 여자잖아요, 그렇죠? 이렇게 운다고 해서 마음이 가벼워지지는 않을 거예요. 하느님도 이렇게 운다고 해서 뭐가 좋아지지 않는다는 것은 아신다고요. 대신 이렇게 울 만한 이유가 있다는 사실만큼은 하느님도 아시겠지요."

그로부터 몇 년 뒤, 미국 저 반대편 연안의 어디에선가 청년 한 사람이 짙은 바다 안개를 뚫고 바람 부는 거리를 걸어 올라오고 있었다. 그 거리의 양옆으로는 목재와 모조석으로 지은 무척이나 비싼 집들이 늘어서 있었다. 그가 어느 철문 옆에 서 있노라니, 또 다른 청년 하나가 말에 올라탄 채로 그에게 다가왔다. 그 말은 아무리 싸게 잡아도 1,000달러는 너끈히 나갈 만했다. 두 사람의 대화는 이러했다.

"어이, 댄!"

"어이, 하비!"

"이번에는 어땠어?"

"음, 이번 항해에는 이른바 이등 항해사라 불리는 동물이 되었지. 그나저나 너는 대학 공부는 거의 끝낸 거야? 등록금을 세 번이나 냈다며."

"그런 셈이지. 내가 말하는데, 릴런드 스탠퍼드 주니어 대학교*는 예전 위아히어호의 상황과는 아주 다르다고. 하지만 나도 내년 가을부터는 본격적으로 사업에 뛰어들게 될 거야."

"그러니까 우리 선단에 말이지?"

"그것 말고는 뭐가 있겠어. 너도 각오 단단히 하고 있으라고, 댄. 내가 일단 사업을 장악하게 되면, 예전 노선들은 모조리 주저앉아 통곡하게 만들어 버릴 테니까."

"어디 두고 보자고."

댄은 마치 형제처럼 씩 웃으며 대꾸했다. 하비는 말에서 내리더니 안으로 들어가자고 권했다.

"당연히 들어가야지. 그러려고 내가 무려 전차까지 타고 여기 온 거니까. 그나저나 주방장은 어디서 뭘 하고 있는 거야? 내가 언젠가 그 엉터리를 바닷물에 처박아 버릴 거야. 그 망할 놈의 농담을 생각하면 그냥……."

바로 그때 의기양양한 웃음소리가 나지막이 들려왔다.

* 1891년에 개교한 미국 서부의 명문 스탠퍼드 대학교의 정식 명칭이다.

그러고는 한때 위아히어호의 주방장이었던 바로 그 사람이 안개 속에서 모습을 드러내더니 하비의 말고삐를 잡았다. 그는 하비의 일이라면 다른 누구도 아닌 자기만 시중을 들 수 있다며 고집을 부리고 있었다.

"그랜드뱅크스만큼 짙은 안개네요, 안 그래요, 주방장?"

댄이 비위를 맞추려는 듯 말했다.

하지만 예지력을 가진 검은 피부의 켈트인은 아무런 대답도 하지 않았다. 그러다가 마침내 댄의 한쪽 어깨를 톡톡 두들기더니, 오래된 자신의 예언을 그의 귀에 대고 스무 번째로 속삭였다.

"윗사람, 아랫사람. 아랫사람, 윗사람. 내가 말한 거 기억나지, 댄 트루프? 위아히어호에서 말이야."

"음, 굳이 그걸 부정하지는 않겠어요. 지금 현재로서는 상황이 딱 그래 보이니까. 어쨌거나 우리 선단은 상당히 좋은 편이고, 이런저런 면에서 나는 그 선단에 큰 빚을 지고 있으니까. 선단이랑 아버지에게 말이에요."

댄이 말했다.

"그건 나도 마찬가지야."

하비 셰인이 말했다.

작품 해설

1. 러디어드 키플링의 생애

러디어드 키플링Rudyard Kipling은 1865년 영국의 식민지였던 인도의 봄베이에서 영국인 미술 교사 부부의 아들로 태어났다. 그의 이름은 부모가 각별히 좋아한 영국의 관광지 러디어드 호수의 이름에서 따왔다고 전한다. 키플링은 겨우 6세 때인 1871년에 여동생과 함께 부모 곁을 떠나 영국으로 돌아가서 한 하숙집에 머물게 되는데, 이후 6년 동안 주인 부부로부터 학대와 방치를 당하며 힘겨운 유년기를 보냈다.

1877년에 키플링은 군인 및 공무원 자녀를 위한 기숙학교인 데번주 소재 유나이티드 서비시즈 칼리지에 입학했고, 교지를 편집하며 습작을 발표했다. 1881년에 학교를 졸업했지만 대학 진학을 포기하고 인도로 돌아와 여러 신문사에서 일했으며, 최초의 단편집 『언덕의 평범한 이야기들Plain Tales from the Hills』(1888)을 발표했다. 1889년에 인도를 떠나 영국으로 돌아간 이후로는 런던에 머물면서 본격적인 작가 경력을 시작했다.

1892년에 키플링은 절친한 친구인 미국의 작가 겸 출판인 울컷 밸리스티어Wolcott Balestier의 여동생 캐롤라인Caroline과 결혼하고 신혼여행 삼아 세계 일주를 떠난다. 하지만 일본에 도착했을 때 거래 은행의 파산으로 전 재산을 날리게 되었다는 소식을 접하자, 귀국을 포기하고 아내의 고향인 미국 버몬트주 브래틀버러로 가서 한동안 머물렀다. 이곳에서 1892년에 큰딸 조세핀Josephine이, 1896년에 작은딸 엘시Elsie가 태어났다.

키플링의 대표작 『정글 북』(1894~1895) 1부와 2부, 그리고 『용감한 선장들』(1897)은 바로 이 시기에 미국에서 집필해 발표한 것이다. 하지만 처가 식구와 분쟁을 겪은 데다 미국 내 반영 감정마저 대두하자, 키플링은 1896년에 가족과 함께 영국으로 돌아왔다. 이후에는 『킴』(1901), 『어린이를 위한 그냥 그런 이야기들Just So Stories for Little Children』(1902) 등의 대표작을 꾸준히 발표했다.

1907년에 키플링은 영어권 작가 최초로 노벨 문학상을 수상하며 명성이 최고조에 달했다. 이즈음에는 순수 창작

보다 세계 각지의 영연방 국가 및 식민지를 방문하고 자국의 업적을 예찬하며 애국심을 고취하는 글을 많이 썼는데, 그로 인해 훗날 제국주의를 찬양하고 식민주의를 미화했다는 타당한 비판에 직면하게 되었다. 키플링은 자서전 『나 자신의 이야기Something of Myself』(1937)를 탈고한 직후인 1936년 1월 18일에 70세로 사망했다.

오늘날 키플링은 생전의 명성과 사후의 비판이 극명한 작가 가운데 하나로 손꼽힌다. 다만 '제국의 시인'이라는 별칭에서 드러나듯이, 아쉽게도 그 시대와 지역의 한계를 벗어나지 못한 작가라는 비판도 일리는 있지만, 그렇다고 해서 그의 문학적 성취를 모두 폄하할 수는 없지 않느냐는 조심스러운 입장도 역시나 일리가 있어 보인다. 실제로 키플링의 대표작은 오늘날 아동문학뿐만 아니라 세계문학에서도 결코 빠질 수 없는 필독서로 남아 있기 때문이다.

2. 『용감한 선장들』의 줄거리

15세 소년 하비 셰인은 부유한 사업가인 아버지의 무관심과 노심초사하는 성격인 어머니의 과보호 속에서 오만하고 제멋대로인 성격을 기르게 되어, 어딜 가나 '버릇없는 녀석'으로 주위 사람들에게 손가락질을 당한다. 어느 날 어머니와 함께 대서양 횡단 여객선을 타고 유럽으로 가던 하비는 평소처럼 어른들 사이에서 허세를 부리는데, 독한 담배를 얻어 피우고 속이 울렁거려 바람을 쐬러 나갔다가 실수로 난간에서 떨어져 바다에 빠지고 만다.

다행히 인근의 대구 어장 그랜드뱅크스에서 조업 중이던 대구잡이 어선 위아히어호에 구조된 하비는 평소처럼 으스대며 당장 배를 육지로 돌리라고 명령하지만, 냉정한 성격의 선장 디스코 트루프는 난데없이 나타나 재벌 2세로 자처하는 소년을 정신이상자로 취급할 뿐이다. 급기야 하비는 주머니에 들어 있던 돈이 사라졌다며 목숨을 구해 준 은인을 도둑 취급하며 악담을 퍼붓고, 결국 배은망덕에 격분한 선장에게 주먹질을 당하고 나가떨어진다.

비슷한 또래인 선장의 아들 댄에게 위로를 받고 정신을 추스른 하비는 선장에게 먼저 다가가 자신의 행동이 잘못이었음을 인정하고 사과한 다음, 위아히어호가 조업을 마치고 육지로 돌아갈 때까지 몇 달 동안 선원으로 근무하기로 합의한다. 작은 보트를 타고 망망대해로 나가서 낚시로 대구를 잡고, 그렇게 잡은 대구를 소금에 절여 선창에 쌓고, 온갖 허드렛일을 도맡는 등 고된 노동을 감내하면서, 하비는 생소한 뱃사람 생활에 적응해 간다.

위아히어호에는 선장 디스코와 아들 댄, 그리고 선장의 동생이며 본업은 농부인 솔터스, 원래 목사였지만 홍수로 가족을 잃고 실성한 펜실베이니아 프랫, 아일랜드 출신의 고참 어부 롱 잭, 해군 출신으로 전함 오하이오호에서 근무하던 시절 이야기를 입에 달고 사는 톰 플랫, 그리고 여객선에서 떨어진 하비를 처음 발견하고 건져 올린 포르투갈 출신의 마누엘과 과묵하기 짝이 없는 수수께끼의 흑인 요리사까지 다양한 사람이 타고 있었다.

하비는 대구잡이를 통해 힘든 노동의 보람과 즐거움을 깨닫고, 다른 어선의 침몰과 사망 사고를 목격하는 가운데 죽음의 공포와 직면한다. 동료들의 격려와 질책을 통해 '진짜 어부'로서의 기술과 요령을 익히고, 끝도 없고 변화무쌍한 바다의 모습을 지켜보는 가운데 감동과 경외를 느낀다. 그리고 이 모든 과정을 통해 버릇없는 소년에서 책임감 있는 청년으로 훌쩍 성장하고, 결국 동료들과 함께 무사히 육지로 돌아와 그리운 부모님과 상봉한다.

3. 작품의 배경과 평가

브래틀버러 거주 시절에 키플링은 의사인 제임스 콘랜드와 친분을 쌓았는데, 젊은 시절 글로스터의 대구잡이 선단에서 일한 상대방의 일화에서 영감을 얻어 『용감한 선장들』을 집필하기 시작했다. 그는 종종 소설 속 묘사에 대해

콘래드의 조언을 구했고, 보스턴과 글로스터를 직접 방문해서 항구와 어선을 직접 보고 여러 어부를 만났다. 훗날 키플링은 이 소설의 도입부에 콘래드에게 바치는 헌사를 넣었고, 나중에는 이 소설의 친필 원고를 아예 콘래드에게 선물했다.

이렇게 완성된 『용감한 선장들』은 1896년 11월부터 1897년 3월까지 미국 잡지 『매클루어스McClure's』에 연재소설로 첫 선을 보였다. 이후 일부 내용을 수정 및 보완하고, I. W. 태버I. W. Taber의 삽화까지 수록한 최초 단행본은 1897년에 영국과 미국에서 동시 발매되었다. 작품의 제목은 17세기의 영국 민요에서 따왔으며, 원래는 "용감한 지휘관들captains courageous"이었지만, 소설에서는 "용감한 선장들"이라는 의미로 사용되었다.

이 소설은 19세기 말 미국 동부의 핵심 사업 가운데 하나였던 대구 어업을 소재로 했다는 점에서도 주목할 만하다. 마크 쿨란스키Mark Kurlansky가 『대구』에서 자세히 설명했듯이, 그랜드뱅크스에 서식하는 대서양대구는 한때 미국의 중요한 천연자원이었지만, 지금은 남획의 부작용으로 개체수가 급감해서 보호 대상이다. 키플링은 해양 생활 경험이 전혀 없었지만, 언론인 이력에 걸맞게 치밀한 자료 조사를 통해 최대한 생생한 묘사를 보여 주고 있다고 평가된다.

심지어 제9장에서 셰인 부부가 아들을 만나러 전용 열차를 타고 북아메리카 대륙을 횡단하는 장면 역시, 저자가 지인을 통해 철도 회사의 고위직과 접촉해서 실무자의 의견을 들어 반영한 결과물이었다. 따라서 이것 역시 그 당시의 미국 철도 체계에 관한 흥미로운 기록으로 간주된다. 이런 사실주의를 전면에 내세우면서도 자연의 신비, 뱃사람의 미신, 그리고 '단검과 시체' 이야기처럼 낭만주의적이거나 초자연적인 요소도 있어 흥미를 더한다.

이 작품은 해양 모험소설이라는 점에서 허먼 멜빌의 『모비 딕』(1851)이나 조지프 콘래드의 『나르시서스호의 검둥이The Nigger of the 'Narcissus'』(1897)와 종종 비교된다. 잭 런던의 『바다 늑대The Sea-Wolf』(1904) 역시 사고로 바다에서 표류하다 물개잡이 어선에 구조된 청년이 '늑대'라는 별명의 선장 밑에서 혹독한 노동에 종사하며 정신과 신체 모두가 개조된다는 이야기를 다루고 있어서 흥미로운 비교 대상이라 하겠다.

일부 비평가는 『용감한 선장들』의 상징성에 주목한다. 미국 서부의 벼락부자의 아들과 미국 동부의 어부들의 만남은 결국 동부와 서부, 또는 전통과 혁신, 또는 새로움과 낡음의 만남과 갈등이라는 그 당시 미국의 상황을 단적으로 보여 주는 설정이라는 것이다. 하지만 이 작품은 무엇보다도 전형적인 성장소설이며, 통과의례로서의 모험을 통한 성장이라는 점에서는 키플링의 또 다른 대표작 『정글 북』

이나 『킴』 주제와도 크게 다르지 않은 셈이다.

『용감한 선장들』은 여러 차례 영상물로 각색되었는데, 「오즈의 마법사」(1939)와 「바람과 함께 사라지다」(1939)의 감독 빅터 플레밍의 1937년 작 영화가 가장 유명하다. 원작과 달리 영화는 하비(프레디 바설러뮤)와 그를 구한 포르투갈인 어부 마누엘(스펜서 트레이시)의 우정에 초점을 맞추었으며, 안타깝게도 마누엘이 자기를 희생해 모두를 살리는 것으로 마무리된다. 스펜서 트레이시는 이 영화로 아카데미 남우주연상을 처음 수상하기도 했다.

4. 번역에 관하여

이 책의 번역 대본은 밴텀 클래식 페이퍼백 판본 *Captain Courageous*(New York: Bantam Dell, 2006)이다. 옥스퍼드 월드 클래식스 판본 *Captain Courageous*(Oxford: Oxford University Press, 1995)에 수록된 리오니 오먼드Leonee Ormond의 해설과 주석, 그리고 영국 키플링 협회 웹사이트(www.kiplingsociety.co.uk)에 올라온 오먼드의 주석에 대한 수정 및 보충 내용을 참고했다. 사투리가 많이 사용된 까닭인지 종이책은 물론이고 인터넷상의 전자 텍스트에도 오자가 간혹 있었는데, 여러 판본을 대조해서 바로잡았다.

역자는 수년 전 마크 쿨란스키의 『대구』(알에이치코리아, 2014)를 번역하면서 『용감한 선장들』에 관심을 갖게 되었다. 거기 나온 동서고금의 대구 관련 인용문 가운데 키플링의 이 소설도 들어 있었는데, 바로 제8장에서 그랜드뱅크스의 '어장 마을'에 도착한 하비가 수많은 보트 무리에 끼어들어 신나게 대구를 낚는 대목이었다. 거기 나온 보트 낚시 풍경이며, 바닷물 속 대구 떼의 모습에 대한 묘사가 워낙 생생해서 그 내용이 새삼 궁금해졌다.

훗날 용산 헌책방 뿌리서점에서 우연히 『용감한 선장들』 페이퍼백을 하나 발견하고 구입했지만, 막상 훑어보았더니 대화 상당수가 뉴잉글랜드 어부의 사투리여서 선뜻 읽을 엄두를 내지 못했다. 몇 년이 흘러서야 뒤늦게 키플링 협회 웹사이트에 올라온 리오니 오먼드 주석의 증보판을 발견하고, 그때부터 저 암호 같은 사투리며 선박 관련 용어를 하나하나 정복하며 읽어 나가기 시작해서, 급기야 찰리북을 통해 국내 최초 번역본을 선보이게 되었다.

서두의 '일러두기'에 밝힌 것처럼 사투리와 은어가 많이 등장하고, 선박과 어업 관련 용어가 생소해서 번역 작업은 만만치 않았다. 사투리나 관용적 표현을 맛깔나게 살리지 못하고 편의상 표준어와 더 익숙한 표현으로 종종 교체할 수밖에 없었다는 점은 끝내 아쉬움으로 남는다. 역시 '일러두기'에 밝힌 것처럼 선박 용어 역시 생소한 것이 많아서,

국내 선박 용어 대신 역자가 직역하거나 임의로 정한 것이 많다는 점에 다시 한 번 양해를 구하는 바이다.

한때 국내에 소개된 키플링의 작품은 『정글 북』, 『킴』, 『어린이를 위한 그냥 그런 이야기들』, 그리고 시와 단편 몇 편이 전부였다. 『용감한 선장들』도 아동 만화로는 한 차례 출간된 바 있지만 완역본은 이번이 처음이다. 시 선집 『이프If』(서강목 옮김, 하늘땅, 1989)와 단편 선집 『조지프 러디어드 키플링: 왕이 되려 한 남자 외 24편』(이종인 옮김, 현대문학, 2017)과 아울러 키플링의 또 다른 면모를 보여 주는 작품으로 많은 독자와 만나게 되길 기원한다.

용감한 선장들

1판 1쇄 인쇄 2018년 7월 12일
1판 1쇄 발행 2018년 7월 25일

지은이 러디어드 키플링
옮긴이 박중서
펴낸이 박철준
편집 김서윤, 김나연
교정·교열 문유진
디자인 형태와내용사이

펴낸곳 찰리북
출판등록 2008년 7월 23일(제313-2008-115호)
주소 서울시 마포구 동교로18길 33, 201(서교동, 그린홈)
전화 02)325-6743
팩스 02)324-6743
전자우편 charliebook@gmail.com

ISBN 978-89-94368-85-6 03840

*잘못된 책은 구입하신 곳에서 바꾸어 드립니다.
*이 도서의 국립중앙도서관 출판시도서목록(CIP)은 서지정보유통지원시스템 홈페이지(http://seoji.nl.go.kr)와 국가자료공동목록시스템(http://www.nl.go.kr/kolisnet)에서 이용하실 수 있습니다.(CIP제어번호: CIP2018019525)